Ulrich Brandt

IBERISCHE HITZE

atb aufbau taschenbuch

ULRICH BRANDT, 1957 geboren, ist Drehbuchautor, Dramaturg und Produzent verschiedener erfolgreicher TV-Serien sowie Autor von Kurzgeschichten und Übersetzer. Er lebt mit seiner Frau und seinen beiden Töchtern in Köln. In Cartagena hält er sich jeden Sommer auf. »Iberische Hitze« ist sein erster Krimi.

Südspanien, Hochsommer. Die Hitze steht in der Stadt. Am meisten macht sie dem Deutschen Dolf Tschirner zu schaffen, der seine Rente mit Gelegenheitsjobs aufbessert. Einen dieser Jobs vermittelt ihm seine Schwiegertochter Santes. Dolf soll den angeblichen Selbstmord eines Aushilfsapothekers untersuchen. Also trifft er die verzagte Witwe mit ihren beiden kleinen Kindern und lässt sich überreden: Er wird versuchen, dem Selbstmord des Tomás Martínez nachzugehen. Bloß gefällt keinem, was Dolf herauskriegt. Tomás hat in den Nachtschichten der Apotheke mit *Elixir* gehandelt, einem Drogencocktail aus hochwirksamen Pflanzenextrakten. An einem dieser Gifte ist er nachweislich gestorben. Um die Sache noch komplizierter zu machen, spielt die Witwe eine undurchsichtige Rolle: Kann es sein, dass sie Dolf nur benutzt, um an das Geld für die Lebensversicherung ihres Mannes zu kommen? Dolf möchte am liebsten aussteigen. Doch ein hässlicher Anschlag auf die Katze in seinem Hof schreckt ihn auf. Jemand versucht ihn einzuschüchtern.

ULRICH BRANDT

IBERISCHE HITZE

KRIMINALROMAN

atb aufbau taschenbuch

Ein Kriminalroman ist kein Reiseführer und kein Kochbuch. Die Orte der Handlung bilden zwar meist reale Vorbilder ab, befinden sich jedoch nicht immer an den genannten Adressen. Alle Wirkstoffe, vor allem *Elixir* und seine Bestandteile, sind frei erfunden. Jede Ähnlichkeit mit real existierenden Rauschmitteln wäre rein zufällig.

Für Armin

FSC
www.fsc.org
MIX
Papier aus verantwortungsvollen Quellen
FSC® C083411

ISBN 978-3-7466-3162-2

Aufbau Taschenbuch ist eine Marke
der Aufbau Verlag GmbH & Co. KG

1. Auflage 2015

Umschlaggestaltung www.buerosued.de, München
unter Verwendung eines Motivs von © Gonzalo Ortuño / Getty Images
Gesetzt in der Whitman durch Greiner & Reichel, Köln
Druck und Binden CPI books GmbH, Leck, Germany
Printed in Germany

www.aufbau-verlag.de

1

Wie durch einen Donnerschlag schreckte Dolf aus dem Schlaf. Jemand musste gegen seine Tür gebollert haben.

»*¿Quién es?*« Er klang mies gelaunt und unausgeschlafen – etwa so, wie er sich fühlte.

»*¡Abre!*« Santes. Mitten am Tag? Da, noch ein Schlag wie mit dem Hammer. Oder ein Fußtritt.

Gleich würde sie die Tür eintreten, das war ihr zuzutrauen. Mit ihren kräftigen, sehnigen Füßen konnte sie heiße Steine näher ans Feuer rollen oder hochhackige Flamenco-Pumps gelangweilt auf einen Tanzboden ticken. Sie hatte hübsche Fesseln. Leider blieb ihm keine Zeit für Erinnerungen.

»*¡Que me abras, hijo de perra!*«

Er stemmte sich von seinem Matratzenlager hoch und hopste ungelenk zur Tür. Es war stockdunkel. Er musste sich an der Wand abstützen. »*¡Espera!*«

»*¿Espera, espera?* Verdammt, ich warte schon eine geschlagene Stunde!«

Konnte das sein? Eigentlich nicht. Er schloss auf und blinzelte in den gleißenden Türspalt. Sie schob ihn resolut zur Seite. »Wo bleibst du denn? Hast du wieder gesoffen? Du siehst schrecklich aus, Dolf.«

Er wusste selbst, wie er aussah, wenn er zu viel getrunken hatte: blutunterlaufener Blick, schwere Tränensäcke, blaugeäderte Nase und aufgesprungene Lippen.

»*Madre mía*, hier stinkt es vielleicht! Warum gehst du nicht ans Telefon? Concha und die Kinder warten in der größten Hitze!«

Dolf lehnte am Türpfosten und rieb sich den pochenden Schädel. So viele Fragen …

Sie stürmte durch sein Schlafzimmer. Kleider, Werkzeuge und Unterlagen, die über den Boden verstreut waren, wischte sie mit den Schuhspitzen beiseite. Sie stieß die Flügel des Fensters auf und riss die altersschwachen Rollläden hoch. Die Katze, die vor dem Fenster gedöst hatte, stolzierte aufgescheucht durch den staubigen Hinterhof davon. Blendendes Mittagslicht schoss in den Raum und umstrahlte Santes' elegante Silhouette. Dolf hielt sich schützend die Handfläche vor die Augen. »Wie spät ist es?«

»Fast zwei. Warum gehst du nicht an dein Handy?«

»Mich ruft eh keiner an.«

»Ich hab dich angerufen. Drei Mal.«

»Wer ist Concha?«

»Concepción Sánchez. Der Selbstmord in der Apotheke. Du wolltest ihr helfen, Dolfo.«

»Hab ich vergessen.«

»Ja, du säufst dich um deinen kompletten Verstand.«

»So leicht ist das gar nicht.«

»Dein Selbstmitleid kotzt mich an.«

Sie suchte aus seinen Kleiderhaufen eine Aufmachung zusammen: ein zerdrücktes Leinenjackett, eine einigermaßen saubere Hose, ein nur am Bund ausgefranstes Hemd. Warf ihm die Sachen aufs Bett. »Halt den Kopf unter Wasser und zieh dich an. Mir zuliebe.«

Ihr zuliebe. Damit hatte sie seinen schwachen Punkt getroffen, wie immer instinktiv und fast ohne Berechnung. »Santes, ich kann ihr nicht helfen. Ich bin kein Polizist.«

»Red keinen Unsinn. Sie braucht jemand, der ihr zuhört,

der nachfragt und sich nicht abspeisen lässt. Ihr Deutschen seid für eure Gründlichkeit berühmt. Red mit ihr, das bringt dich auf andere Gedanken.«

Er seufzte und griff nach seinen Sachen und schlüpfte in die Hose.

»Hast du Orangen?«

Er wies mit dem Kopf auf ein paar Plastiktüten, die am Boden unter der Spüle lehnten, und humpelte in seine improvisierte Badezimmerecke. Das kalte Wasser kam lauwarm aus der Wand. Je länger er es laufen ließ, desto wärmer wurde es. Dolf seufzte. Es gab Kleinigkeiten, an die er sich nie gewöhnen würde, ganz gleich, wie lange er schon in dieser flirrenden Hitze lebte. Er schaufelte sich brühwarmes Wasser über den kahlgeschorenen Schädel, rieb es sich in Nacken, Kinn und Augenhöhlen. Jetzt einen Schnaps, und er wäre fast wiederhergestellt. Santes reichte ihm ein Glas Saft. »Beeil dich. Sie sitzt mit den Kindern draußen auf dem Platz.«

»Hast du Schuhe gesehen?«

»Die da sind gut genug.« Sie wies auf ein paar klobige Halbschuhe, deren Grundfarbe, Schwarz, an den Seiten noch zu erahnen war.

»Die hatte ich bei der Arbeit an.«

Sie rümpfte die Nase. Es war eine lange, geschwungene Nase. »Wird schon gehen.«

Santes war nicht groß, sogar auf ihren ultrahohen Hacken reichte sie Dolf, der doch selbst eher untersetzt als hochgewachsen war, kaum bis über die Augen. Ihre sechsunddreißig Jahre sah man ihr nicht an, mit ihrer feinen Taille brauchte sie sich nicht zu verstecken. Schwarze Haare fielen ihr in Wellen bis auf die sehnigen Schultern, gerade lang genug, um sie für folkloristische Anlässe hochzustecken und *peineta* und *mantilla* zu halten. Zugleich so kurz und praktisch, dass sie morgens im Bad nicht mehr als ein paar Bürstenstriche brauchten. Und selbstverständlich alle drei Wochen die Stippvisite beim Friseur zum Nachfärben der Ansätze.

Dolfs Besucherin war nicht launischer oder ungeduldiger als jede andere attraktive Spanierin ihrer Generation. Sie trieb ihn zur Eile. Sie ließ ihm noch nicht mal die Zeit, seine Tür abzuschließen. »*¡Venga, vámonos!* Was sollen die hier schon klauen?«

Sicher hatte sie recht, viel war bei ihm nicht zu holen. Er hatte keinen Fernseher, keinen Computer, keine Stereoanlage. Der kurze Flur, den Santes hinausstürmte, führte direkt auf die Straße.

La casa de Dolf war eine ehemalige Autowerkstatt, deren Tore zum betonierten Innenhof ebenso wie die frühere Einfahrt mit dünnen Ziegelwänden zugemauert waren. Der einstöckige, wahrscheinlich ohne Genehmigung hochgezogene Anbau lag an der schiefwinkligen Ecke zweier Straßen, die außer den Anwohnern und ein paar streunenden Katzen kaum jemand nutzte.

Sie bogen um die Ecke. Auf der anderen Straßenseite der Calle Vergel verbargen ungepflegte Büsche und Sträucher das Tal des Río Algameca. Wasser führte der Fluss höchstens ein- oder zweimal im Jahr, nach den Wolkenbrüchen im Winter. Die übrige Zeit lag die *rambla* trocken und diente als Hundeauslauf, als Mülldeponie und als Promenade für heimlich Verliebte.

Santes hetzte voran, immer noch genervt. Dolf bemühte sich, Schritt zu halten. Sie erreichten die Provinzstraße. Auf dem schmalen Randstreifen mussten beide hintereinander gehen, bis sich eine Lücke im Durchgangsverkehr zwischen Stadt und Küstenstraße auftat.

Erst gegenüber der *ferretería* kamen sie auf die Stadtseite der Straße, auf den breiten Bürgersteig, der über die neue Fußgängerbrücke in die schattigen Gassen der Altstadt führte. Der Eisenwarenladen war selbstverständlich geschlossen, der Bürgersteig frei geräumt. Aber die Markisen ragten über den Gehweg und spendeten wenigstens für Sekunden kostbaren Schatten.

Dolf fluchte. Er hätte die Vespa nehmen sollen. Und seinen Hut aufsetzen. Doch Santes hasste das praktische Basthütchen. Nur weil es an jeder Ecke an Touristen verkauft wurde. Oder weil auf dem Hutband in großen Lettern Werbung für die Stadt gemacht wurde: *Cartagena, mucho que ver*. Hätte Dolf das Hütchen getragen, wäre seine Schwiegertochter eher gestorben, als neben ihm herzugehen. Auch so war sie ihm stets ein paar Schritte voraus, stöckelte ungeduldig voran, während er sein kaputtes Bein nachzog. An einem anderen Tag hätte sie wohl Rücksicht darauf genommen.

2

Der dreieckige Platz gegenüber vom Haupttor der Kaserne war wahrscheinlich nicht der heißeste Ort in Cartagena. Aber unter die ersten zehn hätte er es mit Sicherheit geschafft. Es gab zwei Cafés, die jetzt, in der glühenden Nachmittagsflaute, kaum mehr als die nötigsten drei oder vier Tische in den Schatten ihrer Markisen gerückt hatten. In einigen Stunden würden sie zusammen mit den Restaurants am Eingang zur Altstadt den Platz ausfüllen, dann würden bis tief in die Nacht Touristen und Einheimische bei *tapas* und *tinto* sitzen und die kleine Abkühlung des Abends genießen.

Von der Straße her blendete die gekachelte Kasernenmauer und reflektierte den Sonnenglast bis in die Spitze des Dreiecks, wo zwischen den Restaurants drei dunkle Gassen aus der Altstadt mündeten. Santes und Dolf eilten aus den milderen Dünsten von Gemüseabfällen, verbranntem Knoblauch und abgestandenem Urin in das Grellweiß des Platzes. Die Hitze brannte in den Augenwinkeln wie Kalk.

Concepción saß im Schatten. Sie sah schmal aus, fast verhärmt, viel älter als Santes. Dunkle Augenringe, verkniffene Lippen, eine dünne Nase in einem knochigen Vogelgesicht, dazu trug sie eine verwuschelte Kurzhaarfrisur. Sie erinnerte Dolf an eine Amsel, die aus dem Regen flüchtet. Selbst ihre Figur wirkte zart und zerbrechlich. Mit einem unsicheren Lächeln stand sie auf, als die beiden an ihren Tisch traten.

»Das ist Concepción Sánchez Pérez, eine gute alte Freundin seit der Kollegstufe. Concha, das ist Adolfo Tschirner, Eduardos Vater.«

»Mein Beileid, Frau Sánchez.«

»*Encantada*, Don Adolfo. Vielen Dank.«

»Ihr müsst euch duzen. Adolfo war jahrelang so eine Art Polizist. Drüben in Camposol.«

»Nur Sicherheitschef«, korrigierte er. »Ein besserer Wachmann.«

»Jedenfalls kennt er sich aus in Polizeiarbeit.«

Das stimmte sogar. Dolf hatte tatsächlich die Arbeit der Kriminalpolizei kennengelernt, wenn auch von der falschen Seite, als Hauptverdächtiger in einem Mordfall. Nicht gerade geschickt von Santes, ausgerechnet darauf anzuspielen. »Ich bin nicht sicher, ob ich Ihnen helfen kann, Frau Sánchez.«

»Concepción. Die meisten nennen mich Concha. Sie sind Deutscher?«

»Er lebt seit fast vierzig Jahren hier, dabei immer noch ein typischer *Alemán*, die haben die Effizienz doch erfunden.«

Die Kellnerin kam an den Tisch geschlurft. »*Buenas. ¿Qué les traigo?*«

»Für mich einen Schwarzen, einen Doppelten.« Dolf lehnte sich vertraulich zu ihr hinüber. »Und untendrunter einen kleinen Brandy.«

Eine Kellnerin antwortete mit einem stoischen Grienen und sah auf. »Nehmt ihr auch noch was?«

Auch Concha hatte sich nahe zu Santes hinübergebeugt. »... einer von deinen, äh, Freunden, da hab ich natürlich an einen viel Jüngeren gedacht ...«, tuschelte sie.

»Er ist fit. Er ist das Beste, was dir passieren kann«, zischte Santes zurück. Lauter, zur Kellnerin gewandt: »Ich nehme noch eine Cola, *gracias*.« Sie schickte die Kellnerin mit einer flüchtigen Handbewegung weg, die man herablassend hätte finden können, wenn man es genau genommen hätte. Was in der Hitze niemand tat.

»Ich bin achtundsechzig. Tut mir leid, wenn Sie etwas anderes erwartet haben …«

Concha war rot geworden am Hals und blass um die Nase. Sie lächelte zaghaft zu Dolf hinüber. »Entschuldigung.«

»Schon gut.«

Sie zögerte. »Ich sollte das gar nicht fragen, ich …«

»Fragen Sie, was Sie wollen. Santes' Freunde sind auch meine Freunde.«

»Sie ziehen ein Bein nach, scheint mir.«

»Die Gicht, eine Stoffwechselsache.« Mit Erklärungen war Santes ziemlich schnell bei der Hand.

»Sie weiß, was Gicht ist, Santa. Sie ist die Tochter eines Apothekers.«

Concha nickte. »Ich bin selbst Pharmazeutin. Viele unserer Patienten bekommen die Schübe und Anfälle in den Griff. Sie müssen natürlich auf ein paar Lebensmittel verzichten.«

»Und aufs Trinken.« Dolf suchte Conchas Augen. Er hatte nicht vor, ihr irgendetwas vorzumachen. Oder wenigstens nicht allzu viel.

Seinem Blick hielt sie stand, auch wenn es sie einige Anstrengung zu kosten schien. »Verzeihen Sie, ich möchte nicht indiskret sein, ich möchte nur … Ich möchte Ihnen absolut vertrauen können.«

Santes holte schon wieder Luft, um einzuspringen, aber diesmal legte Concha ihr beschwichtigend die Hand auf den Arm. Jetzt war sie es, die Dolf beschwörend ansah.

»Das können Sie. Auch wenn ich Ihnen vielleicht nicht helfen kann.«

Concha sah verwirrt zu Santes. Die warf gespielt ratlos die Hände in die Luft. »Müsst ihr es denn so kompliziert machen?

Concha ist eine junge Witwe, sie könnte gut Hilfe gebrauchen, um mit dem Tod ihres Mannes fertigzuwerden. Adolfo ist genau der richtige Mann dafür. Kein Insider, noch nicht mal Spanier, aber der geborene Schnüffler. Könnt ihr euch nicht einfach vertragen?«

»Tut mir leid, Señora Sánchez.«

»*Disculpe*, Don Adolfo.« Sie reichten sich die Hände.

»Und duzt euch gefälligst. Das ist ja nicht zum Aushalten!«

Conchas Kinder Carlitos und Emi kamen vom Spielplatz herübergelaufen. Der Kleinen rückte Concha den Sonnenhut wieder gerade. »Sagt guten Tag, das ist Don Adolfo.«

Sie gaben artig Küsschen. Emilia schnüffelte und tuschelte mit ihrem Brüderchen. Der prustete in die hohlen Hände.

Dolf hatte nichts gegen Kinder. Er wusste nur nichts mit ihnen anzufangen. Eine Beziehung mit seinem eigenen Sohn hatte er erst aufgebaut, als er ihm dabei half, sich ein Moped herzurichten. Da war der Junge fast sechzehn gewesen.

»Warum stinkt der Onkel nach Fisch, Mama?«

»Carlitos, bitte!«

»Der kleine Mann hat völlig recht. Ich hab meine Arbeitsschuhe an.«

»Adolfo hat einen Nebenjob am Hafen.«

Dolf war drauf und dran, klarzustellen, was er dreimal in der Woche vor Sonnenaufgang auf dem Fischmarkt machte. Aber wer brauchte das schon, irgendwelche Details, wie man Fische ausnahm?

»Stört Sie der Geruch?« Er rückte seinen Stuhl herum. Seine Schuhe ragten jetzt ins Sonnenlicht, aber die Bestrahlung konnte für seinen Fuß nur heilsam sein.

»Selbstverständlich nicht.« Concha war keine gute Lügnerin. »Geht wieder spielen, meine Schätzchen. Los!« Einen Klaps für Carlitos, ein Küsschen für Emilia.

»Kriegen wir ein Eis?« Ohne Entschiedenheit.

»Nein. Nicht schon wieder.« Kaum entschiedener. Wenn die Kleinen es darauf angelegt hätten, hätten sie ihre Mutter rumgekriegt. Sie wirkte schwach, fand Dolf. Andererseits, sie war vor gerade mal sechs Monaten Witwe geworden. Was erwartete er?

Die Kellnerin schob ihre Bestellungen auf den Tisch und schlurfte wieder davon. Es war einfach zu heiß für plumpe Vertraulichkeiten oder geistreiche Kommentare.

Dolf rührte Zucker in seinen Kaffee und schlürfte einen Schluck. Ja, er war gut. Concha knetete ihr Taschentuch. »Warum fürchten Sie, dass Sie uns nicht helfen können?«

Dolf nickte langsam. Er suchte nach den richtigen Worten. »Wenn es tatsächlich kein Selbstmord war …«

»Ich weiß, dass Tomás sich niemals selbst umgebracht hätte. *Jamás.*«

»Gut. Dann gibt es wahrscheinlich nur zwei Möglichkeiten: Entweder Tomás war ein zufälliges Opfer. Dann kann ich Ihnen nicht helfen, weil es keine Verbindung zwischen Tat und Täter geben wird, also keine, die uns zum Täter führt.«

»Oder?«

»Oder die Tat war kein Zufall. Dann wird es eine Verbindung geben. Möglicherweise finde ich sie sogar.«

»Das hört sich an wie ein Satz mit ›aber‹.«

»Die Verbindung wird Ihnen vielleicht nicht gefallen, Señora Sánchez.«

Concha zog skeptisch die Brauen zusammen, widersprach aber nicht.

»Ich werde wohl im Leben Ihres Mannes herumschnüffeln müssen.«

»Wir haben nichts zu verbergen.«

»Jeder hat was zu verbergen.«

»Tomás hat sich nichts zuschulden kommen lassen.«

»Das glaube ich Ihnen. Aber ganz gleich, was ich möglicherweise herauskriege, es wird Ihnen nicht helfen, Tomás wird dadurch nicht wieder lebendig. Aber vielleicht wird sein Andenken in den Schmutz gezogen.«

»Warum sagen Sie das? Wollen Sie mir wehtun?« Concha funkelte ihn empört an. Hilfesuchend wandte sie sich an ihre Freundin.

Santes sah nicht glücklich aus. Aber dieses eine Mal hatte sie keine rasche Antwort parat.

»Ganz im Gegenteil. Sie haben einen Schmerz erlitten, den niemand nachvollziehen kann, der so etwas nicht selbst erlebt hat.« Dolf zögerte.

Santes schoss einen warnenden Seitenblick auf ihn ab: Wehe, du sprichst darüber! Sie wusste genau, worauf er anspielte: den Tod seines Sohnes, ihres Exmannes. Doch Dolf tat, als hätte er Santes' Warnung nicht bemerkt. Mehr hatte er ohnehin nicht sagen wollen.

Concha starrte ins Leere. Sie sank noch mehr in sich zusammen.

»Gerade weil ich Ihnen nicht wehtun möchte, sollten Sie sich das gut überlegen, Concepción. Weil es Ihnen vielleicht nicht hilft, aber Tomás möglicherweise schadet. Das ist alles, was ich damit sagen will.«

Concha reagierte nicht, sie wirkte abwesend. Dann reckte sich ihr schmaler, jungenhafter Körper, energisch setzte sie sich auf. »Bitte, helfen Sie mir!« Ihr Taschentuch ließ sie achtlos zu Boden fallen.

Dolf wunderte sich. Wie eine so zarte, verletzlich wirkende Person, die er eben noch für schwach gehalten hatte, plötzlich so viel Entschlossenheit ausstrahlen konnte! Sie war nicht besonders hübsch, es lag ein bitterer Zug um ihre Lippen. Aber wenn ihre tiefliegenden, verschatteten Augen so entschlossen aufblitzten wie gerade jetzt, dann ahnte Dolf, was einen Mann verrückt nach ihr machen konnte. Einen dreißig Jahre jüngeren Mann.

Er nickte in Gedanken. »*Vale*. Wir werden damit anfangen, dass ich mir den Polizeibericht beschaffe. Ich habe Kontakte.« Es war ein billiger Bluff, eine Notlüge. Niemals im Leben würden die von der Nationalpolizei einem unbeteiligten Ausländer die Akte einer Todessache herausrücken. Aber irgendwas an Conchas Verletzlichkeit rührte ihn.

»Den Bericht hab ich. Tomás hat ... hatte einen guten Freund bei der Nationalpolizei. Hier.« Schon griff Concha nach ihrer Tasche und zog einen ginstergelben Hefter hervor mit den üblichen Metallverstärkungen an den Ecken. Sie legte die Akte vor Dolf auf den Tisch.

Es war keine einfache Fotokopie, es war eine beglaubigte Abschrift, mit Siegel und allen Schikanen, gedruckt auf Behördenpapier mit dem Briefkopf der *Policía judicial*. Dolf wiegte beeindruckt den Kopf. »Nicht schlecht. Ich mache mir eine Kopie. Aber zuerst sollten Sie ... solltest du mir erzählen, woran du dich erinnerst. In der Zeitung stand, Tomás wurde in der *farmacia* gefunden, in der Nacht von Freitag auf Samstag, nicht wahr?«

»Am sechzehnten Januar.«

»Offiziell war es ein Selbstmord. Eine Vergiftung mit Colchicin, wenn ich mich recht entsinne.« Tatsächlich hatte Dolf alles gelesen, was in der Zeitung und im Internet über den *mysteriösen Todesfall in der Apotheke* berichtet worden war.

»Und Alkohol. Dabei hat Tomás so gut wie nie getrunken.«

»Es ist ein pflanzlicher Wirkstoff. Aus ...« Er kannte die spanische Bezeichnung der Pflanze nicht.

»Aus den Herbstzeitlosen«, half Concha aus.

»Genau. Es ist ein starkes Gift, das in geringen Dosen als Medikament oder Droge wirkt.«

»Mit Drogen hatte Tomás nie etwas zu tun.«

»Sicher.« Dolf rückte die dünne Polizeiakte, nicht mehr als vierzig oder fünfzig Seiten, vor sich auf dem Tisch gerade. Irgendeine Stechmücke hatte ihn am Nacken erwischt. Er rieb sich die Stelle, obwohl er wusste, dass er das Gift damit nur noch weiter verteilen und die Schwellung schlimmer machen würde. Er riss sich zusammen. »Es war Freitagnacht. Tomás war in der Apotheke. Wie jeden Freitag?«

»*Como muchas veces*. Mein Vater macht meist die Vormittage. Nachmittags übernehme ich oder eine der Angestellten. Abends war Tomás üblicherweise dort. Nicht jeden Abend, aber sehr oft.«

»Sollte nach Mitternacht nicht geschlossen sein?«

»Üblicherweise schon. Aber bei Notfällen schließen wir immer auf, selbst in der Mittagszeit.« Während der Siesta sein Geschäft zu öffnen, das war schon ein ganz besonderer Service. Dolf nickte anerkennend. Santes lächelte ihm aufmunternd zu.

»War normalerweise viel los an einem Freitagabend?«

»Im Frühjahr und Herbst sehr viel. Im Winter weniger. Im Sommer fast nur Touristen.«

»Jeder kann von der Plaza de los Castellitos aus in die Apotheke sehen. In der Fußgängerzone sind am Wochenende viele Leute unterwegs. Mich wundert, dass es anscheinend überhaupt keine Zeugen gab.«

»Die Fenster sind vollgestellt. Man sieht sehr gut von drinnen nach draußen und jeden, der klingelt. Aber von außen erkennt man fast nichts. In der Rezeptur werden die Medikamente zubereitet. Da darf ohnehin niemand zusehen, es gibt eine Milchglasscheibe.«

»Wir werden uns die Räumlichkeiten zusammen ansehen, wenn du nichts dagegen hast.«

»Jederzeit.«

»Tomás muss seinen Mörder also gesehen haben. Und doch gab es keinerlei Anzeichen für ein Handgemenge.«

»Was wollen Sie damit sagen?«

»Dass dein Mann seinen Mörder gekannt hat. Wenn Tomás nicht Opfer eines unglücklichen Zufalls geworden ist.«

Concha begriff und nickte. »Er muss ihn gekannt haben, Sie haben recht.«

»So steht das bestimmt auch hier in der Akte.« Dolf tat bescheiden.

»Nichts davon. Die Polizei geht von einem Selbstmord aus. Sie glauben nicht, dass eine weitere Person beteiligt war.«

Dolf nickte. Zugleich zuckte er zusammen: Sein Nacken war von der Sonne erwischt worden, ohne dass er es bemerkt hatte. Er verfluchte sich dafür, dass er seinen Hut nicht dabeihatte. Zeit, zu gehen. Er rückte auf dem Stuhl nach vorn. »Also gut, dann haben wir ja einen Anfang gemacht.«

Aber Concha war noch nicht mit ihm fertig. »Kann ich mir Sie überhaupt leisten, Don Adolfo? Wir sind nicht reich, müssen Sie wissen.«

Santes tätschelte ihr den Arm. »Mach dir darüber keine Sorgen, *corazón*. Ich hab noch eine Menge gut bei Dolfo. Ich bin froh, dass ihr euch einig geworden seid.«

»Zur Not kannst du mich auch mit Naturalien bezahlen, Concepción. Mit *Basicovital* zum Beispiel.«

»Womit?« Santes zog verwirrt die sorgfältig gezupften Augenbrauen hoch.

Concha grinste schelmisch, zum ersten Mal an diesem Nachmittag. »Ein Nahrungsergänzungsmittel, zur Entsäuerung. Etwa wenn man vorhat, über die Stränge zu schlagen.«

Dazu machte sie die typische Handbewegung mit dem abgespreizten Daumen: zuprosten und austrinken. »Und sich keine Gichtattacke einfangen will.«

Eben! Dolf bestätigte es ihr mit offener Handfläche. Santes schüttelte nur angewidert den Kopf.

»In Ordnung, Don Adolfo. Ich danke Ihnen.« Concha griff nach ihrer Tasche und den Kassenbons, die unter ihren Gläsern und Untertassen klebten. Dolf kam ihr zuvor. »Spesen.«

Concha machte große Augen.

»Ich melde mich.« Dolf tippte auf die Polizeiakte und schob sie sich unter den Arm. Concha nickte. Sie küsste und umarmte Santes herzlich zum Abschied. »Dank dir, Liebes!«

»Pass gut auf dich auf, *guapa*! Wir sehen uns.«

Die junge Mutter wandte sich rasch ab und rief nach ihren Kindern.

»Seit wann weißt du so gut Bescheid über Medikamente?«

»Tu ich doch gar nicht.«

»Und die Fachbegriffe, mit denen du nur so um dich geschmissen hast? *Colchicina … no-sé-qué vital*?«

»Haben mit der Gicht zu tun. Und dem Saufen.«

»Klar, damit kennst du dich aus.« Santes unternahm keinerlei Anstrengung, ihren Sarkasmus zu zügeln.

Dolf hob unbeeindruckt die Achseln. »Außerdem haben die Internet im Club social.«

Concha hatte ihre Kinder eingesammelt und folgte ihnen in das Gewirr der schmalen, schattigen Altstadtgassen. Santes und Dolf sahen ihr hinterher. »Die Arme!«

»Bist du sicher, dass du ihr einen Gefallen tust, wenn du mich auf die Sache ansetzt?«

»Es wird Concha auf andere Gedanken bringen. Und dich auch. Betrachte mich als deine Auftraggeberin.«

»Sehr gern, hier.« Damit schob er ihr die Kassenbons hin.

3

Der *Club social de los Marineros* lag an der Calle Mayor, der touristischen Hauptschlagader der Stadt. Jeder Besucher, der in den verwinkelten Gassen der Altstadt eingekauft oder gegessen hatte, kam auf dem Weg zum Amphitheater oder zum Hafen durch diese Einkaufsstraße, die einmal eine gute Adresse gewesen sein musste. Jetzt zeugten zwischen den T-Shirt-Buden, Telefonläden und Schnellrestaurants nur noch einzelne Jahrhundertwendegebäude mit aufwendiger Stuckverzierung und schmiedeeisernen Balkonen von der ehemaligen Pracht des *Modernismo*. Das Stadtpalais, das dem Seniorenclub wahrscheinlich irgendwann vermacht worden war, war einer dieser stummen Zeugen. Es stach wie ein stilvoller Fremdkörper aus der Fassade der Straße. Im Inneren blätterte der Glanz sichtbar. Das Palais war noch immer wunderschön erhalten, bloß abgewohnt durch die jahrelange Nutzung.

Es war fast fünf. Galicia, die Bibliothekarin, musste jeden Augenblick aus der Mittagspause zurück sein. Dann kam Dolf an seine Ausdrucke heran. Er saß im Lesesaal im ersten Stock. Ledergebundene Atlanten, nautische Handbücher und Kartenwerke stapelten sich bis unter die Decke, dazu Bände zur Geschichte der Seefahrt und der Stadt. Die *Enciclopedia Europea-Americana*, alle siebzig Bände. Und ein nagelneuer Computer mit Internetzugang. Dolf recherchierte nach Colchicin und zwei anderen Wirkstoffen, auf die er rasch gestoßen war.

Im Erdgeschoss des Gebäudes lagen die öffentlichen Räume, zur Straße hin das Café und die Bar, nach hinten das ehemalige Restaurant, ein verspiegelter Jugendstilsaal, der heutzutage nur noch zu den seltenen Festlichkeiten von Clubjubiläen oder Empfängen zum Nationalfeiertag genutzt wurde. Oder für den Leichenschmaus, wenn einer der *socios* das Zeitliche gesegnet hatte.

Der Club machte um zehn Uhr auf, doch an den Vormittagen gehörte Dolf der Lesesaal fast allein. Kaum einer der ehemaligen Hafenarbeiter, Fischer, Matrosen und Schiffsoffiziere war so früh schon auf den Beinen. Jetzt, am späten Nachmittag, kamen die Ersten. Aber den Platz am Rechner machte ihm keiner streitig.

Es gab nur ein Problem: Ausdrucke liefen über den Drucker der Clubsekretärin; Galicia war jedoch nur an drei Nachmittagen in der Woche im Club. In der übrigen Zeit war ihr winziges Büro am Eingang des Lesesaals verschlossen. Dolf konnte fast unbegrenzt surfen, recherchieren und ausdrucken. Doch abholen konnte er die Ausdrucke nur zu den Öffnungszeiten des Büros.

Die Tür wurde aufgerissen. Ein schmales Männchen mit einer spiegelnden Halbglatze kam grinsend heran. »Wusste ich doch, dass ich dich hier finde, *hombre*. Hängst vor der Glotze wie mein Enkel. Wir haben unten ein Spielchen laufen, was sagst du, bist du dabei?«

Es war Jaime, ein ehemaliger Hafenmeister, der Dolf damals in den Club eingeführt und für ihn gebürgt hatte. Jaime und er hatten neben der kargen Rente noch anderes gemeinsam. Beide waren sie geschieden, beide tranken sie gern, beide waren sie enttäuscht vom Leben. Wann immer Dolf abends im Club social auftauchte, war Jaime da. Und normalerweise nahmen sie dann zusammen ein Glas. Oder spielten Karten.

In der öffentlich zugänglichen Bar neben dem Eingangsportal waren Gäste willkommen.

Am liebsten spielten die Männer *Ronda*. Dolf hatte rasch herausgefunden, dass es eine Art Tarock war, bei dem man reizte wie beim Skat. Klar musste Dolf sich an die spanischen Spielkarten gewöhnen, die keine Farben und Symbole hatten, sondern stilisierte Schwerter, Kelche, Münzen und Knüttel. Und an die Tatsache, dass die Spanier linksherum spielten, also gegen den Uhrzeigersinn.

Dolf tarockte bestimmt nicht schlecht, er hatte das Spiel von bayerischen Zimmerleuten gelernt, die auf ihrer Walz oft auf den großen Hamburger Werften Station machten. Doch gegen diese alten Haudegen von Zockern im Club verlor er normalerweise. Das machte ihn rasch beliebt.

»Ein andermal, *amigo mío*. Ich hab noch was zu erledigen.« Dolf klopfte auf den Hefter, der in einem Leinenbeutel auf dem Computertisch lag.

»Komm, stell dich nicht an. Was hast du schon groß zu tun?«

»Eine Gefälligkeit, für eine Freundin meiner Schwiegertochter.«

»Hübsch?« Jaime war von Berufs wegen neugierig.

»Die Tochter des Apothekers von der Plaza de los Castellitos. Kennst du sie?«

»Deren Mann im letzten Winter gestorben ist?«

»Es macht ihr noch immer zu schaffen.«

»So, so.« Jaime stutzte. Aber nur für einen Moment. »Bezahlt sie dich wenigstens?« Er grinste schon wieder verschmitzt.

»Na, für eure *ronda* wird es wohl reichen.« Sie spielten nur um Centbeträge, einen Viertelcent pro Punkt. In all den Jahren, seit er Jaime kannte, hatte Dolf nicht mehr als ein paar Euros verloren.

»Also ist für heute wirklich nichts zu machen?«

»Heute nicht, seid mir nicht böse.«

»*Pues nada*, wird sich schon ein anderer finden. *Hasta luego.*« Damit ging er wieder.

»*Hasta la próxima.*«

Dolf sah seine Spiegelung im Bildschirm, der dunkel geworden war. Er zögerte einen Moment, bevor er die Tastatur anrührte, um den Computer wieder zum Leben zu erwecken. Wollte er wirklich noch mehr über die Wirkungen und Nebenwirkungen der Pflanzengifte lesen? Noch mehr abscheuliche Fotos ansehen?

Galicia schien sich zu verspäten. Er würde seine Ausdrucke an einem anderen Tag abholen.

Die Akte gab nicht so viel her, wie Dolf gehofft hatte. Am Samstagmorgen war der Tote Tomás Martínez Hidalgo, zweiundvierzig Jahre alt, von seinem Schwiegervater, Carlos Juan Sánchez Banastre, dem Besitzer der Apotheke in der N° 9, C/Puerta de Murcia, gefunden worden.

Eingang Anruf: 10:39 h.

Dolf nahm einen tiefen Schluck aus seiner Flasche. Anscheinend hatte Carlos Sánchez fast eine Dreiviertelstunde mit der Leiche im Laden verbracht, bevor er die Nationalpolizei alarmierte.

Oder, was Dolf viel eher vermutete, er hatte zuerst noch ein paar andere Telefonate erledigt. Zum Beispiel seine Tochter Concepción informiert.

Carlos Sánchez war zugleich Besitzer des Hauses, dessen Erdgeschoss die Apotheke einnahm, Miete brauchte er also keine zu bezahlen. Das Mehrparteienhaus lag an der belebtesten Straße der Fußgängerzone. Ganz egal, wie wenig der Laden abwarf: Die Sánchez' lebten in besten Verhältnissen.

Concha war die einzige Tochter. Woher also die Geldsorgen, die Dolf aus ihren Fragen glaubte herausgehört zu haben?

Eintreffen der Polizei am Einsatzort: 11:07 h.

Inzwischen war auch Concha im Laden, klar. Anscheinend war nichts angerührt worden, so vermuteten es die Ermittlungsbeamten zumindest. Die Apotheke war bereits vorher für Kundenverkehr geschlossen geblieben.

Eintreffen der Todesermittlungsgruppe: 12:49 h.

Sie hatten den Fall des toten Schwiegersohns also ernst genug genommen, um noch vor der Mittagspause mit den Ermittlungen zu beginnen. Unter der Leitung von Inspektor Víctor L. Fuentes.

Dolf hatte den Namen schon in der Zeitung gelesen. Fuentes war einer der Handvoll Kommissare, die eine Abteilung für Gewaltverbrechen in einer mittleren Großstadt wie Cartagena üblicherweise hatte. Die meiste Zeit gab es für sie nicht wirklich viel zu tun, aber bei den ein oder zwei aufsehenerregenden Todesfällen mit überregionaler Bedeutung, die statistisch pro Jahr zu erwarten waren, wurden sie gebraucht. Dann wurden umfangreiche Mordkommissionen gebildet, und sie waren das lokale Verbindungsglied zu den Kommissaren und Polizeiermittlern, die aus der Provinzhauptstadt Murcia, eine halbe Autostunde hinter dem Küstengebirge entfernt, herüberkommen und die Leitung der Ermittlungen übernehmen.

Cartagena war eine Stadt mit ruhmreicher Vergangenheit in mehreren Epochen, aber mit eher bescheidener Gegenwart und ungewisser Zukunft. Der Hafenbetrieb hatte die Art von Verbrechen bestimmt, die hier aufzuklären waren: die Sittenpolizei und die Abteilung für Drogenbekämpfung und organisiertes Verbrechen, Schmuggel und Piraterie, das waren traditionell Schwerpunkte der Polizei. Schlägereien um Heuern und Huren waren früher an der Tagesordnung gewesen, die Ortspolizei hatte alle Hände voll zu tun gehabt. Aber Mord und Totschlag waren nicht häufigere Delikte als in anderen Städten. Die Abteilung für Gewalt gegen Menschen war eher kleiner als in einer vergleichbaren Stadt mit zweihunderttausend Einwohnern.

Inspektor Fuentes war nicht der stadtbekannte Superheld der Polizeitruppe. Ihn hatte es wohl einfach getroffen, weil er Bereitschaftsdienst gehabt hatte an jenem Samstagvormittag. Er hatte eine sorgfältige Ermittlung geleistet, ohne seine Zeit oder das Geld und die Energie des Staates und seiner Polizeibehörden zu verschwenden. Er war zweifelsfrei – und, soweit Dolf es beurteilen konnte, unvoreingenommen – zu dem Schluss gekommen, dass Tomás Martínez seinem Leben selbst ein Ende gesetzt hatte.

Tatsächlich war die Todesermittlung zu Beginn als ungeklärter Todesfall verbucht worden, nicht als Selbstmord. Anscheinend hatten auch Conchas Vater und die ermittelnden Polizisten es zunächst nicht für möglich gehalten, dass Tomás sich umgebracht haben könnte.

Dolf überflog das Vorsatzblatt, das die Teile der Akte aufschlüsselte.

Beteiligte Ermittlungskräfte bzw. Abteilungen (vgl. die angefügten Berichte):

– Spurenermittler/Polizeilabor

– Polizei-Fotograf

– Transportabteilung/Leichensachen

– Rechtsmedizin/Friedensrichter

Dann schlug er den eigentlichen Bericht auf, verfasst im typischen amtlichen Sprachduktus, der seltsam umständlich und altmodisch klang für eine Ermittlung, die gerade erst zwei Monate abgeschlossen war:

Cartagena, 8 de mayo

Aufgefunden wird der überprüft leblose Körper des vorbeschriebenen Tomás Martínez Hidalgo im Hinterraum (Rezeptur) des vorbeschriebenen Verkaufsladens (Apotheke Sánchez) hinter der Anrichte (Medikamentenzubereitungstisch) auf dem Boden liegend in natürlicher Haltung ohne Anzeichen körperlicher Gewalteinwirkung. Der Kopf des besagten Toten weist Richtung Fenster, die Beine sind gegen die Tür zum Verkaufsraum gewandt (vgl. beigefügte Skizze). Auf dem sonst leeren Boden des Hinterraumes finden sich ein gebrauchtes Papiertaschentuch (Asservat N° 3) und eine Büroklammer (Ass. N° 4; s. beigefügten Bericht d. Spurenermittlung).

Sie hatten alles genauestens aufgeführt, selbst Kleinigkeiten, die bei weniger gründlichen Ermittlern als Müll durchgegangen wären.

Dann kam die Beschreibung der Gefäße und Chemikalien, die sie auf dem Apothekertisch gefunden hatten, nebst ausführlicher Fotodokumentation: ein Vorratsbehälter mit Colchicin, Alkohol, Rührglas, Spatel, Trinkglas. Überall Spuren des Giftcocktails. Dolf blätterte weiter, bis er zu den Schritten kam, die Fuentes und seine Leute unternommen hatten.

Nach Inaugenscheinnahme des Auffindeortes wurden die folgenden Maßnahmen eingeleitet:

– Dokumentation der Auffindesituation (vgl. fotografischer Bericht)

– Dokumentation menschlicher Spuren (vgl. Bericht KTU)

– Abtransport des Geschädigten

– (Tatortverdacht): keine Hinweise

Das war die Suche nach Anhaltspunkten, dass der Fundort nicht zugleich der Tatort sein könnte, rief sich Dolf in Erinnerung.

– (Beteiligten Verm.): keine Hinweise.

Jeder Hinweis auf eine Beteiligung weiterer Personen, auf eine gewaltsame Auseinandersetzung, ein Handgemenge oder Ähnliches war selbstverständlich das zentrale Untersuchungsziel bei Todesermittlungen.

– Befragung des Finders (vgl. Bericht)

– Befragung der Ehefrau (vgl. Bericht)

Inspektor Fuentes schien seinen Fragenkatalog nach Handbuch abgearbeitet zu haben, fand Dolf.

– Befragung Zeugen: Señora Ernesta Núñez Otero, 87 Jahre, Witwe, Rentnerin, wohnhaft dortselbst, erster Stock. Doña Ernesta ist gehbehindert und stark sehbehindert. Keine Beobachtungen; María Callao Navarro, 23, Angestellte der Apotheke. Keine Beobachtungen.

Routiniert und wie es sich gehörte.

– Ermittlung weiterer Zeugen: o. E.

Ohne einen Handschlag zu viel.

– Abschließende Begehung des Auffindeortes mit Ermittlung sämtlicher Zugänge und Dokumentation des jew. Zustandes

– Verschluss und Versiegelung des Auffindeortes

Abschluss der Untersuchungen.

Abrücken vom Einsatzort: 18:35 h.

Und pünktlich Feierabend gemacht hatten sie auch.

Dolf überflog die anderen Teile der Akte und fand vieles von dem wieder, was er im Internet recherchiert hatte: Das Pulver in der Glasflasche war das Gift der Herbstzeitlosen. In Alkohol löste es sich nur zögerlich auf. Ohne ausreichendes Rühren oder einen Emulgator ergab sich eine leicht milchige Flüssigkeit, deren Rückstände sich im Trinkglas gefunden hatten.

In der Rechtsmedizin hatten sie in Tomás' Blut die entsprechenden Reste von Alkohol und Pflanzengift gefunden, die zu den Spuren am Fundort passten. Außer einer Druckstelle am Hals, die zum Beispiel vom Sturz gegen den Knauf einer offenen Schublade herrühren konnte, gab es keine auffälligen Verletzungen an der Leiche, keinerlei Anzeichen für Gewalteinwirkung. Die Obduktion ergab die nach einer Vergiftung üblichen Symptome, die geschwollene Zunge, die Verfärbungen der Leber, den Harnstau, den Blutstau der zentralen Organe und die Blutleere der peripheren Muskulatur.

Eine Vergiftung mit Colchicin war kein schöner Tod, aber er brachte auch nicht die üblen Verkrampfungen mit sich, die sich durch Arsen oder Blausäure oder Cyanid einstellen, wie sie Dolf von den Internetfotos kannte. Außerdem verlor sich das Gift nach sechs bis zwölf Stunden. Es grenzte fast schon an ein Wunder, dass bei der Leicheneröffnung noch nachweisbare Spuren vorlagen. Hätte das Medikament nicht so offensichtlich auf der Anrichte gestanden, wäre wahrscheinlich niemand überhaupt auf eine Vergiftung gekommen. Der errechnete Alkoholspiegel war hoch, fast 2 Promille. Aber das allein konnte nicht die Todesursache sein. Nach den Analysen des Rechtsmediziners, nein: der Rechtsmedizinerin, Dr. Ana Cervales, musste Tomás fast einen Viertelliter, 233 ml, 60-prozentigen Alkohol mit einem Teelöffel Gift darin (ca. 5600 mg) geschluckt haben. Das war sehr viel und sehr unangenehm zu trinken. Aber keinesfalls übermenschlich.

Einen Moment lang versuchte Dolf sich vorzustellen, wie dieser Tod sich wohl angefühlt haben mochte: Der Alkohol ging blitzschnell ins Blut. Es war die Konzentration, die auch zur Desinfektion benutzt wurde, sie hatte die höchste Eindringtiefe, wie Dolf aus seiner Online-Recherche wusste. Das Gift machte in kleiner Dosierung gelassen, entspannt, schließlich ausgelassen und hemmungslos. Erst danach folgten die Halluzinationen, dann die Betäubungserscheinungen und die Lähmungen. So spät, dass man es kaum mitbekam.

Alles in allem keine schlechte Art, den Tod zu suchen, fand Dolf. Wenn man wirklich verzweifelt war …

Dafür wiederum gab es keinen ersichtlichen Anlass. Inspektor Fuentes hatte Concha nach der ersten Befragung am Tatort noch zwei weitere Male vernommen, nach Motiven für einen Suizid geforscht und Vermutungen notiert. Aber schließlich hatte er doch in dürren Worten zusammengefasst, wovon seine Ermittlungen von Anfang an überschattet gewesen waren: Es gab kein Motiv für einen Selbstmord.

Weitere Zeugeneinvernahmen / telf. Befragungen:

– F. K., Schulfreund

– Mutter von T. M. H.

– Sancha Serrano Vázquez, Freundin der Ehegattin

– Buchprüfer Apotheke

– Gewerbeaufsichtsamt Calle Mayor, Sachbearbeiter T.

– Verband der Geschäftsleute Calle Mayor, Vorsitzender F.

– Industrie- und Handelskammer, Sachbearbeiter G. de S.

– Generalauskunft Steuerbehörde

Ein bisschen zusätzliche Mühe hatte sich Inspektor Fuentes also doch noch gemacht.

Dolf blätterte zurück. Conchas Befragung zu den letzten vierzehn Tagen vor der Tat zog sich endlos. Die Arbeit, die Familie, das tägliche Einerlei: Einkaufen, Erledigungen, der Bescheid des Finanzamtes, ein Strafzettel. Entweder Concha hatte ein extrem gutes Gedächtnis, oder sie führte irgendwelche Tagebücher. Sollte Dolf sie danach fragen?

Aktivitäten im Segelclub gab es kaum. Es war Januar, die Saison war längst vorbei. Die meisten Boote waren aus dem Wasser, waren gesäubert und winterfest gemacht worden oder hatten einen neuen Anstrich des Unterwasserschiffs erhalten. Tomás hatte mehrere solcher Jobs gemacht. Ölwechsel, Wassertanks desinfizieren, kleinere Reparaturarbeiten.

Während des vorangegangenen Sommers hatte er größere Jobs gehabt, auch das hatte Fuentes erfragt. Im Frühjahr eine Karibik-Überführung, 18 Tage; einen exklusiven Segelkurs für eine Softwarefirma aus Großbritannien; zweimal drei Tage Hochsee-Angeln.

Im Herbst hatte Tomás eine Segelyacht nach Menorca überführt, war auf einem anderen Boot zurückgekommen, nicht viel mehr als ein verlängertes Wochenende. Außerdem war er für einen befreundeten Segellehrer eingesprungen und hatte einen Segeltörn nach Ibiza begleitet. Immer wenn Tomás mit einem Boot unterwegs war, hatten Concha oder eine junge Apothekenhelferin die Nachtdienste übernommen. Vielleicht sollte er Concha nach Vorkommnissen während dieser Spätdienste befragen?

Dolf schob seine billige Lesebrille auf die Stirn und rieb sich die Augen. Auf den ersten Blick fand er nichts Auffälliges, keinen Ansatzpunkt. Alles andere wäre allerdings auch ein Wunder gewesen. Oder ein böses Armutszeugnis für die ermittelnden Polizisten. Sobald er sich wirklich an die Arbeit machte, würde er sämtliche dieser Informationen gegenprüfen müssen.

»*¡Buenas tardes!*«

Dolf hatte niemanden kommen hören. Der Polizeioffizier in makelloser Motorraduniform stand vor ihm wie aus dem Boden geschossen. Dolf schob den Bericht wie beiläufig in den Leinenbeutel, der ihm gerade als Aktentasche diente.

»Guten Abend, Herr Major.« Der Mann sah aus, als lege er Wert auf Titel und Dienstgrad. Dolf konnte nicht auf Anhieb sagen, ob zwei Streifen am Ärmel und drei goldene Sterne am Revers des Stehkragens tatsächlich den Rang eines Majors darstellten, aber er griff zur Vorsicht lieber zu hoch.

»Herrliche Nacht, nicht wahr?«

Dabei hatte die Dämmerung noch nicht richtig eingesetzt.
»Sehr warm, ja.«

»Sie lesen?«

»Ja, Herr Major. Einen Bericht.«

»Sah mir aus wie eine Polizeiakte.«

»Mhm.« Das konnte als Eingeständnis oder Zustimmung durchgehen.

»Rechtmäßig in Ihrem Besitz?«

»Selbstverständlich.«

»Sie erlauben, dass ich das kurz prüfe?« Er streckte Dolf bereits hilfsbereit und zugleich fordernd die weiß behandschuhte Hand entgegen.

»Nein, *con su permiso*. Die Akte befindet sich rechtmäßig in meinem Besitz. Ich bitte Sie, mir das zu glauben. Wenn ich sonst etwas für Sie tun kann …?«

Der Offizier der *Guardia civil* wirkte keineswegs amüsiert. Er machte ganz den Anschein, als sei er es nicht gewohnt, dass sich Leute seinen Wünschen oder Anordnungen widersetzten. Jedenfalls schien er Widerworte nicht von Leuten zu schätzen, die in der Hierarchie weit unter ihm standen, wenig Wert auf ihre Kleidung legten und in einem Park bei einer Flasche Wein Akten auf Amtspapier lasen.

»Ärgerlich, das.«

»Bitte um Verständnis, Señor.«

»Sie sind sich bewusst, dass dieser Park nach Einbruch der Dunkelheit geschlossen ist?«

Dolf fand mindestens drei Widersprüche in diesem Satz. Wäre es eine Frage im Fernsehquiz gewesen, hätte er darüber lachen können: Der Park war kein Park, sondern ein Karree staubiger Sandwege um einen verdorrten Rasen herum. Mit vier verrosteten Drahtgeflechtbänken, die noch nie jemand benutzt hatte, der sich nicht gerade eine Flasche oder eine Spritze reinziehen wollte oder auf einen Jungen warten musste, der die narbige Grünfläche zum Kicken nutzte. Dunkel war es auch nicht. Noch vor wenigen Sekunden hatte Dolf gelesen. Den Park zu schließen war nicht möglich ohne Zaun oder Tore. Der Platz lag einfach zwischen zwei Straßen, Palmstrünke am Rand, Müll auf dem Gehweg.

Aber hier hatte Dolf es nicht mit einem gutmütigen TV-Moderator zu tun, sondern mit einer selbstgerechten Nervensäge von Zivilgardisten.

»Ich wohne hier in der Nähe.«

»Sie sind spanischer Staatsbürger?«

»Ich verfüge über eine gültige Aufenthaltserlaubnis.«

»Kann ich Ihre Papiere sehen?«

»Selbstverständlich.«

Dolf zog seinen Pass aus dem Stoffbeutel. Der Offizier nahm ihn mit spitzen Fingern entgegen, blätterte zu den Seiten mit den Stempeln der Einwanderungsbehörde, schlug Seite um Seite um mit zunehmend kritischer Miene. Vorläufige Aufenthaltserlaubnis *no-residente*. Zweifach. Daueraufenthaltserlaubnis *residente*.

Dolf lächelte vorsichtig. Seine Papiere waren in Ordnung. Seit seiner Ehe besaß er die spanische Staatsbürgerschaft, er hatte auch einen spanischen Pass. Aber für die meisten Ordnungshüter war es einfacher, sein nordisches Aussehen mit einem deutschen Pass in Einklang zu bringen: der kantige Schädel, die weißblonden Augenbrauen über den weit auseinanderstehenden wasserhellen Augen, die Blumenkohlohren. Dazu die praktische schlammgraue Allwetterjacke.

»Teskiriner?« Das war so ungefähr die spanische Aussprache von ›Tschirner‹.

»Ja. Das ist der Nachname.«

»Sie leben bereits sehr lange in unserem Land.«

»Mein halbes Leben.«

»Warum sprechen Sie unsere Sprache nicht besser?«

Was konnte Dolf darauf sagen? Er wusste, dass sein Spanisch in Ordnung war. Wenn er mit Santes oder den Seeleuten aus dem Club unterwegs war, ging er als Spanier durch. »Was du nicht mit der Muttermilch eingesogen hast, das wird dir nie zu eigen.« Es war ein spanisches Sprichwort aus Galicien, Nordspanien. Aber der Polizeioffizier kannte es nicht einmal. Wahrscheinlich war er nicht aus dem Norden. Er fingerte noch immer an Dolfs Pass herum.

»Adolf – Adolf Teskiriner.«

»So ist es.«

»Wie ›Adolf Hitler‹?« Den Vornamen konnte er völlig akzentfrei aussprechen, mit Betonung auf der ersten Silbe. Dolf war nicht wirklich überrascht: Die deutschen Nationalsozialisten hatten Franco seit seiner Machtübernahme in den 1930er Jahren umfassend unterstützt. Görings Legion Condor hatte im spanischen Bürgerkrieg die Stadt Cartagena, die sich in den Händen der republikanischen Truppen befand, vier Tage lang aus der Luft zerbombt, sie sturmreif geschossen für die spanischen Faschisten.

»Exakt. Sie erlauben?«

Dolf streckte seine Hand nach den Papieren aus. Aber noch war er nicht entlassen.

»Sie kennen das in ganz Spanien gültige Verbot, Alkohol in der Öffentlichkeit zu trinken, Señor?«

Konnte das sein Ernst sein? In jeder Strandbar an jedem Strand in jeder Bucht an der gesamten Mittelmeerküste wurde Alkohol bis zum Abwinken ausgeschenkt, wurden die *copas* gefüllt, bis der Gast »Stopp« sagte oder seine Hand über das Glas hielt. Und dieser blasierte Offizier wollte ihm weismachen, er könnte das Alkoholverbot ausgerechnet hier durchsetzen? Es war zum Lachen. Es wäre zum Lachen gewesen.

»Ja, Señor, das ist mir bekannt.«

»Wollen Sie sich in Zukunft daran halten?«

»Ich werde mir Mühe geben.«

»*Muy bien.*« Damit gab er Dolf seinen Pass zurück, legte grüßend die Hand an den Helm, den er die ganze Zeit nicht abgenommen hatte, und wandte sich ab.

Dolf wartete, bis der Mann um die nächstgelegene Palme gebogen war, bevor er seine Flasche ansetzte. Doch der Rotwein schmeckte plötzlich billig und schal. Dolf steckte die halbleere Flasche in ihre Papiertüte und stand auf.

Sein Lesezeichen fiel auf den Boden. Er hob es auf. Es war ein Bon, den er in seiner Jackentasche gefunden hatte. Aus einer der schicken Bars am Hafen. Erinnern konnte er sich nicht. Wahrscheinlich hatte ihn Santes auf einen Aperitif eingeladen. In Dolfs Stammlokal machten sie keine Bons. Er zog die Polizeiakte aus seiner Stofftasche, überprüfte, ob er beim hastigen Zuschlagen nicht versehentlich Fotos oder Kopien geknickt hatte. Alles war in Ordnung. Dolf legte den Bon in die Akte, am Ende des Abschnitts über Conchas Vernehmungen, und packte sie wieder weg. In der Flasche war noch Wein, doch als Dolf zum Straßenrand trottete, warf er sie auf die zum Abholen aufgestapelten schwarzen Plastiksäcke. Er brauchte jetzt etwas Stärkeres.

Und er wusste, wo er es bekam. Angel in der Algameca Bar kam nicht nur ohne Bons aus, er schrieb sogar an. Sechs Bier, zwei Rum und ein Wasser notierte er an diesem Abend auf Dolfs Deckel.

4

Trotzdem war Dolf am nächsten Morgen früh auf den Beinen.

»*¿Quién es el último?*«

Ein gebrechlich wirkender alter Mann mit Gehstock und Hut hob die freie Hand. Dolf bestätigte mit einem Nicken.

Die Spanier bildeten keine disziplinierte Warteschlange wie die Engländer, aber dennoch achteten sie genau auf die Reihenfolge. Sobald der Alte mit dem Stock seine *churros* hatte, war Dolf dran. Er wechselte die Leinentasche mit dem Polizeibericht in die Linke, um seine Geldbörse aus der Tasche zu ziehen. Bis der Lesesaal im Club aufgeschlossen wurde, hatte er noch mehr als zwei Stunden Zeit, um den Rest der Akte durchzuarbeiten.

Die spanische Küche steuerte vielleicht nicht besonders viele Köstlichkeiten zur internationalen Esskultur bei, aber ein Frühstück aus *chocolate y churros* gehörte nach Dolfs Überzeugung auf jeden Fall dazu. An manchen Tagen gönnte er sich das. Wahrscheinlich hatte Santes recht, und es tat ihm wirklich gut, eine Aufgabe zu haben.

Im Hinterraum der *churrería* schwitzten zwei Bäcker an großen Bottichen mit siedendem Fett. Dahinein schnitten sie mit groben Küchenscheren die Weizenteigwürstchen, die in einer langen Schlange aus der Teigpresse kamen, einem stabilen Stahlzylinder in einer schwenkbaren Aufhängung. Zwei fingerlange Stücke purzelten in das siedende Fett und zischten auf, bevor sie rasch hellbraun und knusprig wurden.

Harte und schweißtreibende Arbeit war das für Pedro und Jesús, die sich abwechselnd über das kochende Fett beugten – das nie alt oder gar nach Fisch roch, da war Dolf empfindlich – oder an der Kasse fuhrwerkten, Wachspapiertüten zusammendrehten und Kakaomasse abfüllten. Ihre derben Scherze gingen vor allem auf Kosten der beiden jungen Verkäuferinnen, die weiter vorn am Tresen des Ladens bedienten.

Rosa war die hübschere von beiden, mit einem Püppchengesicht und einer feinen Figur unter dem unvermeidlichen weißgestärkten Schürzchen. Sie wirkte zurückhaltend, ob sie schüchtern war oder arrogant, das konnte Dolf auch nach all den Jahren nicht sagen.

Teresa war die herzlichere, die Seele des Ladens, eher der herbe Typ mit akzentuierten Wangenknochen und einer zum Pferdeschwanz gebändigten Wuschelmähne, kräftigen Brauen und einer länglichen Nase. Sie hatte stets ein offenes Lächeln für Dolf parat, genau wie für jeden anderen Kunden.

Das Ladenlokal ging zur Straße hinaus. Teresas und Rosas Bereich war das Schmuckkästchen der *churrería*, ein edles Design in Chrom und Mattschwarz, mit Lederhockern und bodentiefen Spiegeln. Dort herrschte Gedränge am Tresen und um die begehrten Sitzgelegenheiten.

Im Hinterraum gab es *churros* zum Mitnehmen, dazu die zähflüssige Schokolade, die so heiß war, dass man sich leicht den Gaumen daran verbrühen konnte.

»*Una de churros y un chocolate. ¡Que aproveche!*«

»*Gracias, Jesús.*« Dolf bezahlte, nahm seinen Plastikbeutel in Empfang, nahm noch ein Tütchen Zucker und drängte sich durch die Gruppe der Wartenden zum Ausgang.

»*Adiós, guapo, nos vemos el Domingo, eh?*« Trotz des Trubels hatte Teresa ihn registriert und grüßte Dolf.

»*Nos vemos, cariño.*«

Der Park des *Castillo* machte eigentlich auch erst um neun auf. Aber niemand hatte etwas dagegen, wenn Dolf sich auf eine schattige Bank setzte und seinen Bericht las. Solange er nicht wie ein Obdachloser wirkte.

Der Ausblick über Bucht und Hafen war überwältigend. Zu allen Tageszeiten hatte Dolf ihn schon genossen, aber jetzt gab es Wichtigeres: sein Frühstück. Sorgfältig streute er sich Zucker in die Wachstüte, tauchte die *churros* in die Schokolade und nuckelte an der knusprigen Rippenkruste. Er hätte schmatzen können vor Hochgenuss – und wahrscheinlich tat er das auch. Zum Glück hatte er auf dem beschwerlichen Weg herauf in einer *papelería* vorbeigeschaut und einen Packpapierumschlag gekauft. Der Bericht sah jetzt aus wie ein Schulheft. Der erste Schokoladenfleck war bereits darauf.

Dolf fand sein Lesezeichen und überflog den Rest der Akte. Sie bot jede Menge Informationen, die er im Lauf der nächsten Tage nachprüfen würde. Aber die einzig bedeutsame offene Frage war die nach einem Motiv. Für den Suizid des Tomás Martínez hatte Inspektor Fuentes keine Begründung gefunden. Das stellte auch für Dolf die größte Lücke dar – die Haltung und die Überzeugungen des Opfers. Dolf konnte sich kein Bild von Tomás machen. Danach musste er wohl Santes oder Concha fragen.

Stumm schloss Santes ihre Wohnung auf und lotste Dolf mit einer Handbewegung hinein. Sie war nicht begeistert von der Aussicht, ihre Mittagspause mit ihrem Schwiegervater verbringen zu müssen. Aber schließlich hatte sie Dolf auf die Sache angesetzt und konnte ihm jetzt kaum abschlagen, ein paar Fragen zum Leben ihrer Freundin zu beantworten.

Kaum im Flur, streifte sie sich die hochhackigen Pumps von den Füßen und kickte sie in eine Ecke. »*Un momentito*, ich bin gleich bei dir. Geh schon vor.« Sie huschte in das kleine Badezimmer.

Die Fotos im Flur kannte Dolf in- und auswendig. Eduardo war allgegenwärtig. Nicht nur auf dem Hochzeitsfoto, auch auf Schnappschüssen der vielen Fernreisen und fröhlichen Strandurlaube, die Santes und sein Sohn in den ersten, glücklichen Jahren ihrer Ehe unternommen hatten. Schon vor dieser Heirat war Santes viel und gerne gereist, oft auch im Rahmen ihrer Arbeit im Reisebüro. Überall in der Wohnung hingen Drucke und Erinnerungen aus fernen Ländern. Masken aus Afrika, Tuschzeichnungen aus Asien, Frottagen von den Bildhauereien des vorgeschichtlichen Südamerikas. Es war eine Wohnung für eine alleinstehende Frau. Spärlich möbliert, mit glänzenden dunklen Böden und einer schicken hellen Ledercouch im *salón*.

Es war die Wohnung, die Santes sich genommen hatte, nachdem sein Sohn sie verlassen hatte für eine jüngere, anpassungsfähigere Frau, eine Schwedin mit Wintersitz in der Gegend. »Mit größerem Busen als ich«, wie Santes zu betonen niemals müde wurde.

Es war die Wohnung, in der Dolf seiner Schwiegertochter in der Zeit der Trennung beigestanden hatte. In der er sie zu trösten versucht hatte. In der sie die Nacht verbracht hatten, die Eduardo ihm danach niemals mehr verzieh.

Im Flur hingen ausschließlich Fotos aus glücklichen Tagen. Nicht die späteren Bilder, die zeigten, wie sein Sohn verwahrlost war, geschwächt und ausgezehrt von der Droge, wie er in einer verlausten Bruchbude gehaust hatte, nachdem er das Haus und ihre gemeinsamen Möbel versetzt hatte. Die Bilder gab es nur in Dolfs Kopf, nicht auf Papier. Umso deutlicher standen sie ihm jetzt vor Augen. Dolf war nicht gern bei Santes, so einladend die Wohnung auch sein mochte.

Die Spülung rauschte. Santes kam aus dem Bad zurück und sah Dolf bei den Fotos stehen. »Grübel nicht. Was vergangen ist, ist vorbei. Das hätte niemals geklappt zwischen Eduardo und mir. Wir waren zu verschieden.« Sie drückte sich an ihm vorbei zur Küchenzeile. »Ich kann dir nichts anbieten, ich muss mich hinlegen.«

Sie griff sich eine Kühlbrille aus dem Eisfach, dazu eine gekühlte Flasche Mineralwasser für Dolf. »Du weißt, wo die Gläser stehen.«

Santes legte sich aufs Sofa, Beine hoch, Kühlbrille auf den Augen. »*¡Diga!*«

Dolf setzte sich in eines der modernen Sesselchen am anderen Ende der bodentiefen Fensterfront. Er fragte nach Concha und deren Ehe, nach den Kindern, nach den wirtschaftlichen Verhältnissen, nach Tomás.

Santes antwortete, so gut sie konnte. Sie war müde und unkonzentriert. Über vieles wusste sie auch nicht Bescheid.

Concha und ihre Familie hatten keine Geldsorgen, aber sie lebten auch nicht auf großem Fuß. Ihr Einkommen kam in erster Linie von den Diensten in der Apotheke. Nebenher, vor allem in den Sommermonaten, jobbten sie und Tomás als Segellehrer im Yachtclub, wo sie sich auch kennengelernt hatten. Seit der Geburt der Kinder hatte Concha ihre Nebentätigkeiten fast aufgegeben, Tomás die seinen verdoppelt. Er übernahm Schiffsüberführungen, segelte Yachten für die Wintermonate in die Karibik und im Frühjahr wieder zurück, aber das waren kurze Reisen von nicht mehr als zwei bis drei Wochen inklusive Zubringerflug. Bei Bedarf ließ er sich für Ausbesserungsarbeiten im Yachtclub oder für kleinere Renovierungsprojekte anheuern. Geld konnte er immer gebrauchen. Seinen erlernten Beruf als Versicherungskaufmann übte er nicht mehr aus, aber er hatte handwerkliches

Geschick, jedenfalls genug, um einer Yacht einen neuen Anstrich des Unterwasserschiffs zu verpassen oder einer Strandbar ein neues Strohdach aufzusetzen. Ab und zu half er in einem Lokal aus, hinter der Bar.

»Warum leben die so bescheiden?«, wollte Dolf wissen.

Tomás hatte anscheinend irgendwelche alten Schulden, die er zurückbezahlen musste. »Damit hatte Concha aber nichts zu tun, das war allein seine Sache.«

»Ein größerer Betrag?«

Genaueres wusste auch Santes nicht. Sie glaubte, es hatte mit dem Restaurant zu tun, das Tomás früher betrieben hatte. »Wahrscheinlich eine neue Einrichtung oder so, *no sé*.«

Tomás' Familie stammte aus Totana, einem Provinzort an der Autobahn, seine Mutter lebte noch dort. Konflikte gab es keine, soweit Santes das beurteilen konnte. Tomás, so beschrieb sie ihn, war ein sehr zurückhaltender Typ gewesen, der nicht viele Worte gemacht und alles mit sich allein ausgetragen hatte. Vor Jahren einmal, erinnerte sich Santes, hatte sie sich auf einer *despedida de solteros*, womöglich sogar am Vorabend der Hochzeit von Concha und Tomás, mit einem seiner ehemaligen Schulkameraden unterhalten und eine Beschreibung gehört, die sie stimmig fand. Tomás sei »wie ein Belüftungsschacht bei der Metro, eine dunkle Höhle, in der man nichts erkennen kann, aber sehr angenehm, weil warme Luft herausströmt«.

Die Geschäfte der Apotheke waren, genau wie Concha bereits erklärt hatte, mittelprächtig, mit den saisonüblichen Schwankungen. Nichts, was einen Selbstmord gerechtfertigt hätte. Zumal Tomás immer nur als Angestellter betroffen war. Concha und er hatten eine unangestrengte, ausgeglichene Ehe geführt. »Seine Kinder hat Tomás geradezu vergöttert. Es war ein gutes Leben«, fand Santes. »Nicht reich, aber zufrieden.«

Darüber musste Dolf lächeln. Er lehnte sich in seinem Sessel zurück. Bisher hatte er nichts gehört, was einen neuen Ansatzpunkt für seine Nachforschungen ergeben hätte.

Santes seufzte, ihr Atem ging tiefer und ruhiger. Sie war eingeschlafen.

Dolf richtete sich auf. Er war nicht gerne allein in Santes' Wohnung. Abends oder in der Nacht kam er niemals hierher. Zwar hatte er noch ein paar Fragen, aber die konnten warten.

Santes wimmerte im Schlaf und drehte sich um. Die Kühlbrille klatschte auf den Boden. Dolf hob sie auf und verstaute sie wieder im Gefrierfach. Im Flur streifte er seine Schuhe über und wandte sich zum Gehen. Er zog leise die Tür hinter sich zu. In dem Moment klingelte sein Handy. So rasch er konnte, humpelte er den ersten Treppenabsatz hinunter, bevor er den Anruf entgegennahm.

»*¡Don Salva, qué honor!*« Der alte Xavierra hatte Dolf seit Jahren nicht mehr angerufen. Und niemals auf dem Handy. Deshalb hatte Dolf die Nummer auf dem Display nicht erkannt.

»Ich frage mich, ob Sie mir einen kleinen Dienst erweisen würden, Don Adolfo.«

Dolf wusste schon jetzt, dass er nicht für Xavierra arbeiten wollte, aber er würde sich gut überlegen müssen, wie er dieses Angebot ablehnen konnte. Er musste Zeit schinden, also fragte er höflich nach.

Es gehe um Probleme mit einer Lieferung von Rohstoffen für die Metallurgie, seltene Erden und Ähnliches, die einzelnen Bestandteile brauchten Dolf nicht zu interessieren. Jedenfalls stehe der Container mit dem Material im Zollhafen von Quieva, und die Behörden verweigerten die Freigabe. Xavierra wolle auf keinen Fall, dass mögliche Verluste allein auf seinen Anteil angerechnet würden. Was wiederum seinen Geschäftspartner aufgebracht habe. Der akzeptiere inzwischen keinen von Xavierras Leuten mehr. Sie brauchten einen Mittelsmann, eine Vertrauensperson. Dolf als Deutscher, »denen vertrauen die da unten, keine Ahnung, weshalb«, der überdies fließend Englisch und Spanisch spreche, sei ideal dafür geeignet. Vor allem weil Dolf, wie Xavierra aus Erfahrung wisse, nicht bestechlich sei – und trinkfest.

Dolf verstand nicht. »*¿Pero Quieva, dónde está?*«

Es ging um Kiew in der Ukraine. Beziehungsweise den Zollhafen von Odessa.

»Sie müssten sich schon ein paar Tage freinehmen, Señor Schirner, ginge das?« Vermutlich wusste Xavierra, dass Dolf keinen festen Job hatte. Dass er Geld gut gebrauchen konnte, auch wenn Xavierra zu klug war, um das anzudeuten.

Dolf steckte in der Klemme. Über Xavierras Geschäfte unter dem Franco-Regime kursierten nur Gerüchte, aber wie in jeder Militärdiktatur hatte es einträgliche Aufgaben gegeben für einen jungen Mann ohne Skrupel. Seine erste offizielle Million – Peseten – hatte Xavierra in den achtziger Jahren mit Japanern gemacht, mit Haifischflossen, deren Export schon damals nicht legal war. Im Bauboom der Neunziger und der ersten Jahre des neuen Jahrtausends waren es Feriensiedlungen gewesen, die er hingestellt hatte, wo immer damit Geld zu verdienen war. Es waren viele Siedlungen, und wenn man sie – wie Xavierra – rasch unter die Leute brachte, am besten noch bevor ruchbar wurde, dass sie ohne Genehmigung auf unsicherem Grund gebaut worden waren, in trockenen Flusstälern, an geschützten Küstenabschnitten, auf Abraumhalden, dann war damit üppiger Profit zu erzielen.

In einer dieser Siedlungen war Dolf mit Xavierra in Kontakt gekommen. Es ging um unterschlagenes Geld, illegale Bauten. Xavierra kämpfte mit harten Bandagen, aber Dolf wollte sich nicht bestechen lassen oder war zu teuer. Damals hatte Xavierra alles über Dolf in Erfahrung bringen lassen; seit damals wusste er, dass Dolf nicht – mehr – käuflich war. Dass er seinen Sohn verloren hatte. Dass er soff. Xavierra war nicht der Typ, der solches Wissen ungenutzt ließ. Wenn es irgendwie zu vermeiden war, wollte Dolf lieber nichts mit ihm zu tun haben. Vielleicht konnte er dieses eine Mal sein krankes Bein vorschieben.

»Ich muss mir das gut überlegen, Don Salva. Sie wissen von meiner Erkrankung? *La gota*. Manchmal ist es so schlimm, dass ich kaum gehen kann. Ich würde Ihnen keine große Hilfe sein, *disculpe*.«

Xavierra war nicht begeistert. Dolf versprach, es sich noch einmal zu überlegen, aber sie verstanden beide, dass es eine Absage war. Xavierra war kein Mann, der Weigerungen schätzte, da war sich Dolf sicher. Er konnte nur hoffen, dass er damit durchkam.

5

Abends war es unheimlich in der Apotheke. Die Räume lagen im gelbstichigen Licht der Fußgängerzone, einzelne Passanten warfen lange Schatten. Ihre Geräusche und Gespräche drangen fast ungehindert herein. Selbst bis ins Hinterzimmer, wo Dolf und Concha Polizeifotos auf dem großen Labortisch ausgebreitet hatten und die Anordnung der Gefäße und Instrumente in der Tatnacht nachstellten. Sie hielten sich detailgenau an die Polizeiakte.

Auf der Anrichte (Medikamentenzubereitungstisch) findet sich:

– eine geöffnete Dosierflasche, versehen mit der Aufschrift »Aethanol 60 (%)«, Inhalt 2,5 Liter, zu drei Vierteln gefüllt, samt Deckel (Ass. N° 7)

– ein Aufbewahrungsglas mit Schraubverschluss mit der Aufschrift »Colchicin (past. kompr. Colch. autumn. irrar.)«, gekennzeichnet als Gift mit dem Symbol des Totenkopfes, verschlossen, ca. halb gefüllt (eierschalenfarbenes Pulver; Ass. N° 8)

– ein Dosierspatel mit Anhaftungen eines eierschalenfarbigen Pulvers (Ass. N° 12)

– ein Rührstab (aus Glas) mit Anhaftungen einer leicht milchigen Flüssigkeit (Ass. N° 2)

– ein Trinkglas mit Resten einer leicht milchigen Flüssigkeit (Trinkglas von derselben Sorte wie die Trinkgläser auf dem Wasserspender im Verkaufsraum der Apotheke; Ass. N° 1)

Klirrend stieß Concha ein Rührglas an die metallene Tischkante und fuhr erschrocken zusammen. »*¡Perdone!*«

»*Tranquila.* Wir machen das hier nur, um auch ja nichts auszulassen.«

Sie war eifrig, sie wollte alles richtig machen. »Ich bin Ihnen sehr dankbar, dass Sie sich darum kümmern, Don Adolfo.« Concha war zum Siezen zurückgekehrt oder niemals davon abgewichen.

»Ich habe noch nicht angefangen. Ich mache mir nur ein Bild. Versuche einzuschätzen, ob ich Ihnen helfen kann.«

»Auch dafür bin ich Ihnen dankbar.«

»Schon gut.«

Alles auf dem Labortisch war jetzt genau so arrangiert wie auf den Polizeifotos. Apothekerwaage, elektrisches Wasserbad, Mörser und Stößel standen griffbereit an der Hinterkante. Noch mehr Mörser, Flaschen, Gläser warteten in Fächern und Schubladen auf ihren Einsatz. Oben am Tisch gab es tatsächlich Schubladen mit halbkugelförmigen Knopfgriffen, an denen man sich beim Zusammensacken den Hals prellen konnte.

Auffällig mitten auf dem Labortisch stand das Vorratsglas mit dem Colchicin. Dolf nahm es prüfend in die Hand. Es unterschied sich von den anderen Gläsern in den Regalen, die zwar unterschiedliche Größen, aber alle dieselbe Grundform hatten: zylinderförmig mit abgerundeten Enden. Dieses Glas dagegen hatte eine quadratische Grundform. Ein braunes Bonbonglas?

»Wo sollte das üblicherweise stehen?«

»Es sollte gar nicht hier sein.«

Dolf sah sie erstaunt an.

»Wir haben das Colchicin nur in kleineren Behältern. Hier, bitte.« Concha nahm ein Gläschen aus einem Schrank, das sehr viel kleiner war, aber die Form der übrigen Gläser hatte. »Man braucht das Präparat für Gichtanfälle, dann aber frisch angemischt. Ich habe keine Ahnung, wo das große Glas da gewesen sein soll. Es passt ja gar nicht zu den anderen.«

»Also gibt es ein Versteck in der Apotheke?«

Concha zögerte. »Nein, ich kenne keinen solchen Ort. Was nicht heißt, dass es ihn nicht geben kann.«

»Wenn das Glas nicht hierhergehört, wenn es kein Versteck gibt: Kann Tomás es mitgebracht haben? Hatte er einen Rucksack oder einen Apothekerkoffer bei sich, wenn er zum Dienst kam?«

Wieder war sie merkwürdig zurückhaltend. Oder überlegte sie nur sehr gründlich?

»Es gibt den Notfallkoffer, den jede Apotheke haben muss, mit einem Defibrillator und Betablockern und Gegenmitteln für den anaphylaktischen Schock und so weiter. Aber er steht vorn.« Concha ging in den Hauptraum und holte den Koffer. Er war nagelneu, unbenutzt. Die Verbrauchsdaten der Medikamente liefen erst in fünf Jahren ab. Dolf suchte nach dem frühesten Verfallsdatum. Concha reichte ihm das Nitro für die Herzanfälle. »Das muss alle sechs Monate ausgetauscht werden.«

Dolf las das Datum ab. »Es hat noch fünf Monate Zeit.«

Concha rief ihren Vater an. Er hatte den Notfallkoffer vor einem Monat ersetzt, der andere war plötzlich weg gewesen. Etwa seit Tomás' Tod? Nein, das war mehrere Wochen nach dem Vorfall. War er sich sicher? Na ja, ziemlich sicher jedenfalls …

Dolf hörte das Telefonat aus dem Nebenzimmer mit. Er konzentrierte sich auf den Raum, auf die Regale, die Schubfächer, die Spüle, das Trockengestell. Alles hatte seine Funktion und Ordnung. Es war wie in den Suchbildern in der Wochenendzeitung: Finde sieben Unterschiede. Er suchte nach etwas, das nicht dort war, wo es sein sollte, nach einem Fehler im Bild.

Concha kehrte aus dem Verkaufsraum zurück. »Mein Vater hat den Koffer ersetzt. Er weiß nicht genau, wann der alte weggekommen ist. Aber jedenfalls nicht unmittelbar nach dem Mord.«

»Ich hab mitgehört, danke.«

»Hilft uns das weiter?«

»Kann man nie wissen.«

»Tja.« Sie zuckte unentschlossen die Achseln. Gespielt zuversichtlich.

»Wenn Sie sich hier umschauen, Concha, und sich die Fotos dazu ansehen: Gibt es irgendetwas, das anders aussieht als gewöhnlich? Ein Schubfach, das offen steht? Ein Instrument, das nicht an seinem Platz ist?«

Concha nickte, winkte dann müde ab. »Das ist der Kommissar doch damals mit meinem Vater alles durchgegangen! Die haben nichts gefunden.«

»Entweder wir fangen von vorn an, oder wir lassen es. Wenn wir uns damit zufriedengeben, was die Polizei herausgefunden hat, dann kommen wir zu denselben Ergebnissen. Die Sie nicht akzeptieren wollen.«

»Ich weiß. Sie haben selbstverständlich recht. Verzeihen Sie.« Concha strengte sich wirklich an. Intensiv betrachtete sie die Fotos und prüfte einzelne Schubladen am Schrank, ob sie in geschlossenem Zustand exakt die Schatten warfen, die dort zu sehen waren. Sie drehte Glasflaschen im Regal, um die weißen Etiketten mit der tiefschwarzen Frakturschrift genau an die Stelle zu rücken, die sie auf den Fotos hatten.

Aber sie fanden nichts.

»Das ist der Sinn eines Apothekerschranks, dafür sind die Dinger gemacht: dass man auf einen Blick sieht, ob alles am rechten Platz ist. Jede Schublade, jedes Fach, jede Blende, die nicht ganz zugeschoben ist, fällt sofort auf.«

Eigentlich war der gesamte Raum nach diesem Prinzip eingerichtet. Der Spülstein, das Trockengestell, der Zubereitungstisch, die Regale an der Wand. Es war sinnlos, nach einer Störung der Ordnung zu suchen.

»Oder gibt es Geheimfächer? So wie in alten Sekretären, wo hinter den Schubladen …«

»Klar gibt es die. Gar nicht wenige.«

Concha zog zwei Blenden auf, die weitere Schubladen verbargen. Darin lagen: Faserschreiber, Bleistifte, Büroklammern, Klebestifte, ein Kugelschreiber mit einer ausklappbaren *llave USB*, eine Miniaturtaschenlampe als Schlüsselanhänger: Krimskrams. In der anderen lagen Papiere, Zettel und noch mehr Kugelschreiber. »Nicht abgeholte Rezepte. Alte Rechnungen. Die sind so geringfügig, dass es sich nicht lohnt, sie einzutreiben … Wollen Sie sehen?«

Dolf winkte ab. »Sie haben ehrlich keine Ahnung, wo die fremde Flasche stand? Falls sie tatsächlich hier aufbewahrt worden ist?«

»Das ist falsch gefragt, Don Adolfo. Es gibt verschiedene Möglichkeiten, hier Dinge aufzubewahren. Wenn keine Kühlung nötig ist und man die Verschlusspflicht ignoriert … Unter dem Tisch, im Keller, im Lager in irgendeinem Regal, in einer Vorratsbox oder in einer der Lieferboxen, in denen die Medikamente vom Großhändler kommen: Es gibt jede Menge Möglichkeiten. Aber nicht für Salben, Drogen oder Arzneien.«

»Aber das hättet ihr bemerkt, wenn einer von euch ungesetzlich Vorräte gebunkert hätte, oder?«

»Irgendwann bestimmt.«

»Innerhalb von Wochen?«

»Oder Monaten.«

Dolf nickte langsam. Sie musterte ihn skeptisch. »Sie verdächtigen Tomás; immer nur ihn. Etwas anderes kommt Ihnen gar nicht in den Sinn.«

»Ich hab nie gesagt, dass es einfach wird.«

Sie wollte etwas sagen, schluckte es aber hinunter. Dolf wartete ab. Eine unangenehme Pause. Sie fing an, in ihrer Handtasche zu wühlen. Ließ es wieder sein.

»Kann ich offen sprechen, Señora Sánchez?«

»Seit wann sind wir so förmlich?«

»Weil mir schwerfällt, was wir hier machen. Es geht um den Ablauf an jenem Abend. Es geht um die Einzelheiten.«

»Ich bin bereit.« Sie riss sich sichtlich zusammen. Dolf hatte kaum eine Wahl. Irgendwann musste er die Details auf den Tisch legen. Der Zeitpunkt war jetzt ebenso gut oder schlecht wie irgendwann. Er hätte einen Schnaps gebrauchen können.

»Wenn das hier, wie Sie glauben, kein Selbstmord war, dann muss jemand Tomás gezwungen haben, das Gemisch zu trinken.«

»Sicher.«

»Ein Gebräu, von dem er genau wusste, dass es absolut tödlich war!«

»Nicht sofort, es dauert einige Minuten, es kann über eine Stunde dauern.«

»Sie glauben, Tomás hat gedacht, er könnte sich noch selbst helfen?«

Concha nickte eifrig.

»Er trinkt den tödlichen Cocktail, hofft, dass sein Mörder dann geht und er sich den Magen auspumpen kann?« Dolf glaubte selbst nicht, was er da sagte.

»Er hätte nur etwas Glaubersalz gebraucht. Oder gewöhnliches Kochsalz in 16%iger Lösung. Damit bringen Sie jeden zum Erbrechen.«

»Wie hätte er es gemacht? Zeigen Sie mir das?«

Es waren nur wenige Handgriffe, die Concha benötigte, um ein Mixglas und eine Messschaufel mit Salz hinzustellen. Ein Schütteln aus dem Handgelenk, und sie maß die entsprechende Menge ab, ließ einen Deziliter Wasser einlaufen und rührte mit einem Glasspatel um. Nach drei Sekunden hatte sich die trübe Flüssigkeit wieder in glasklares Wasser zurückverwandelt, Concha wollte bereits zum Trinken ansetzen, Dolf fiel ihr in den Arm. »Keine fünfzehn Sekunden, alles zusammen.«

Concha zuckte die Achseln.

»Selbst wenn Tomás bereits benommen oder benebelt gewesen wäre: Sich das anzumischen, hätte er wohl auf jeden Fall geschafft.«

»*Como he dicho.*«

»Wie lange … Würden Sie das alles wieder aufräumen? Ohne Hektik.« Dolf sah wieder auf seine Uhr. Innerhalb von achtzehn Sekunden war das Glas ausgewaschen, der Rührstab gespült, Salz und Messschäufelchen wieder an ihrem Platz. Die abgespülten Sachen standen kopfüber im Trockenregal. Nach wenigen Minuten wären an ihnen keinerlei Gebrauchsspuren mehr vorhanden gewesen. Das alles gefiel Dolf kein bisschen.

»Was macht Sie so unzufrieden?«

»Das Arrangement. Es sieht aus wie ein Stillleben: das Glas und der Alkohol und das Colchicin. Die standen da wie auf dem Präsentierteller, *maldito!* Jeder hätte hier innerhalb kürzester Zeit aufräumen können. Selbst wenn jemand Tomás gezwungen hätte, das Gift zu trinken, und dann gewartet hätte, bis es wirkt, hätte er Zeit genug gehabt, nachdem Tomás ohnmächtig geworden war …«

»Die Polizei glaubt, Tomás wollte gefunden werden und hat absichtlich das Alkaloid herumstehen lassen. Damit ein möglicher Retter es findet und das entsprechende Gegengift …«

»Hab ich gelesen.«

»Aber das ergibt keinen Sinn! Zwischen Bewusstlosigkeit und Tod liegen nur wenige Stunden. In der Zeit hätte jeder Arzt versucht, den Magen auszupumpen und das Blut zu verdünnen, egal, um welches Gift es sich handelt. Dazu braucht man keinen zusätzlichen Fingerzeig.«

»Vorausgesetzt, Ihr Mann war fit, als das hier passiert ist.«

»Bezweifeln Sie das?«

»Er hatte jede Menge Alkohol im Blut. Der muss nicht erst aus der Glasflasche hier gekommen sein.«

»Sie kannten ihn nicht, Don Adolfo. Tomás hätte nie im Dienst oder vorher getrunken. Glauben Sie mir.«

»Angenommen, Tomás hat das Gift nicht freiwillig getrunken: Wie hat der Mörder ihn dazu gebracht, das Zeug zu schlucken, ohne Gewalt anzuwenden?«

Dolf schob Schubladen auf, in die man Finger, Hände oder einen Schädel einquetschen könnte, suchte bei den Instrumenten nach spitzen Schneidwerkzeugen, mit denen man Schmerzpunkte unter den Fingernägeln oder am Hals reizen könnte. Fand nichts, mit dem er etwas anfangen konnte.

»Gibt es hier ein Stück Seil? Einen Strick?«

Concha griff nach einem Spender mit Klebeband. »Um Tütchen zu versiegeln. Ziemlich stabil.«

Dolf zog ein Stück Klebeband ab, wickelte sich zwei Lagen um Zeige- und Mittelfinger, zerrte daran herum. »Zwei Schichten davon sind ohne Werkzeug so gut wie nicht zu sprengen.«

Concha hob Zustimmung heischend die Hände: Konnte es nicht so gewesen sein?

»Aber dann hätte Tomás Male zurückbehalten oder Spuren an den Handgelenken oder Reste der Fesseln. Die gab es aber nicht.« Dolf klopfte auf die Akte.

»Kann man der Rechtsmedizinerin trauen?«

»Grundsätzlich sollte man niemandem trauen, schon gar keinem Arzt oder Polizisten. Aber wenn, dann am ehesten einem Arzt, der von seinen Patienten nichts mehr zu erwarten hat: Ja, der Rechtsmedizinerin sollte man vertrauen können. Wo gibt es hier Spritzen und Kanülen?«

»Welche Größe möchten Sie?« Concha zog eine geräumige Schublade auf.

»Die Colchicin-Lösung – geht die auch durch die dünnste Kanüle?«

»Schon. Aber dann brauchen Sie eine halbe Stunde, bis sie durchgelaufen ist. Zeit, in der sich Tomás nicht hätte wehren dürfen. Außerdem sind keine Einstiche gefunden worden.«

»Das lässt sich machen. Unter der Zunge, in den Kopf-, Achsel- oder Schamhaaren. Im Anus oder Harnleiter, im Augenlid, im Innenohr. Findet kein Arzt, auch kein Rechtsmediziner.« Vielleicht würde er sich doch gerne mit der Rechtsmedizinerin unterhalten. Dolf musste daran denken, sie anzurufen.

Im Hinterhof vor dem Fenster ging ein Licht an, die Milchglasscheiben leuchteten auf und boten ein schwankendes Gittermuster. Bedächtig schlurfende Schritte waren deutlich zu hören, als ob jemand in den Raum getreten wäre. Dolf warf Concha einen fragenden Blick zu.

»Señora Núñez, die Hausmeisterin vom Nachbarhaus.«

»Wo geht die hin?«

»Bringt den Müll raus.« Die Schritte entfernten sich, Flaschen klimperten.

»Gibt es einen Hinterausgang?« Dolf riss das Fenster auf. Draußen wölbten sich schwere schmiedeeiserne Gitter. Dahinter lag ein schmaler Gang, begrenzt von einer hohen Mauer.

»Nur einen Durchgang zwischen den Häusern. Dahinter ist der Berg, der sich fast bis zum Amphitheater hinzieht.«

»Brachland.«

Concha nickte. »Da kommt keiner drüber, da spielen die Kinder der Nachbarschaft. Wenn man dort einen Fremden gesehen hätte, da hätte sich jeder dran erinnert.«

»Aber wo ging die Alte dann hin?«

»Es gibt einen Durchgang zur Straße zwischen diesem Haus und dem Nachbarhaus. Vorn ist ein Gittertor. Da kommt niemand durch.«

Wie zur Bestätigung fiel ein schweres Tor krachend ins Schloss. Dolf beugte sich aus dem Fenster, aber er konnte nicht um die Ecke sehen.

»Die Alte bringt Flaschen raus? Ist hier ein Laden?«

»Eine Bar.«

»Laut? An einem Freitagabend?«

»Ab und zu gibt es Karaoke. Aber nicht an dem Tag.«

»Sind Sie sicher?«

Die Alte kam um die Ecke zurückgeschlurft. Concha winkte sie zu sich.

»Doña Ernesta, hattet ihr Karaoke am sechzehnten Januar?«

Die Alte kam heran, nickte Concha kurz zu und sah sich dann Dolf unverhohlen und gründlich an. Sie kniff die Augen zusammen. Neigte angetan die Stirn, sagte aber nichts.

Dolf war es nicht gewohnt, so prüfend betrachtet zu werden wie ein Stück Käse. »*Muy buenas noches, Señora Núñez.* Sie bringen den Müll hinaus?«

»Sicher, *hijo*, wie sieht es denn für dich aus? Wie ein Tänzchen? Dafür sind wir ein paar Jährchen zu spät, wir beide, nicht wahr?«

»Das war ein Freitag. Zwei Wochen nach Dreikönig, Doña Ernesta.« Concha blieb beim Thema.

»Weiß schon. Es war ein ruhiger Abend, nicht viel los. Keine Musik. Nicht mal Klavier. Wir haben früh zugemacht. Um zwölf war der Müll raus.«

»Sie haben um Mitternacht den Müll hinausgebracht, genau wie heute?« Dolf konnte es nicht glauben.

»Sicher. Tomás stand am Tisch, da, wo ihr beide bis eben gestanden habt.«

»Wie?«

»Mit einer Hand auf der Tischplatte, so wie er da immer stand.«

»Sie konnten ihn sehen?«

»Ich sehe nicht mehr gut, aber meine Ohren sind ganz in Ordnung.«

»War er alleine?«

»Woher soll ich das wissen?«

»Haben Sie eine andere Person bemerkt?«

»Natürlich nicht. Hätte ich doch sonst der Polizei gesagt. Ein paar Stunden später war er tot, *verdad*?« Sie sah ihn eindringlich an. Oder sehr kurzsichtig. Sie blinzelte.

Dolf nickte. »Ja, so ist es. Haben Sie vielen Dank, Señora Núñez.«

Die Alte verabschiedete sich von Concha mit einem Nicken und wandte sich ab. Sie war zwanzig Jahre älter als Dolf, und doch konnte sie sich an einen Abend vor sechs Monaten erinnern, mit allen Einzelheiten, einfach so? Dolf schüttelte skeptisch den Kopf. Er würde das vielleicht nachprüfen.

»Die alte Núñez ist fast neunzig, aber hier oben«, Concha tippte sich an die Stirn, »wie ein junger Hüpfer.«

Dolf schluckte. »Keine weiteren Fragen, Euer Ehren.«

»Kommen Sie, wir gehen, ich schließe Ihnen auf.«

»Ohne Schlüssel kommt man nicht hinaus?« Dolf war sofort alarmiert.

»Üblicherweise schon. Aber heute habe ich abgeschlossen. Seit das mit Tomás passiert ist ... «

Dolf nickte verständnisvoll. Concha machte hinter ihm das

Licht aus und begleitete ihn zur Vordertür. Es war kurz nach zwölf, mitten in der Nacht, aber draußen stand die Hitze auf der Plaza de los Castellitos.

Concha machte sich daran, das Eisengitter aufzuschließen, das ihnen den Weg nach draußen versperrte. »Was waren Sie, bevor Sie Polizist geworden sind, Don Adolfo?«

»Ich war nie Polizist. Ich war Wachmann, in der Siedlung der Engländer, an der Straße nach Totana. Später Leiter des Sicherheitsdienstes.«

»Also doch so eine Art Polizist?«

»Wenn man so will. Vorher war ich alles Mögliche. Gelernt habe ich Werkzeugschlosser.«

»*¿Qué?*« Sie verzog ungläubig den Mund.

»So eine Art Mechaniker.«

Es hatte eine Zeit gegeben, da konnte er jedem, zumindest jedem Deutschen, in wenigen Minuten erklären, was er früher gemacht hatte. Auf dem alten Zehnmarkschein, also vor Gauß und dem Sextanten, war auf der Rückseite die Gorch Fock abgebildet gewesen, das Segelschulschiff der Bundesmarine. Der hatten Dolf und seine Kollegen bei Blohm & Voss in den sechziger Jahren einen Schutzbügel verpasst, einen Segelabweiser, der hinter dem Besanmast quer über das Schiff lief und verhinderte, dass sich die Segel in den Instrumenten und Aufbauten des Steuerstandes verhedderten. Normalerweise hatte er gern eine kleine Szene daraus gemacht, vor allem vor deutschen Touristen. Sie holten ihre Zehner heraus und suchten nach dem kleinen Punkt zwischen den Gravuren des alten Kupferstichs. Wenn man wusste, wonach man suchte, konnte man den Abweiser mit bloßem Auge gerade noch erkennen. Kaum einer konnte glauben, dass der winzige Strich auf den Geldscheinen, nicht viel größer als ein Fliegenschiss, in Wirklichkeit eine Stahlstrebe von sechzehn Tonnen und einer Spannweite von über elf Metern war. Nach solch einer Vorführung hatten sich die Fragen nach Dolfs Vorleben üblicherweise erledigt. Er brauchte dann nicht auf die späteren, weit weniger eindrucksvollen Stationen einzugehen: die bankrotte Eisfabrik, sein Leben als Chlornachfüller im Wasserpark, sein unrühmlicher Abgang als Sicherheitschef in der Siedlung der Engländer. Mit dem Zehner und der Geschichte des Segelabweisers hatte Dolf seinen Beruf erklärt, und sie gingen zu anderen Themen über. Das war seit 2001 endgültig vorbei. Die neuen Euronoten zeigten keine Schiffe, nicht einmal Personen. Und an den stilisierten Gebäuden waren sowieso keine Einzelheiten zu erkennen.

»Mechaniker? Gut.« Concha rüttelte energisch an der Gittertür, bis sie kreischend aufsprang. »Die werden immer gebraucht, nicht wahr?«

»Sollte man meinen. – Ich melde mich.«

»Gute Nacht, Don Adolfo. Passen Sie auf sich auf.«

»*Gracias*, *hija*. Bis später.«

6

»Schönes Hemd!« Galicia, die Clubsekretärin, grinste schelmisch, als sie ihr winziges Büro am Eingang des Lesesaals aufschloss. Es war ein alter Scherz zwischen Dolf und ihr. Um das Hemd, ein verblichenes Polo, ging es nicht.

Galicia streifte sich ihr Tuch von den Schultern und schob die Glastür auf. Die Flut von Blättern, die aus dem Drucker auf ihren kleinen Schreibtisch und sogar bis auf den Boden gequollen war, nahm sie mit einem gottergebenen Aufseufzen in Augenschein. »Na, waren Sie wieder fleißig?«

»Vorvorgestern ja. Heute nicht so sehr.«

Sie hatte nichts dagegen, dass er die Möglichkeiten des Lesesaals nutzte, im Gegenteil. Wie bei jedem anderen Clubmitglied half sie bereitwillig bei Recherchen. Besonders hilfsbereit war sie bei *socios*, die sich – wie Dolf – für die Geschichte der Region interessierten.

Jahre zuvor, an seinem ersten Tag im Lesesaal, war Dolf in einen Fettnapf getreten. Er hatte sich hübsch gemacht, er hatte sein bestes Hemd angezogen, langärmlig, aus glänzender ägyptischer Baumwolle in einem satten Königsblau. Galicia hatte aus ihrer spontanen Abneigung kein Hehl gemacht. »*No me gusta su camisa, socio.*«

Und auf seinen fragenden Blick: »*¡Color de Falange!*« Das war verächtlich hinterhergespuckt.

Sie kam aus einer Familie überzeugter Republikaner, sie hatte ihren Vater und ihren Bruder im Bürgerkrieg verloren.

Der Vater war an den Folgen der Folter gestorben, mit der die Blauhemden den Aufenthaltsort seines ältesten Sohnes aus ihm herauspressen wollten. Der Bruder wurde wenig später in einem Hinterhalt der Faschisten erschossen.

Galicia war persönlich betroffene Expertin in der Geschichte des Bürgerkriegs, der noch immer die Erinnerung des Landes spaltete. Sie war nicht gut zu sprechen auf die *Falange*, die Franquisten, die beharrlich an den Hebeln der Macht saßen, wenn auch heutzutage nicht mehr offen, sondern als Strippenzieher im Hintergrund.

Immer wieder hatte sie Dolf Geschichtsbücher und Romane hingelegt, die von der Vergangenheit seiner Wahlheimat handelten. Über die Baugeschichte des Amphitheaters und der alten Hafenfestung wusste Galicia besser Bescheid als mancher Historiker. Auf ihrer Freikarte für die festliche Eröffnung des wiederaufgebauten römischen Theaters und des angeschlossenen neuen Museums hatte sie Dolf mitgenommen. Nach Ende der Veranstaltung waren sie, angeregt und aufgedreht, zu einem der mittsommernächtlichen Flamencokonzerte auf der Freiluftbühne des Festungsgeländes hinaufgeschlendert. Gitarrenmusik und Gesang hallten bis in die blauen Stunden der klaren, warmen Nacht. Am frühen Morgen hatte nur noch eine kleine Bar am Hafen geöffnet. Galicia war hingerissen gewesen von der Atmosphäre des steinernen Halbrunds, von den Exponaten im neuen Museum und den aufpolierten Römermosaiken. Von der leidenschaftlichen Musik. Etwas davon hatte sich auf ihren späten Absacker und auf Dolf übertragen.

Sie schien eine Schwäche für sture Männer zu haben, vielleicht weil sie mit einem verheiratet gewesen war, auch wenn sie Dolf jetzt vorwurfsvoll ansah, als sie aus ihrem Büro trat und ihm seinen dicken Stapel Ausdrucke reichte. »Ich musste sogar Papier nachlegen.«

»*Muchas gracias, Galicia.* Ich werde mich erkenntlich zeigen.« Niemals würde sie ein Trinkgeld annehmen, aber wenn er ihr etwas »für die Kaffeekasse« gab, dankte sie es ihm mit einem nachsichtigen Lächeln. Galicia musste hinreißend gewesen sein in ihrer Jugend, denn schön war sie noch immer. Geschwungene Lippen, stets sorgfältig geschminkt, hohe Wangenknochen, feurige Augen. Zu einem Dutt streng nach hinten gefasste Haare, die ihr, wenn sie offen fielen, bis zu den Hüften reichten. Das hatte Dolf jedoch nur einmal gesehen.

Sie war sicher älter als er, selbstverständlich hatte er sie nie gefragt. Sie siezten sich, eine Frage des Respekts, fand Dolf. Als Angestellte des Clubs wurde sie von einigen der *socios* geduzt, was sie jedoch nicht krummnahm. Je nach Tageslaune war sie ohne Ansehen der Person ruppig oder freundlich zu den Mitgliedern. Zu Dolf war sie öfter freundlich. Bildete er sich zumindest ein.

Dolf war noch dabei, seine Unterlagen auf dem Boden seiner Bude in vernünftige Stapel zu ordnen, sie zu lochen und abzuheften, als ihn der Anruf einer zerknirschten Concha erreichte. Er ließ alles liegen und machte sich sofort auf den Weg.

Was er über ein mögliches Versteck in der Apotheke gesagt hatte, war Concha nicht aus dem Kopf gegangen. Sie hatte herumgestöbert und in einer luftdichten Box in einem Hochregal zwei weitere Chemikalien gefunden, dazu konzentrierten Alkohol. Alles in Gefäßen abgefüllt, die nicht zur übrigen Einrichtung der Apotheke passten. In Mengen, die nach Conchas Schätzung im normalen Geschäft in mehreren Jahren nicht verbraucht worden wären. Am Telefon klang sie aufgebracht und zugleich kleinlaut. Irgendjemand – sie war noch nicht bereit, einzugestehen, dass es Tomás gewesen sein musste – hatte in der Apotheke ihres Vaters heimlich Gift und Alkohol verkauft.

Dolf war nicht wirklich überrascht. Er hatte recht gehabt. Spaß machte das keinen. Jetzt trat er in Conchas nachtdunkle Wohnung und streifte sich die Schuhe von den Füßen.

»Schlafen die Kinder?« Unwillkürlich flüsterte Dolf.

»Noch nicht. Es ist viel zu heiß. Sie sehen sich noch Bücher an und erzählen sich was.«

»Sind gute Kinder. Wie haben sie den Tod ihres Vaters verarbeitet?«

»Gar nicht. Sie glauben, Tomás ist nur auf einer seiner Segeltouren. Jeden Tag wollen sie mit ihm telefonieren. Jedes Mal lassen sie ihm Grüße ausrichten, wenn sie vermuten, dass ich mit ihm spreche.«

»Was sagst du ihnen dann? Wenn sie nach ihm fragen?«

»Dass er nicht wiederkommen wird. Aber ich sage ihnen nicht jedes Mal wieder, dass er tot ist.«

Dolf nickte mitfühlend. »Wahrscheinlich der richtige Weg.«

Eine Pause. Dolf legte seine Jacke ab, sah sich um. Eine einfache Wohnung, fast ärmlich. Aber sehr sauber und ordentlich. Durchorganisiert.

Im Flur waren auf einer Kommode und an der Wand darüber Familienfotos in Goldrahmen arrangiert: das Brautpaar vor der Kirche, die beiden in Festkleidung bei Sonnenuntergang auf einem geschwungenen Sandstrand. Ziemlich romantisch, auch wenn Dolf hätte schwören können, dass die Aufnahme im Studio des Fotografen entstanden war. Weitere perfekt ausgeleuchtete Aufnahmen erinnerten an die Taufen der Kinder, daneben hingen selbstgemachte Schnappschüsse von Familienfeiern, von Tomás am Steuer einer Segelyacht, von Concha und den Kindern vor der Imbissbude in einem

Freizeitpark mit blassblauen Wasserrutschen. Es war ein kleiner Altar, der dem Leben und den frohen Ereignissen der jungen Familie huldigte. Neben der Tür warteten in einem Waschkorb die Strandspielsachen der Kinder, Plastikschippe und Eimerchen, auf ihren nächsten Einsatz. Unter einem Tisch standen ihre Gummistiefel.

Ein Rundbogen führte ins Wohnzimmer mit einem ausgesessenen, mit einer Tagesdecke kaschierten Sofa, dazu ein Sessel, ein niedriger Hocker gegenüber dem Flachbildfernseher. Hier gab es kaum Bilder an den Wänden, aber ein paar Schmuckteller mit den ortsüblichen Keramikbemalungen, hellgrau mit blauen und grünen Mustern in groben Pinselstrichen. Ein Glastisch mit Trockenblumen in einer Vase. Sonst nichts.

Concha bot ihm mit einer Handbewegung einen Platz auf dem Sessel an, sie selbst setzte sich auf das Sofa.

Dolf saß unbequem, fast auf der Vorderkante des Sessels. Ganz offensichtlich war dies der Platz von Tomás gewesen. »Fangen wir an?«

Sie nickte mit zusammengepressten Lippen.

»Ich versuche zusammenzufassen, was ich sehe. Warum ich nicht glaube, dass wir weitermachen sollten.« Dolf hatte seine Unterlagen nicht dabei, aber daran lag es nicht, dass er nach den richtigen Worten suchte. Alles, was er sagen wollte, hatte er im Kopf.

»Einen Moment bitte, Don Adolfo: Können wir nicht erst mal nur darüber reden, was du vermutest? Und später über die Konsequenzen sprechen, bitte?«

»Wie du willst. Ich habe drei Themen: den Fundort, die Methode und das Motiv. Alle drei sind möglich, aber nicht schlüssig zu erklären. Fangen wir mit der Situation am Tatort an.«

In dem Moment kamen die Kinder augenreibend aus ihrem

Zimmer, in ihren Rüschennachthemden, mit quietschbunten Kuscheltieren im Arm.

»Ist der Papa gekommen?«

»Nein, Herzchen. Ein Freund. Don Adolfo. Den kennt ihr doch schon. Erinnert ihr euch?«

»Der mit den Stinkefüßen?«

»Ksch. Sagt schön gute Nacht! Und ein Küsschen.«

Die Kinder machten keine Anstalten.

»Ich habe die Schuhe ausgezogen, seht ihr?«

Carlitos blieb stocksteif stehen, aber Emilia fasste Mut und gab Dolf ein hastiges Küsschen. »Gute Nacht, Don Adolfo.«

»*Igualmente*, meine Kleine. Schlaf gut. Und dass du mit den Engelchen träumst.« Er winkte Carlitos gutmütig zu. »Schlaf gut, kleiner Mann.«

Der Junge verzog keine Miene, machte nur große Augen.

»Emi, Carlitos: Los jetzt, *mis amores*. Ab ins Bettchen! Gute Nacht.«

»Nacht, Mama.« Damit drehten sie ab.

»Ich decke euch gleich noch zu und mach den Mond aus. Schlaft gut!«

Sie gingen in ihr Zimmer. Dolf sah ihnen lange nach.

»Jetzt haben wir unsere Ruhe. Entschuldigung. Also, die Situation … Tomás lag tot in der Apotheke.«

Dolf nickte. »Auf dem Tisch das Colchicin und der Alkohol, das war eine Botschaft, so oder so. Tomás hätte beides ohne Mühe wegräumen können, das hast du mir überzeugend vorgemacht. Warum hat er das nicht getan? Wenn es eine Botschaft war, was hat sie zu bedeuten? Dazu kommt das Depot, das du gefunden hast. Ich bin sicher, es gibt da einen Zusammenhang.«

Concha hob leicht die Achseln. Sie wirkte nicht sehr überzeugt. Dolf machte weiter.

»Dasselbe gilt, falls es ein Mord war: Der Täter hätte die Flaschen genauso leicht wegräumen können, wie er sämtliche seiner Spuren beseitigt hat. Es ist nicht ganz leicht, jemanden umzubringen, ohne eine einzige Spur zu hinterlassen. Entweder er hat irrsinniges Glück gehabt, oder er war ein Profi.«

»Oder die Polizei hat die Spuren ignoriert.«

»Dafür gibt es nicht den geringsten Anhaltspunkt. Außerdem gehört das zu den Fragen nach dem Motiv. Dazu kommen wir gleich.«

»Die Methode. Das war doch der zweite Punkt.«

»*Elixir*. Sagt dir das was?«

»Ein bestimmtes? Jeder Auszug aus fast jedem Kraut kann als Eli…«

»Nicht irgendeins: als Name für eine Stoffgruppe. Wie Alkohol oder Extacy.«

»Elixir? Nie gehört.«

Doch das stimmte nicht. Sie hatte davon gehört, nur nicht unter dieser Bezeichnung. *Elesir novasalus* hieß ein Trank, dem Concha in ihrer Ausbildung begegnet war. Eine Mixtur aus dem Mittelalter, die damals die weisen Frauen zusammengerührt hatten, die man als Hexen verbrannte. Sie verabreichten das Mittel als Aphrodisiakum und zugleich zur Empfängnisverhütung.

Es war ein Auszug aus Herbstzeitlosen, Tollkirschen und Butterblumen in Alkohol, erinnerte sich Concha. Die Wirkstoffe Colchicin, Hyoscyamin und Protoanemonin waren exakt die drei Chemikalien, die sie gefunden hatte.

»Wogegen soll es helfen?«

»Gegen nichts. *Für* etwas. Einige Tropfen davon in einen Drink, und er hat die doppelte Wirkung. Als ich jünger war, habe ich es ausprobiert. Kommt immer wieder mal in Mode.«

»Und damit soll Tomás etwas zu tun haben?«

»Ich glaube, das ist die Botschaft des Flakons auf dem Tisch: Das Colchicin verweist auf Elixir.«

»*¡Jamás!* Tomás hat zwar getrunken, aber nur in Gesellschaft und am Wochenende. Niemals im Dienst und niemals vor den Kindern. Mit Drogen hatte er nichts am Hut. Du hättest ihn über Weine und Cognac sprechen hören sollen! So etwas wie einen Geschmacksverstärker würde er nie nehmen.«

»Könnte er es verkauft haben?«

»Niemals.«

Dolf hatte die Preise nachgesehen. Die Bestandteile von Elixir kosteten Centbeträge. Damit ließ sich enorm viel Geld verdienen, fast ohne Risiko. Selbst wenn man die Mixtur zum Preis einer Flasche Cola verkauft hätte. Concha wollte nichts davon wissen.

»Hat Tomás denn kein Geld gebraucht?«

»Nein. Ja.« Sie rückte nur zögerlich damit heraus. »Tomás hatte Schulden. Aber das hat er für sich alleine geregelt. Jeden Job, den er kriegen konnte, hat er angenommen. Er hat in der Apotheke geholfen, er hat als Segellehrer gejobbt, er hat gekellnert. Er hätte sich niemals umgebracht. Nicht, solange seine Familie nicht versorgt war.«

»Hat er erzählt, was er so macht auf den Reisen?«

»*Claro que sí.* Er hat mir jedes Mal Fotos geschickt.« Mit einem Griff holte sie ihr *móvil* aus der Handtasche. »Hier.« Sie blätterte durch das Fotoalbum auf ihrem Handy und hielt ihm das Display hin. Kinderfotos und dazwischen Fotos von Segeltörns. Tomás auf Booten oder inmitten von Surfbrettern, die am Strand aufgestapelt lagen. Am Büfett eines Yachtclubs, mit erhobenen Gläsern inmitten einer weinseligen Gruppe von Erfolgsmännern. »Egal, wo er war, normalerweise hat er mir eine MMS geschickt. Tomás hatte keine Geheimnisse.«

»Wozu brauchte er das Geld?

»Das war seine Sache.«

»Concha, wir kommen so nicht weiter!«

Sie schwieg verdrossen.

Dolf seufzte. »Betrachte es mal mit meinen Augen, *hija*: Ich sehe ein Mehrfamilienhaus in bester Lage, mitten in der Fußgängerzone. Wer denkt da an Geldsorgen?«

»Du solltest dir das Haus genauer ansehen, Don Adolfo. Es ist marode. Die Hinterseite geht auf den Berg hinaus. Vorn die Fassade blendet, aber dahinter ist alles alt. Auch die Mieter. Sie wohnen dort seit fünfzig Jahren, die Miete ist nie erhöht worden. Man hätte frühzeitig modernisieren müssen, aber das hat mein Vater nicht getan. Er wollte es den Leuten nicht zumuten.«

Dolf sah sie skeptisch an.

»Kannst du dir vorstellen, was alleine das neue Pflaster der Fußgängerzone gekostet hat?«

»Aber das hat doch die EU bezahlt!«

Concha musste wider Willen auflachen. Das Lachen verklang bitter. »Das meiste schon. Aber selbst der Anteil, der übrigblieb, hat viele Geschäfte auf der Calle Mayor in den Ruin getrieben. Du siehst doch die vielen vernagelten Schaufenster. Unten auf der Gasse liegt teures Mosaikpflaster, und eine Etage höher hängen die Stromleitungen wirr durcheinander. Geld ist da nicht zu holen.«

Dolf wusste genau, wovon sie sprach. So war diese Stadt nun mal, diese Widersprüche waren es, die ihn hier gehalten hatten. Cartagena war wie ein heruntergekommenes altes Kreuzfahrtschiff mit großen Zukunftsplänen und ein paar frischgetünchten Angeberdecks.

»Die Apotheke warf immer genug ab für meinen Vater und mich und die Kinder. Und für Tomás.«

»Aber nicht genug, um deinem Mann aus seinen Geldsorgen zu helfen.«

»Es hätte gereicht. Wir hätten sie eines Tages übernehmen sollen.«

»Concha, hör doch …«

»Er hatte keine Feinde, wir hatten ein schönes Leben, wir waren nicht reich, aber zufrieden.«

»Und glücklich.«

»Kein Grund, sarkastisch zu werden.«

»Du weichst mir aus, *es todo lo que digo*.«

»Adolfo, es stimmt, es gab Geldsorgen, aber bitte glaub mir: Die Schulden sind nicht das Motiv für seinen Tod. Ich beschwöre dich!«

»Wir haben kein anderes Motiv. Weder für einen Mord noch für einen Selbstmord. Ich werde keine Ruhe geben, bis das Gift im Körper deines Mannes neu untersucht wird.« Dolf war polternd aufgesprungen.

»Wie das?«

»Die Behörden werden ihn exhumieren.«

»Nein, das wird nicht passieren.«

»Aber Concha!«

»Vergessen Sie das.«

Er zog geräuschvoll die Luft ein. Stieß sie wieder aus. Fuchtelte mit den Armen. Ließ die Hände wieder sinken. »Ich kann dir nicht helfen, *hija*. Du siehst es ja selbst, es gibt so viele offene Fragen. Irgendwas muss Tomás mit Elixir zu tun gehabt haben, sonst hätte das Glas nicht dort gestanden, ganz egal, ob es ein Hinweis auf einen Selbstmord oder eine Warnung des Mörders war.«

»Das hab ich schon verstanden.«

Er war sich nicht sicher. »Vielleicht kämen noch andere Dinge ans Licht. Was weiß ich? Das willst du nicht, Concha.«

»Doch, ich will.«

Dolf wiegte skeptisch den Kopf. »Wenn es tatsächlich ein Mord war, dann waren das Leute, die sich auskennen. Die nicht wollen, dass man sie findet.«

»Haben Sie etwa Angst?« Sie waren also wieder beim Sie.

»Nicht um mich. Ich bin ein alter Mann.«

»Ich möchte, dass Tomás' Mörder gefunden wird. Egal, was es kostet.«

»Und wenn es die Kinder in Gefahr bringt?«

Darüber musste sie einen Moment lang nachdenken. »Das glaube ich nicht. Ich vertraue Ihnen.«

Dolf schüttelte den Kopf, schob grimmig das Kinn vor. »Ich mache es nicht.«

»Bitte, Don Adolfo!«

Er schüttelte bedächtig den Kopf. »Es geht nicht.«

»*¡Maldita sea!* Was sind Sie bloß für ein Waschlappen!«

»Noch einen, *por favor*.«

»Adolfo, du hast genug. Denk an deinen Fuß!«

»Wenn ich einen Rat brauche, frag ich meine Schwiegertochter. Schenk mir noch einen ein.«

»Bitte schön, es ist dein Leben.«

»Eben.«

Der Alte machte sich umständlich hinter dem Tresen zu schaffen. Dolf musterte seinen gebeugten Rücken und sein verkniffenes Gesicht im fleckigen Spiegel, der die Schnapsflaschen in ihren Regalen verdoppelte, oder ihnen gespensterhafte Konturen verlieh. Dann traf sein Blick auf sein eigenes Gesicht, rot und aufgedunsen, als hätte er geweint. Hinter ihm verlor sich die schummrige Kneipe im Dämmerlicht. Oder in den blinden Flecken des Spiegels. Ein Anblick, der einem schon das Wasser in die Augen treiben konnte.

Die *Algameca Bar* war wahrscheinlich einmal als Matrosenkneipe gedacht gewesen. Das Lokal lag am alten Flussbett auf halbem Weg zwischen der Bucht und der Stadt, kaum eine Viertelstunde Fußweg von der Kadettenschule und vom Marinehafen. Weniger als zwanzig Minuten oberhalb des kleinen Fischerdorfes, das so hieß wie die Bar, der Fluss und das Tal. Fischerleute aus dem Dorf und Matrosen von den Pötten im Marinehafen, das musste wohl das Kalkül gewesen sein. Vor allem Seefahrer sollten angelockt werden von den Netzen und Bojen, Glaskugeln und Tauen, Seesternen und Crustaceen, die in wirren Knäueln von Decke und Wänden hingen. Billige Plastikimitate waren es allesamt, die, ramponiert und schrundig von den alljährlichen Gelagen und anschließenden Raufereien, ihr karamellfarbenes Inneres preisgaben. Nicht einmal im Halbdunkel gingen sie als Originale durch.

Angel, der Alte, der hier jahrein, jahraus hinterm Tresen stand, hatte die Dekoration übernommen, als das Lokal wegen irgendwelcher dunklen Geschäfte zugemacht wurde. Dass eine Bar, egal, wie heruntergekommen, bankrottging, so etwas gab es nicht einmal in Spanien nach dem Platzen der Immobilienblase, in der größten Krise seit Menschengedenken.

Ein von innen beleuchteter Zigarettenautomat aus der Zeit, als Rauchen in den Lokalen noch erlaubt war, stand in einer Ecke, und draußen, am staubigen und zweimal im Jahr schlammigen Rand des Flussbetts, warteten zwei Tische unter einem verschlissenen Schirm.

Am anderen Ende des langen Tresens, hinter dem gläsernen Kühlaufsatz mit einem einsamen Kartoffelsalat und einem Schälchen mit verschrumpelten *croquetas*, steckten drei Fischer die Köpfe zusammen und hielten sich an ihren Gläsern fest: Paco, ein gemütlich aussehender Großvater, Pepelino, ein großgewachsener Bär mit mächtiger Wampe, und Diego, ein sehniges Männchen. An einem anderen Abend hätte sich Dolf zu ihnen gesellt und den Geschichten gelauscht, die sie in ihre Bärte grummelten. Dabei trug nur Paco einen struppigen Vollbart, die anderen beiden hatten die dünnen Schnauzer und Dreitagestoppeln, wie sie das Folklorebuch für spanische Seeleute vorzuschreiben schien. Aber heute war Dolf nicht nach Gesellschaft.

Jetzt, kurz vor Mitternacht, waren er und die Fischer die einzigen Gäste außer einem späten Mädchen, das draußen eine nach der anderen rauchte und sich nicht eingestehen wollte, dass in dieser Nacht wirklich kein Freier mehr aufzutreiben war.

Bei ihm war sie schon gewesen. Dass er nicht in der Stimmung war, hatte sogar ihr, die mindestens so betrunken war wie er selbst, sofort eingeleuchtet. »Ein andermal?«

»Sehr gern, *Señorita*.«

Bei den Fischern hatte sie es gar nicht erst versucht, die gehörten zur Familie.

Endlich stellte der Alte ihm den Schnaps hin. Dazu einen für sich. Und ein paar welke Oliven in einem Plastikschälchen. Sie tranken.

»Was ist es denn? Dein Sohn wieder?«

»Nein. Diesmal nicht.«

»Eine Frau?«

»Fast noch ein Mädchen.«

»Adolfo, hör doch auf *con esta mierda*. Du bringst dich noch in Teufels Küche. Wie alt ist sie?«

»Es ist nicht, was du denkst, Angel. Sie ist Ende dreißig, vielleicht Anfang vierzig.«

»Santes war damals auch nicht viel jünger …«

»Hüte dein Mundwerk, *viejo*! Ich sag doch, es ist nicht, was du denkst. Sie ist verzagt. Sie hat ihren Mann verloren. Sie will, dass ich ihr helfe.«

»Ganz deine Kragenweite, nicht?«

»Halt den Mund. Mach uns noch zwei.«

»Dafür unterschreibst du mir aber.« Er hatte die Flasche jetzt direkt unter dem Tresen und füllte die alten Gläser neu. Dann schob er Dolf seins hin und wartete, dass der aufschauen würde, um sich einen warnenden Blick einzufangen. Aber Dolf hob den Kopf nicht. Er nahm das Glas und leerte es in einem Zug. Der Alte zog eingeschüchtert die Brauen zusammen, sagte aber nichts und wartete ab. Alter Barkeepertrick, funktionierte immer.

»Aber ich kann ihr nicht helfen. Wenn ich in ihrem Leben rumrühre ...«

»Hat sie ein schönes Leben?«

»Schön genug. Zwei Kinder, sie ist nicht hässlich.«

»Du denkst, du würdest es ihr versauen?«

»Ihr Mann hatte Dreck am Stecken, da bin ich fast sicher. Obwohl er ein feiner Kerl gewesen sein muss. Aber eben verzweifelt. Da ist jeder zu kriegen.«

»Wem sagst du das ...«

»Aber sie glaubt an ihn. Sie hat ihn geliebt. Das müsste ich ihr auch noch kaputtmachen.«

»Willst du einen Rat hören?«

»Nein.«

»Wie du meinst.«

»Nur, wenn er in meine Richtung geht.«

»Lass die Finger von der Sache.«

»Danke. Mach uns noch einen, Angel.«

»Ich kann nicht mehr.«

»Ich auch nicht. Trotzdem, stell mir die Flasche hin.«

»Aber du unterschreibst.« Der Alte holte ein abgegriffenes Klemmbrett von einem Nagel hoch über den Schnapsflaschen, schlug das richtige Blatt auf und kritzelte das Datum hin. Auf der Seite war nur ein sehr kurzer Text, so etwas wie … *schlage ich im Vollbesitz meiner geistigen Kräfte alle Warnungen in den Wind und entbinde … von jeglicher Haftung … komme für alle entstehenden Kosten auf …*

Dolf kannte die Klauseln. Es waren schon etliche seiner Unterschriften auf dem Blatt. Der Alte hielt ihm das Klemmbrett hin.

»Du verdammte alte Buchhalterseele.«

»Sicher ist sicher. Ich kenn dich, wenn du einen Kater hast …«

Dolf setzte seine Unterschrift unter den Schrieb. Der Alte stellte ihm die Rumflasche hin. Dolf schenkte sich ein, sehr vorsichtig. Und doch schwappten ein paar Tropfen über den Rand.

»Hast du keine größeren Gläser, *¡maldito!?*«

Dolf war laut geworden. Als die Fischer verwundert herüberschauten, bat er mit erhobener Handfläche um Nachsicht.

Der Alte trottete kopfschüttelnd davon, schob Stühle an Tische und leerte leere Aschenbecher noch einmal.

7

In der Morgendämmerung, die er sehnlich herbeigewünscht hatte, war der Schmerz nur noch greifbarer. Nicht mehr dumpf und pochend wie in der Nacht, sondern grell und schneidend. Sein rechter großer Zeh stand in einem verrückten Winkel ab und war zugleich eingekrümmt, der gesamte Ballen glühte rot und fiebrig. An eine Bewegung des Gelenks war nicht zu denken, selbst der Versuch, den großen Zeh behutsam zu strecken, ließ ihn laut aufjaulen. Aber Bewegungsschmerzen waren nicht Dolfs Problem. Während einer Gichtattacke hatte er Lageschmerzen, die ganz unabhängig von jeder Bewegung waren. Dazu Berührungsschmerzen. Nicht einmal ein hauchdünnes Seidentuch konnte er auf seinem Fuß ertragen.

Es war nicht der dumpfe Schmerz, der seinen Kopf lähmte, wenn er zu viel getrunken hatte. Oder das Pochen im Kiefer, wenn er sich wieder einmal zu lange vor dem Besuch beim Zahnarzt gedrückt hatte, weil seine Krankenkasse in Deutschland den nicht bezahlte. Der Gichtschmerz stahl sich unterhalb der Aufmerksamkeitsschwelle heran und breitete sich dann unmerklich aus. Ein Einschmeichler.

Eine leichte Verlagerung, ein Umbetten seines Beins ließ ihn abklingen. Dann kehrte für wenige Minuten eine tiefe Erleichterung ein. Aber bald gluckste der Schmerz zurück in sein Bein wie in einen der gläsernen Stiefel, aus denen sie in Süddeutschland Bier tranken. Wie geschmolzene Butter floss das Glühen herein und erfüllte seinen Unterschenkel mit einem beißenden Brennen. Dann musste Dolf sich wieder herumwälzen und eine neue Lage finden, um die weißglühende Hitze in seinem Bein für wenige Minuten zu ersticken.

Und dann ging alles wieder von vorn los.

Er hatte die ganze Nacht nicht geschlafen. Er verfluchte sich, dass er nicht noch am Abend seine Medizin genommen hatte. Er konnte sie nicht finden, dabei sollte sie für solche Fälle stets griffbereit in seinem Nachtschrank liegen.

Ohne das Colchicin waren Dolfs Schmerzen während einer Gichtattacke unerträglich. Dann blieb er für einen oder sogar mehrere Tage, zu kaum einer Bewegung fähig, ans Bett gefesselt. Über Wochen und manchmal Monate danach quälte ihn nur ein Grundschmerz, wie starker Muskelkater, der lästig, aber auszuhalten war.

Irgendwann im Morgengrauen musste er doch eingeschlafen sein. Denn jetzt stand seine Schwiegertochter wortlos vor seinem Lager und musterte ihn abschätzig und kopfschüttelnd. Sie drehte sich zum Fenster, wie um die Rollläden hochzuziehen.

»Lass mir noch ein paar Minuten. Ich bitte dich.«

Sie starrte brütend hinaus. Durch die blendenden Ritzen war sicher nicht viel zu erkennen. Draußen gab es außer der Ziegelwand und der dösenden Katze nichts zu sehen. Gegen das Streifenmuster zeichneten sich deutlich Santes' Umrisse ab, der energisch durchgestreckte Rücken, die empört hochgezogenen Schultern. Bebte sie vor Wut, oder spielten Dolfs zusammengekniffene Augen ihm einen Streich? Sie beugte sich vor und schob scheinbar mühelos die Läden hoch. Gleißendes Licht stach Dolf in die Augen. Er stöhnte auf.

»Du widerst mich an.« Es klang nicht wütend, das war das Schlimmste. Es klang nur enttäuscht. »Ich bitte dich, einer Freundin zu helfen, und du verpisst dich einfach.«

»Es geht nicht um mich.« Er rieb sich den dröhnenden Schädel, zuckte zusammen, als er dabei sein Bein bewegte. »Ich muss meine Medizin haben. Colchimol. Pillen in einer grün-weißen Packung. Hast du sie nicht irgendwo liegen gesehen?«

Wie über einen Steg balancierte sie durch seine mühsam gepflegte Unordnung, ein Meer aus alten Socken und frischen Ausdrucken, fand mit einem Griff das Medikament am Kopfende seines Schlaflagers und hielt ihm die Schachtel hin.

»Und Wasser, bitte.«

Das Glas hatte sie bereits in der anderen Hand. Er würgte die Pillen hinunter und schluckte gierig das Wasser hinterher. Er hätte noch viel mehr brauchen können. Noch besser einen Schnaps.

»Es geht auch um dich. Ich schau nicht länger zu, wie du dich zu Tode säufst. Du wirst Concha diesen Gefallen tun. Ich werde dich bezahlen.«

»Nein.«

»Und du wirst versuchen, eine Zeitlang ohne den Rum auszukommen.«

»Das verstehst du nicht.«

»Hör auf damit, ich hab das oft genug gehört: dass du krank bist und nichts dagegen tun kannst und dieses ganze melodramatische deutsche Zeug. Es interessiert mich nicht. Du gehörst zu meiner Familie, und du bist mir nicht gleichgültig. Ich lass dich nicht in deinem Müll verrotten.«

Sie wussten beide, dass sie auf Eduardos letzte Wochen anspielte. Auch Dolf hatte seinen Sohn damals aus dem Dreckloch geholt und eingesperrt und so lange betreut und in Schach gehalten, bis Eduardo wieder er selbst gewesen war und einen klaren Gedanken fassen konnte: sich mit einer Überdosis umzubringen. Keine angenehme Erinnerung.

»Das meine ich nicht. Ich bin stolz, dass du mich zu deiner Familie zählst, *hija*. Dank dir. Hast du noch ein Glas Wasser für mich?«

»Klar.« Sie reichte es ihm. Frisch aus der Leitung und doch lauwarm. Es musste schon nach Mittag sein.

»Conchas Mann ist vielleicht ermordet worden.«

»Das sagt sie doch schon die ganze Zeit.«

»Aber es war kein zufälliger Mord. Das waren Leute, die sich mit so was auskennen.«

»Genau wie du.«

»Lass die Scherze. Wenn wir uns mit denen anlegen, werden sie zurückschlagen.«

»Quatsch. Du willst nur kneifen.«

»Das sind keine kleinen Ganoven, das sind andere Dimensionen. Ihr beide begreift einfach nicht, worauf ihr euch da einlasst!«

»Haben die dir etwa den Schneid abgekauft?«

»Wer, *die*?«

»Na, deine *Dimensionen.*« Sie spuckte das Wort aus wie einen Olivenkern. »Oder hast du von denen auch abkassiert?«

»Das ist nicht witzig, Santes. Ich bin da empfindlich, das weißt du.«

»Mach was draus. *Te suplico.*«

»Ich hoffe bloß, dass euch das nicht noch leidtut, dir oder Concha.«

»Schlechter als jetzt kann es ihr nicht gehen.« Sie klang sarkastisch.

»Aber dir schon.«

»Das halt ich aus.«

Er wusste, dass sie recht hatte. Sie konnte eine Menge vertragen. »Das mit dem Schnaps ist nicht Teil unserer Vereinbarung.«

Sie wollte entrüstet aufstöhnen. Doch er hob entschlossen die Hand. Er war vielleicht ein rettungsloser Säufer, aber er war nicht bescheuert. Er wusste, was er versprechen und halten konnte. Und was nicht.

Wenn er den Fußballen nicht abrollte und seinen Stock zu Hilfe nahm und sich mit der freien Hand aufstützte, sooft es die Strecke erlaubte, dann konnte er beinahe gehen. Mühsam zwar und mit häufigen Verschnaufpausen, aber er kam voran. Für die anderthalb Kilometer bis zur Calle Mayor brauchte er fast eine Dreiviertelstunde.

»Schönes Hemd, *socio*!«

Dolf grüßte abwesend. Er war nicht in der Stimmung für Neckereien. Außerdem war es später Vormittag, Galicia sollte eigentlich gar nicht hier sein. Er rang sich ein Lächeln ab und humpelte hinüber zum Computer.

»Drucken Sie wieder so viel aus, Adolfo?«

»*No sé. Vamos a ver.*« Eigentlich hatte er das nicht vorgehabt. Er setzte sich an den Computer und wartete, bis der Rechner aus dem Ruhezustand erwacht war. Er gab sein Kennwort ein.

Unter dem Firmennamen der Eisfabrik konnte er als ehemaliger Arbeitgeber noch immer die Unterlagen des Leumundsregisters abfragen. So als wenn Tomás sich bei ihm für einen Job beworben hätte. Vorbeschäftigungen, Sozialversicherung, Schuldenauskunft. Er notierte sich die Eckdaten und ließ sich Kopien der Unterlagen schicken. Die sollten in wenigen Tagen da sein. Nur zur Sicherheit. Dann machte er sich auf den Weg. Galicias Büro war abgeschlossen. Er hatte noch nicht einmal bemerkt, wie sie gegangen war.

Am Nachmittag saß er im Bus, in der hintersten, holpernden Reihe, das schmerzende Bein lang auf den Gang ausgestreckt.

Er spürte jedes Schlagloch. Biss die Zähne zusammen. Nahm seinen vergoldeten Reiseflachmann wieder in Betrieb. Zum Glück ging es die meiste Zeit über die Autobahn.

Er fuhr nach Totana. Der Ort lag am Fuß des Küstengebirges und war tagsüber so ausgestorben wie eine aufgegebene Autobahnraststätte. Jetzt, am frühen Abend, bevölkerten ein paar Tagelöhner die Kreuzung am Autobahnzubringer. Dem Aussehen nach waren es Ecuadorianer oder Peruaner, auch einige Schwarzafrikaner, die von der Arbeit in den Foliengewächshäusern ausgedörrt und staubig zurückkehrten. Sie kletterten von den Pick-ups ihrer Vorarbeiter und trafen ihre Landsleute exakt an der Straßenkreuzung, wo sie zwölf Stunden zuvor im Morgengrauen aufgelesen und für den Tag eingekauft worden waren. Vielleicht waren sie nicht alle illegal, immerhin sprachen viele die Landessprache, wenn auch im melodiösen Singsang ihrer Heimatländer, aber dennoch waren sie ein gefundenes Fressen für die Tomatenbarone, die mit wenigen festen Arbeitern wirtschafteten und nur ein paarmal im Jahr, zu den Pflanz- und Erntezeiten, billige Tagelöhner auf ihre endlosen Felder schickten. Den Rest der Zeit schufteten die Latinos und Afrikaner auf dem Bau oder in der Fischerei. Oder warteten auf den nächsten Ernteeinsatz. Es waren ernste, schweigsame Leute. Sie hatten kein Geld zu verschenken und keine Zeit, es in Bars zu tragen. Es war sinnlos, sie nach einem Restaurant zu fragen. Aber Dolf hatte ohnehin die Adresse.

Er ließ sich von einem Taxi an der Ecke absetzen und humpelte die letzten paar Schritte allein. Das trostlose Viertel erstreckte sich zwischen der Landstraße zu den Tomatenfeldern und der Brache entlang der Autobahn. Die Luft war knochentrocken und abgestanden zugleich. Am fernen Ende, wo der Staub vor Hitze oder vom Fahrtwind eines schweren Lastwagens zu wirbeln und zu flirren begann, mündete die Straße anscheinend in ein trockenes Flussbett. Nach einer großartigen Zukunft sah die Gegend nicht aus.

Die Adresse lag in einer staubigen Querstraße mit wenigen Läden, einzelnen Handwerkern mit offenen Türen zu dunklen Werkstätten, aus denen kein Geräusch drang, dazwischen verschlossene Lagerräume, eine verlassene Tankstelle. Und natürlich war auch das Restaurant geschlossen. Aus den *o* der Neonschrift war das Glas herausgefallen: *El T-r-*. Das Lokal war zu vermieten, das verkündete ein Zettel im Glaskasten, wo die Speisekarte hängen sollte.

Unter der Telefonnummer auf dem Zettel meldete sich der Anrufbeantworter einer Immobilienagentur. Dolf sprach ein paar lahme Sätze über sein Interesse auf das Band, er versuchte geschäftsmäßig zu klingen, aber er bekam es nicht besonders gut hin.

Er linste durch die verriegelten Fensterläden. Kaum etwas war zu erkennen. Davor wölbten sich schmiedeeiserne Gitter. Nichts zu machen. Dolf sah sich um. Keine Passanten, niemand, der aus den Fenstern spähte oder sich hinter einer Gardine verbarg. Dabei ging gerade der Feierabend los, es waren Fernsehnachrichten zu hören. Oder die Radioreportage über ein Fußballspiel.

Das Lokal war links und rechts an die Nachbarhäuser angebaut. Es schien keinen Hinterausgang zu geben. Sollte er um den Block humpeln, um sich die Rückseite anzusehen? Er hätte sich das Satellitenfoto ausdrucken sollen, anstatt es sich nur gründlich einzuprägen. Er wurde alt. Und er brauchte etwas zu trinken. Dafür war es noch zu früh.

Die Wohnung von Tomás' Mutter lag nur ein paar Straßen weiter. Es war einen Versuch wert. Als Dolf in die Gasse einbog, musste er sich erst einmal setzen, nur ein paar Minuten, sein Fuß brachte ihn um. Die einzige Sitzgelegenheit war eine halbeingefallene Gartenmauer an einem verwahrlosten Eckgrundstück.

Danach schleppte er sich zum Hauseingang. Er drückte gegen die Tür und hatte Glück. Wenn er die Namensschildchen an den Briefkästen richtig interpretierte, musste Señora Hidalgo Martos im zweiten Stock wohnen. Ächzend quälte er sich die Treppen hinauf und klopfte an der Tür. Nichts. Er klopfte noch einmal, polterte.

»*Ya voy. Espere. Un momentito.*« Die Stimme der Frau klang verschlafen. Die Tür ging einen Spalt auf. »*¿Si? – ¡Diga!*«

»Entschuldigung. Chíner mein Name. Ich interessiere mich für das Lokal, in dem früher das Restaurant Ihres Sohnes war.«

»Und?«

»Die Leute von der Maklerfirma kann ich nicht erreichen.«

»Also, ich hab keine Schlüssel mehr.«

»Haben Sie nicht dort gekocht? Ich hab viel Gutes darüber gehört.«

»So?«

»Ihre Nachbarin sagt, Sie könnten mir mit ein paar Auskünften weiterhelfen … Es geht mir um die Einrichtung, die Möbel und die Ausstattung«, improvisierte Dolf.

»Welche Nachbarin? Die aus dem Hinterhof etwa? Die immer den obersten Blusenknopf offen hat?«

»Nein, Señora, nicht die. In der anderen Straße, hinter dem Lokal. Eine gute Frau, die im Fenster lehnte.«

»Wenn sie am Abend noch im Fenster lehnt, kann sie keine gute Frau sein.«

»Ganz wie Sie meinen. Hätten Sie vielleicht ein Glas Wasser für mich?«

»Mir geht es nicht so gut.«

»Ich bin extra hergefahren. Von hinter Murcia.«

»*Está bien*. Einen Moment.«

Sie zog sich in ihre Wohnung zurück. Wenige Minuten später ging die Tür auf. »Kommen Sie. Aber ich hab keinen Schlüssel. Die vom Makler kümmern sich um alles.« Sie führte ihn in die winzige Küche. »Einen Kaffee?«

»Nur ein Glas Wasser bitte. Die Hitze ist unerträglich.«

Sie stellte es ihm hin. »Was wollen Sie wissen?«

»Wie lange haben Sie im *El Toro* gekocht?«

»Mehr als drei Jahre.«

»Das ist nicht lange. Wieso haben Sie aufgehört?«

»Tomás hat das Lokal aufgegeben, als er sich verheiratet hat.«

»Aber es lief schon vorher nicht besonders?«

»Wer sagt das?«

»Ich frage nur.«

»Besser, Sie erkundigen sich, bevor Sie hier solche Fragen stellen.«

»Verzeihung. Erklären Sie es mir, bitte: Warum steht das Lokal seit Jahren leer?«

»Weil der neue Pächter selbst sein bester Kunde war.«

»Aber die neue Einrichtung gibt es noch?«

»Neue Einrichtung? Von wem?«

»Ihr Sohn hat eine Menge Geld in neue Möbel gesteckt, dachte ich.«

»Wovon sprechen Sie? Wer schickt Sie?«

»Wenn die Einrichtung nicht in Ordnung ist und mir da noch hohe Kosten bevorstehen …« Aber sie war nicht mehr einzulullen. Dolf hatte es verbockt.

»Mit wem haben Sie gesprochen? Was wollen Sie? Bitte verlassen Sie mein Haus.«

Er wusste, wann er auf verlorenem Posten stand. Für das Wasser bedankte er sich und ging hinaus. Draußen verfluchte er sich. Wie konnte er sich nur so blöde anstellen! Tomás' Schulden waren also ein Geheimnis. Schon an Conchas Schweigen hätte er das doch merken müssen! Er wurde alt. Und gereizt war er auch.

Er quälte sich die Stufen hinunter. Jedes Abrollen fuhr ihm wie ein glühender Dorn in den Fußballen. Die Treppen schienen keine Ende zu nehmen.

Keuchend und fluchend stand Dolf wenig später an der Straßenecke. Die Hitze drückte zwischen den Dächern herab in die enge Gasse. Zeit für einen Drink. Er rief noch einmal den Makler an. Wieder der Anrufbeantworter. Er drückte die Verbindung weg.

Die Bar lag am anderen Ende der Kleinstadt. Der Mann hinter dem Tresen hätte der Sohn des Alten in der *Algameca Bar* sein können. Oder der jüngere Bruder. Dieselben geröteten Augen und die graue Blässe der Leute, die Tageslicht nur von den frühen Morgenstunden kennen. Die arbeiten, wenn alle anderen schlafen. Er stellte Dolf eine Rum-Cola hin.

»Du bist also ein Kumpel von Angel?«

Dolf nickte. »Ein Kunde eher.«

»Noch besser, das hält länger.«

»Kanntest du den Laden von Tomás, der jetzt leer steht, drüben an der Schnellstraße?«

»Jeder hier kennt alle Bars. Es ist ein kleiner Ort.«

»Was ist schiefgelaufen?«

»Um ehrlich zu sein, ich weiß es nicht.«

Dolf hob die geöffneten Handflächen, legte fragend den Kopf schief, wartete.

»Was willst du wissen?«

»Wo die Schulden herkommen.«

»Kommt drauf an, was der Wirt für ein Typ ist. Ob er gründlich rechnen kann.«

»Aber die Tagesabrechnungen kriegt doch wohl jeder hin, denke ich.«

»Ganz so einfach ist es auch nicht. Gaststätten sind Vorkasse. Jeden Abend hast du Geld auf der Hand. Aber die Abrechnungen der Lieferanten kommen erst am Monatsende. Wer da nicht aufpasst ...«

»Kapiert. Angenommen, der Typ passt auf.«

»So wie Tomás.«

»Du kennst ihn?«

»Ich kannte ihn. Auch seine Mutter. Die machen solche Anfängerfehler nicht.«

»Sondern?«

»Steuern.«

Dolf nickte nur abwartend. Alter Barkeepertrick.

»Weißt du, es ist das Bargeschäft. Keine Kasse registriert, wie viel Geld hereinkommt. Nur der Besitzer, wenn er abends abrechnet.«

»So weit klar.«

»Also kontrollieren die von der Steuer nicht die Einnahmen, sondern die Ausgaben, vor allem die Einkäufe. Wenn du hundertfünfzig *chuletas* gekauft hast und nur fünfzig in deiner Steuer auftauchen, dann werden die misstrauisch.«

»Deshalb kauft man schwarz ein?«

Der Wirt nickte. »Jeder kauft schwarz.«

»Aber nicht jeder geht damit baden.«

»Nein. Da muss einer schon sehr viel Pech haben. Oder verpfiffen werden.«

»Angezeigt?«

»Zum Beispiel.«

»Aber wer macht so was? Konkurrenz?«

»Oder Geschäftemacher. Vielleicht weil einer sich weigert zu kooperieren ...« Der Wirt legte den Kopf schief. Seine

Handflächen und Achseln machten eine steile Aufwärtsbewegung, die alles Mögliche bedeuten konnte zwischen Vorsicht und Ahnungslosigkeit.

»Hört sich nach den Georgiern an. Oder den Chinesen.«

»Redet auch keiner drüber.«

»Zahlst du hier etwa auch?«

»Redet eben keiner drüber.«

Dolf nickte abwartend. »Nur, damit ich das richtig verstehe: Tomás hat an der Steuer vorbei eingekauft. Jemand hat ihn verpfiffen, die Steuernachzahlungen haben ihn reingeritten. Das sind die Schulden, auf denen er sitzengeblieben ist?«

»So sehe ich das.«

»Also war Tomás ein ehrlicher Kerl, bis auf die Steuer?«

»Hat irgendwer was anderes behauptet?«

Dolf schüttelte zögerlich den Kopf. Mit einer Handbewegung orderte er noch einen Drink. Er würde versuchen, an die Steuerunterlagen von Tomás und seinem Restaurant zu kommen. Er würde Concha danach fragen.

Sie erwartete ihn bereits im Treppenhaus, zog ihn hastig in die Wohnung und warf die Tür hinter ihm zu.

»Bist du von allen guten Geistern verlassen?« Ihre Augen blitzten wie ihre Zähne. Als wollte sie ihn verschlingen. Hatte die Agentur etwa bei ihr angerufen?

»Concha, beruhig dich doch, es ist reine Routine.«

»Wieso schnüffelst du bei meiner Schwiegermutter herum?«

Daher wehte also der Wind. Tomás' Mutter musste ihre Schwiegertochter sofort angerufen haben.

»Weil du meine Fragen nicht beantwortest.«

»Ich hab dir alles gesagt, was du wissen musst.«

»Das kannst du nicht alleine entscheiden.«

»Fahr zur Hölle.«

»Sehr gerne.«

Sie machte die Tür wieder auf und wartete, dass er hinausging. Das tat er aber nicht. Sie starrte ihn herausfordernd an. »Was willst du denn noch?«

»Wie lief das mit dem Kredit? Welche Konditionen?«

»Willst du etwa die Kontoauszüge sehen?«

»Am liebsten ja.«

Sie schnappte nach Luft, baute sich wütend vor ihm auf. Dann wandte sie sich ab, dachte nach. Schließlich drückte sie die Wohnungstür wieder zu. »*Vale*. Wir haben nichts zu verbergen. *Espera, por favor.*«

Sie machte sich an einer Kommode zu schaffen. In einer Schublade lagen offensichtlich Tomás' Finanzunterlagen. Sie fand die Papiere mit einem Griff.

Carlos und Emilia waren aus ihrem Zimmer gekommen. Sie starrten Dolf mit großen Augen an. »Ist die Mama böse?«

»Nein, gar nicht. Nur aufgeregt.« Er hoffte, dass sie ihm nicht ins Wort fallen oder die Augen auskratzen würde.

Concha legte ihm einen säuberlich geführten Hefter hin. »Willst du sie etwa gleich hier durchgehen?«

Falls es feindselig gemeint war, ignorierte er es.

Er blätterte. Kontoauszüge. Vollständig und in der richtigen Reihenfolge, von hinten nach vorn. Ganz unten war der Kreditvertrag abgeheftet. Dolf setzte sich. »Es dauert auch nicht lange.«

Sie brachte die Kinder wieder in ihr Zimmer, während er sich die Auszüge genauer ansah. Regelmäßige Rückzahlungen, unterschiedliche Beträge, aber stets höher als die im Vertrag vereinbarte Mindestsumme. Concha kehrte zurück.

»Es sind immer noch fast siebzigtausend offen, Concha.«

»Das übernimmt die Lebensversicherung.«

»Tomás hatte eine?«

»Damit werden wir die Schulden begleichen, dann ist endlich Ruhe.«

»Bleibt denn noch was übrig für dich und die Kinder?«

»Sechs-, siebentausend vielleicht.« Sie setzte sich, legte ihre Wangen in die Hände und presste ihre Fingerkuppen auf die Lider.

Er wartete ab.

Sie strich sich seufzend die Feuchtigkeit aus den Augenwinkeln. »Es ist furchtbar.«

»Tut mir leid, dass ich hier so reingeplatzt bin.«

»Ist schon in Ordnung. Ich bin völlig am Ende.«

»Ich hab dir noch zusätzlichen Stress gemacht.«

Sie hob die Achseln. Und ließ sich tatsächlich in den Arm nehmen.

8

Im Segelclub kam er direkt an der Rezeption zur Sache. »Mit wem hatte Tomás am meisten zu tun? Wer kannte ihn wohl am besten?«

Es war ein exklusiver Club, oder zumindest wollte er es sein. Carmen, die blonde junge Frau hinter dem Tresen, wurde dafür bezahlt, sehr hübsch und sehr gelangweilt auszusehen. Sie schaffte beides nicht richtig. Sie war geradezu hilfsbereit.

»Ginés, denke ich.«

»Ginés und wie weiter?«

»Toledo. Aber hier duzen wir uns alle.«

»Ist er da?«

»Er hat sich freigenommen. Verlängertes Wochenende. Wahrscheinlich eine Hochseeregatta.«

Im Hafen herrschte allerdings Windstille an diesem strahlenden Freitagmorgen, der ein weiterer heißer Tag zu werden versprach. »Haben Sie seinen Terminplan hier? Darf ich mal sehen?«

»Worum geht es denn?«

»Ich bin, wie gesagt, im Auftrag von Concha hier. Wollen Sie die rasch anrufen?«

»Kein Problem.« Sie drehte ihm den Kalender so hin, dass er die Termine sehen konnte. Er überflog den Dienstplan. Fuhr sogar mit dem Finger die einzelnen Spalten entlang, damit sie sehen konnte, bei welchem Tag er gerade war. »Irgendetwas Ungewöhnliches?«

»Nichts, wenn nicht Sie irgendwas finden.«

»Segelstunden. Surfstunden. Maschinenstunden.«

»Tja, er gibt nun mal Segelunterricht. Er ist Segellehrer.« Sie sprach mit ihm wie mit einem Dreijährigen.

Dolf tat, als merkte er es nicht. »Hafendienst. Was heißt das genau?«

»Einer sitzt auf dem Fahrrad im Schatten, und wenn ein Boot reinkommt, radelt er raus, erwartet es am Liegeplatz, übergibt die Leinen, hilft beim Aussteigen und beim Gepäck und so weiter.«

»Tankservice?«

»Frischwassertanks leeren, reinigen, entkeimen, spülen, neu befüllen.«

»Über vier Stunden?«

»War wahrscheinlich eine kleine Reparatur dabei.«

»Könnten Sie rauskriegen, auf welchem Boot das war?«

Sie überflog den Eintrag. »Die *Sorpresa*, liegt im Innenhafen, dort drüben.«

»Wem gehört sie?«

»Der Eigner kommt nur am Wochenende aus Murcia herüber. Höchstens drei-, viermal pro Sommer.«

»Hat wohl Besseres zu tun, als seine Yacht zu bewegen?«

Sie nickte vage. »Viele unserer Mitglieder sind sehr beschäftigte, erfolgreiche Geschäftsleute.«

»Ich verstehe.« Er blätterte ein paar Seiten, ein paar Wochen zurück. »Hier war Ginés eine komplette Woche weg, geblockt.«

»Das war sein Urlaub. Wahrscheinlich war er mit einem unserer Mitglieder unterwegs.«

»Würde der Club reagieren, wenn irgendeine der Yachten seiner Mitglieder mit, sagen wir, strafbaren Handlungen konfrontiert wäre?«

»So was wie Steuersachen?«

Er zog unbestimmt die Achseln hoch. »Zum Beispiel.«

»Niemals! Das kommt hier nicht vor.«

»War auch nur ein Scherz. Ich dachte viel eher an Schmuggel oder Diebstahl oder Entführung.«

Sie lächelte nicht einmal. Tat kühl und geschäftsmäßig. »Ich glaube nicht, dass ich darüber Bescheid wüsste.«

»Kann Ginés mir Näheres darüber sagen?«

»Das kann ich mir beim besten Willen nicht vorstellen.«

»Oder Tomás?«

»Tom war ein netter Typ, eine ehrliche Haut. Er hatte mit solchen Sachen nie etwas zu tun.«

»Also gab es solche Sachen.«

»Kann ich Sie an den Vorstand verweisen? Für derartige Fragen sind wir hier nicht zuständig.« Jetzt klang sie ernst und schneidend.

»Verzeihen Sie, Señorita Carmen. Ich kannte Tomás nicht, ich versuche nur, die Hintergründe seines Todes herauszufinden. Tut mir leid, wenn ich dabei aufdringliche Fragen stelle.«

»Aus Schwierigkeiten hielt er sich heraus.«

»Er arbeitete sehr viel, er brauchte Geld.«

»Tom war hilfsbereit und engagiert. Alle mochten ihn. Und Geld? Das kann jeder der Angestellten hier gebrauchen.« Sie lächelte schnippisch.

»War er öfter weg? Für längere Törns, die sich lohnen?«

Sie nickte achselzuckend. »Auf die Balearen, nach Ibiza, in die Karibik. Manchmal eine Woche, manchmal länger. Aber nicht mehr so oft in den letzten Jahren.«

»Was hatte sich verändert?«

»Wegen der Kinder wollte er nicht mehr so lange von zu Hause weg sein, denke ich.«

»Sie haben ihn gemocht, nicht wahr?«

Sie wich ihm aus. »Concha ist eine gute Freundin.«

»Es ist nicht verboten, einen netten Mann zu mögen, auch wenn er anderweitig verheiratet ist.«

»Sie ziehen die falschen Schlüsse.«

»Ich ziehe gar keine Schlüsse. Es ist Ihr Leben, Sie sind jung. Haben Sie sich niemals Sorgen gemacht wegen Tomás' Trinkerei?« Er merkte selbst, wie lahm das klang. Weil er im Trüben herumstocherte.

»Alle Segler trinken.«

»Aber er arbeitete in einer Apotheke.«

»Im Dienst trank er nicht. Er war einer von den Guten.«

Dolf sah ein, dass er so nicht weiterkam. Entweder hatte sie Tomás wirklich so uneigennützig gemocht, wie sie behauptete, oder sie war um Längen abgebrühter, als er sich vorstellen konnte.

»Fällt Ihnen irgendetwas ein, was schiefgelaufen sein könnte in seinem Leben? Im letzten Herbst oder Winter? Ein Unfall, ein Missgeschick, irgendwas, was ihm Sorgen gemacht haben könnte?«

»Das im September war eine Ausnahme.«

»Woher wissen Sie davon?« Dolf ließ sich seine Überraschung nicht anmerken, hoffte er zumindest.

»Purer Zufall, ich habe ihn gesehen. Drüben in Cabo de Palos.«

»Er könnte für einen Job dort gewesen sein.«

»Nicht in dem Zustand. Nicht ohne Klienten. So wie er aussah, hat er auf dem Boot gehaust.«

»Das war im September, nicht wahr?«

»Erste oder zweite Woche. Keine Ahnung.«

»Kannten Sie das Boot?«

»Das war keins von hier. Warum fragen Sie nicht Concha? Die weiß normalerweise Bescheid.«

Nicht in diesem Fall, dachte Dolf. Jedenfalls hatte sie ihm nichts davon erzählt. »Haben Sie mit Tomás jemals darüber gesprochen?«

»Nein. Er war nicht der Typ, der seine Sorgen überall herumposaunte. Zwei Tage später war er wieder da, und alles war wie immer. Eine Ausnahme, wie gesagt.«

»Haben Sie es Concha erzählt?«

»Ich bin auch nicht der Typ, der alles herumerzählt. Und jetzt ist es eh egal.«

»Weil Concha nicht mehr hier arbeitet.«

»Jetzt, wo Tomás tot ist.«

Dolf sah sie lange an. Sie wirkte offen. Er mochte sie. Sie senkte den Blick. »Sonst noch irgendwas, was ich für Sie tun kann, Señor?«

»Gab es so einen Plan auch für Tomás?« Dolf wies auf den offenen Dienstkalender auf dem Tisch.

»Selbstverständlich.«

»Könnten Sie mir eine Kopie machen? Die letzten vier Wochen im Dezember und von da aus zurück.«

»Concha ist damit einverstanden?«

»Sie können sie gerne anrufen!«

»Nicht nötig. Ich habe für die Polizei eine Kopie gemacht. Warum sollte ich nicht auch für Sie eine machen? *Un momentito, por favor.*« Sie ging nach hinten in ihr Büro. Vielleicht war sie doch hübscher, als sie auf den ersten Blick gewirkt hatte. Aber warum waren die Kopien, die sie gemacht hatte, in der Polizeiakte nicht enthalten, ja nicht einmal erwähnt?

Die Hafenmeisterei thronte über dem östlichen Hafenbecken mit Sport- und Fischereihafen. Sie war in einem Turm mit hohen, dunklen Fensterflächen untergebracht, die gegen mögliche Reflexionen des funkelnden Sommerlichtes leicht nach außen gekippt waren. Fast wirkten sie wie am Tower eines Flughafens. Nur dass sie von innen unterhalb der Brüstung praktisch nicht sauber zu halten waren und entsprechend verstaubt und blind. Selbst Dolf wusste, dass der Überblick, den sie von hier aus über das Geschehen im Hafen hatten, mit den hochpräzisen Informationen eines Flughafentowers nicht viel gemeinsam hatte. Schon gar nicht in einem Militärhafen wie Cartagena, wo die Marine für ihre Schiffe und ihren Teil des Hafens keine Kontrolle durch Zivilisten zuließ.

Dolf war mit Jaime verabredet, seinem Zockerfreund aus dem Club, der hier, an seinem ehemaligen Arbeitsplatz, in offizieller Funktion und Uniform unterwegs war. Auch wenn er nur noch sehr selten Dienst tat, an Feiertagen oder über die Wochenenden, wenn sonst keiner wollte, hatte Jaime sich entsprechend herausstaffiert und versucht, seine Halbglatze unter einzelnen angeklatschten Strähnen zu verbergen.

Es war nicht viel los. Der Wachhabende ließ es sich nicht zweimal sagen und verdrückte sich eilig, als Jaime anbot, ihn für eine halbe Stunde abzulösen. Dolf fragte sich, ob es nicht eine Schnapsidee gewesen war, hierher in die Hafenmeisterei zu kommen, die nur noch ein Schatten ihrer selbst war. Um einen alten Mann auszuhorchen, der sich gern reden hörte. Nun ja, schaden konnte es jedenfalls nicht.

»Werden private Yachten überhaupt kontrolliert?«

»Die ausländischen, die müssen sich anmelden. Außerdem solche mit fremdem Heimathafen, an der Küste oder auf den Balearen.«

»Die von hier? Aus dem Yachtclub?«

»Das sind zu viele. Oft gehen die nur raus für eine Runde Wasserski oder Bananaboot. Schlimmer sind nur noch die *motos acuáticas*. Da ist ein ewiges Rein und Raus. Strenggenommen haben wir auch keine Überwachungspflicht.«

»Es gibt keine Aufzeichnungen?«

»*Claro que sí*. Boote, die im Hafen liegen, werden aus- und eingetragen, nur zur Sicherheit.«

»Ihr könntet also feststellen, welches Boot im Moment gerade draußen ist?«

»Könnte man wohl, tut aber kein Mensch. Das ist viel zu aufwändig, es passieren auch zu viele Fehler. Was soll man unternehmen, wenn man bemerkt, dass ein Boot schon seit drei Tagen überfällig ist? Schlägt man Alarm? Und wenn sich dann herausstellt, dass das Ding längst auf dem Trockenen liegt, für eine Reparatur oder einen neuen Anstrich, was weiß ich, und irgendjemand hat vergessen, das aufzuschreiben?« Er schüttelte den Kopf. »So was machen wir nicht mehr.«

»Wenn ich dir ein Datum sagen könnte und ein bestimmtes Boot, Jaime. Wie stehen die Chancen, dass du herausfindest, ob es an diesem Tag ausgefahren ist, nicht für einen Tagesausflug, aber zum Beispiel für einen Törn nach Ibiza oder Málaga?«

»Mittelprächtig, aber nicht unmöglich. So was haben wir nicht so oft am Tag.«

»Und bei den Fischerbooten, Frachtern, Schleppern, Kreuzfahrtschiffen?«

»Hat man hundert Prozent Kontrolle. Dafür sind wir schließlich da.«

»War denn irgendein größeres fremdes Schiff im Hafen, sagen wir, in den vier Wochen vor Mitte September?«

»Mitte August bis Mitte September?« Jaime zog ein gebundenes Buch mit Hafenprotokollen aus einem Regal unter der Observierungsscheibe. Er überflog die Eintragungen. »Fünfundsiebzig Container für die Kanaren. Hundertachtzig Tonnen Zement nach Gambia. Achtundachtzig Tonnen Gerste aus Zypern. Wahrscheinlich für irgendeine Brauerei. Die *Sea-*

Endeavour, die *Selectis*, die *Princess of the Mediterranian*, alle in der zweiten Septemberwoche. Dreihundert Tonnen Erdgas aus Odessa. – Das war's.«

»Ist denn übers Jahr gesehen mehr los?«

»Nicht mehr so viel wie früher. Ist immer weniger geworden. Um Weihnachten herum noch mal zwei, drei Kreuzfahrtschiffe. Dann Flaute bis März.«

»Wie bei den Seglern.«

Dolf ließ seinen Blick über den Hafen schweifen. Die Berge, die Festung, das Meer. Galicia hatte ihn eines Abends auf den Aussichtspunkt am Castillo geführt und ihm in wenigen Sätzen die Geschichte der Hafenbucht und ihre ideale Form und Lage erläutert. Bereits die Phönizier hatten auf ihren Fahrten durch das gesamte Mittelmeer und bis über die »zwei Säulen der Erde« hinaus, die Straße von Tanger oder von Gibraltar, wie Dolf und die Nordeuropäer sie nannten, diesen perfekten Naturhafen genutzt.

In römischer Zeit wurden hier Hölzer und Gewürze angelandet, gesammelt und weiterverschifft: grobe Bohlen für die Schiffsrümpfe der römischen Flotte und rotbraune feine Fäden für die römischen Kuchenfladen.

Im Mittelalter, als die iberische Halbinsel unter arabischem Einfluss stand und später in unzählige Königreiche und Fürstentümer zerteilt war, versank der Hafen in Bedeutungslosigkeit. Ohne großes Reich keine große Flotte, ohne Flotte kein Bedarf für einen der besten Naturhäfen an der Mittelmeerküste Spaniens, wusste Galicia. Die Entdeckerfahrten der frühen Neuzeit gingen von der Atlantikküste oder von den Kanaren aus.

Erst in den letzten dreihundert Jahren wurde der Hafen wieder zu einem der wichtigsten Mittelmeerhäfen Spaniens. Die Marine nutzte den größten Teil mit mehreren vorgelagerten Forts und der großen Kaserne direkt an der Hafenzufahrt. Als Hafenstadt in einer Landschaft, die sich von den Abholzungen der Römer nie wirklich erholt hatte, staubig und trocken war und außer Tomaten nicht viel hervorbrachte, war Cartagena vor allem Garnisonsstadt gewesen.

»Ist Schmuggel bei euch ein Thema?«

»Heutzutage? So was wie Thunfisch, den man an den Japanern vorbei auf dem Fischmarkt veruntreut?« Jaime lachte gezwungen auf. Dolf wartete ab. »Oder geklaute Außenborder, die nach Nordafrika gehen? Die Sachen lohnen sich nicht wirklich. Sind alle fest in der Hand der Senegalesen, heißt es. Die operieren von Marokko aus, da hat kein Spanier seine Finger drin.«

»Kiff? Marihuana?«

»Aus dem Riffgebirge? Geht alles über die Algarve oder über Alicante. Die benutzen ahnungslose Touristen oder gleich ganze Container mit gefälschten Siegeln, Roll-On auf die großen Fährschiffe. Manchmal direkt nach Marseille. Hier kommen die nicht durch.«

»Geklaute Yachten?«, fragte Dolf.

»Gehen nach Valencia oder Ibiza. Hier ist kein Markt für so was.«

»Menschenschmuggel?«

»Über Algeciras, höchstens Málaga. Hier ist das zu weit.«

»Entführungen?«

»Für Lösegeld? Davon hab ich seit Jahrzehnten nicht mehr gehört.«

»Aber es muss doch, verdammt noch mal, irgendwas Kriminelles geben, mit dem man sich hier im Hafen oder in der Gegend die Finger schmutzig machen kann!«

»Bist du etwa scharf aufs Geldverdienen, *mi viejo*? Das wusste ich ja gar nicht, dass es so schlecht aussieht mit deiner Rente. Überweisen die aus Deutschland etwa nicht mehr pünktlich?« Er schlug Dolf lachend auf die Schulter.

»Denk, was du willst. Aber gib mir irgendwas an die Hand.«

»Lass sehen, was haben wir? Raubkopien? Produktfälschungen? Zigaretten? Die Sachen kommen alle über Land aus Murcia.«

Dolf trommelte ungeduldig gegen die getönten Scheiben. Der Staub rieselte in unerreichbare Tiefen hinab.

»Harte Drogen?« Dolf biss sich auf die Unterlippe. Er hatte die Visage von Eduardos Dealer jederzeit klar in Erinnerung, aber damals hatte es ihn nicht im mindesten interessiert, über welche Kanäle der das Dreckszeug bezogen hatte, das seinem Sohn zuerst die Schleimhäute zerfressen und dann das Gehirn aufgeweicht hatte. Beim Gedanken daran fuhr sich Dolf mit Zeige- und Ringfinger über die kleine Narbe an seiner Stirn, die er von damals zurückbehalten hatte.

Jaime blieb unbeschwert. Entweder er hatte Eduardos Geschichte nie gehört oder sie längst vergessen. »Das bisschen Koks und Heroin, das die Seeleute brauchen, bringen sie wahrscheinlich besser selber mit.«

»Du kannst einem wirklich Mut machen, Jaime.« Dolf bemühte sich um einen heiteren Tonfall. »Nicht mal für Schmuggler ist das Kaff interessant?«

»Sag bloß nichts gegen meine Heimatstadt, sonst sind wir geschiedene Leute!«

9

Namen und Diensttelefon der Rechtsmedizinerin hatte Dolf aus ihrem Bericht, aber sie weigerte sich, mit ihm zu sprechen. Später ließ sie sich verleugnen. Ihre Privatadresse hatte er dem Portier ihres Instituts abgeschwatzt, mit einer Postkarte, die Dolf zum Adressieren in die Loge hineinreichte. Einen privaten Telefonanschluss hatte sie nicht.

Also schickte er ihr weitere Postkarten. Immer neu formulierte, in denen er freundlich um ein Gespräch über den Fall Martínez bat, rein dienstlich, ohne dass er, worauf er ausdrücklich hinwies, irgendeine behördliche Autorisierung habe. Er steckte jeden Tag eine Karte in den Postkasten. Die Botschaften wurden immer knapper, dabei gleichbleibend liebenswürdig und geschäftsmäßig.

Seit sieben Tagen ging das so. Ohne Reaktion. Die achte Karte hatte er in der Tasche. Es war Sonntagvormittag, halb elf. Zeit für die persönliche Postzustellung. Señora A. Cervales wohnte in einem modernen Apartmenthaus mit Sprechanlage. Er klingelte.

»Sprechen Sie.«

»Die nächste Postkarte. Ich wollte sie in Ihren Briefkasten stecken.«

»Wollen Sie mich wahnsinnig machen?«

»Sehr gern. Es ist aber nicht, wie Sie denken.«

»Verschwinden Sie.«

»Kann ich die Karte in den Briefkasten werfen?«

»Nein. Auf Wiedersehen.«

»Ich warte hier.«

»Nein.«

»Dann drücken Sie doch auf.«

Er wartete ab.

»Was wollen Sie?«

»Mit Ihnen reden. Über Tomás Martínez. Das habe ich Ihnen doch geschrieben. Auch Ihrer Sekretärin ausgerichtet. Hat sie es nicht weitergegeben?«

»Der Fall ist abgeschlossen.«

»Dann können doch ein paar Fragen nicht schaden.«

»Ich habe keine Zeit.«

»Wie gesagt, ich warte.«

Er wartete ab.

»Eine halbe Stunde, nicht länger, ich bin verabredet.«

»Señora, ich danke Ihnen.«

»Wie erkenne ich Sie?«

»Ich stehe hier vor Ihrer Tür.«

»Nein. Gehen Sie in das Café an der Ecke, warten Sie dort. Wie erkenne ich Sie?«

»Ich könnte Ihr Großvater sein. Untersetzt, Glatze, blass.«

»O mein Gott!«

»So schlimm ist es nun auch wieder nicht.«

»Gehen Sie schon, um Himmels willen. *Hasta luego.*« Damit hatte sie ihn weggedrückt.

Als sie ins Café kam, sah sie sehr viel jünger aus, als sie als Leiterin der Rechtsmedizin sein konnte. Sie hatte eine praktische Kurzhaarfrisur, die vorn und an den Seiten länger war, und trug große, klimpernde Ohrringe. Außerdem hatte sie sichtbar schlechte Laune. »Folgendes wird passieren: Ich stehe Ihnen für zwanzig Minuten zur Verfügung. Wenn Sie mich danach jemals wieder belästigen, rufe ich sofort die Polizei.«

»Einverstanden.«

»Also, was wollen Sie?«

»Es geht um die Leichensache Tomás Martínez.«

»Das weiß ich.«

»Ich möchte Sie dazu überreden, eine Exhumierung zu beantragen.«

Sie musterte ihn fragend, verwundert, schließlich herablassend. »Das ist lächerlich.« Sie griff bereits nach ihrer Handtasche, wollte aufstehen. Dolf legte ihr die Hand auf den Arm. »Bitte! Ich habe noch fast neunzehn Minuten, *verdad*?«

Sie setzte sich kopfschüttelnd wieder hin und schlug die Beine übereinander. Es waren hübsche Beine in undurchsichtigen dunklen Strümpfen. Wahrscheinlich hatte sie Krampfadern, schließlich stand sie Stunde um Stunde an eiskalten Wannentischen aus Zinkblech und befasste sich mit gekühlten Leichenteilen. Sie wippte mit den Fußspitzen.

»Genug gesehen?«

Er grinste sie an, diesmal offen ins Gesicht. »Sehr schön, ja. Colchicin, Hyoscyamin und Protoanemonin. Haben Sie danach gesucht?«

Sie tat, als müsste sie erst einmal nachdenken. »Colchicin haben wir nachgewiesen, in tödlicher Dosis, wenn ich mich recht erinnere.«

»Dreihundertachtunddreißig Milligramm.«

»Sie haben die Unterlagen eingesehen?«

Dolf zuckte die Achseln und hob verständnisheischend die Hände.

»Dann brauchen Sie mich doch nicht.«

Dolf ließ die Hände wieder sinken. Wartete ab.

Sie begann zögerlich. »Auch die anderen beiden sind pflanzliche Gifte. Und zugleich Stimulantien.«

»Besonders in Kombination mit Alkohol.«

»Kann ich mir vorstellen.«

»Elixir.«

»Wie?«

»So nennen sie das Zeug in der Szene. Macht aus einem einfachen Drink einen Cocktail für einen Höllentrip. Aber manche stehen drauf.«

»Wie früher das Sniffen?«

Jetzt war es Dolf, der auf der Leitung stand und sie verwundert ansah.

»Hab ich nur gelesen. In der *¡Hola!*.« Sie machte einen Rückzieher.

»Durch die Nase?«

Sie nickte unbeteiligt, versuchte es zumindest. »Hauptsache Schleimhaut. Man zieht sich konzentrierten Alkohol hoch. Geht direkt ins Blut. Vor ein paar Jahren war das groß in Mode in der Society. Die Söhne von Lady Di sind dabei erwischt worden. Für das schöne Geschlecht tut es auch ein getränkter Tampon.«

»Interessant.« Dolf schluckte.

»Sie schwindeln schrecklich schlecht. Sie sollten das können, in Ihrem Alter.«

Er schmunzelte. Das hatte fast wie persönliches Interesse geklungen. Ein Fortschritt.

»Jetzt also Colchicin, Hyoscyamin, Protoanemonin?«

»Ist eher der Stoff der armen Leute. War es zumindest zu meiner Zeit.«

»Wirkt wie?«

»Verstärkt die Wirkung. Wenn Alkohol Sie ausgelassen macht, werden Sie es damit rascher. Wenn Sie dazu neigen, gewalttätig zu werden, macht Sie es brutaler. Wenn Sie ihn brauchen, um sich Mut anzutrinken, brauchen Sie davon weniger.«

»Ich trinke nicht oft. Nur zur Entspannung.«

»Dann entspannt es Sie tiefer.«

Sie musste lachen. »Sie hätten Autoverkäufer werden sollen. Oder Immobilienmakler.«

Dolf ersparte ihr die Geschichte, dass er tatsächlich schon einmal Häuser verkauft hatte. Und Eis in Blöcken. Er fragte sie stattdessen nach der Möglichkeit, nach fast acht Monaten die Chemikalien in der Leiche noch nachzuweisen, und erfuhr erleichtert, dass es eine zumindest theoretische Chance durchaus gab.

»Sie glauben, der Tote hat sich mit diesem Cocktail umgebracht? Habe ich noch nie gehört.«

»Mit einer Spritze?«

»Es gab keine Einstichstellen. Danach haben wir gründlich gesucht.«

»Wie gründlich?«

Seinem fragenden Blick hielt sie stand.

»Wenn es aber kein Selbstmord war?«

Sie nickte konzentriert. Dann hätten sie an den üblichen Stellen keine Einstiche gefunden. In Mund-, Augen- und Nasenhöhle hatten sie tatsächlich nicht gesucht, von den übrigen Körperöffnungen ganz zu schweigen, das musste sie zugeben. Weil es das Colchicinglas auf der Anrichte gegeben hatte und die verschiedenen Giftspuren in Mund und Rachen des Opfers.

»Das könnte ein Ablenkungsmanöver gewesen sein.«

Sie wiegte skeptisch den Kopf.

»Also wäre eine Nachobduktion sinnvoll, das sehen Sie ein, nicht wahr?«

»Wünschenswert, sicherlich. Aber leider völlig unmöglich, das wissen Sie ja selbst.«

»Wovon sprechen Sie?«

»Dass es selbstverständlich keine Exhumierung geben kann.«

»Aber warum nicht, um alles in der Welt?«

»Weil der Tote doch kremiert worden ist!« Verwundert kräuselte sie die Brauen – wusste er darüber etwa nicht Bescheid?

Dolf hatte es tatsächlich nicht gewusst. »Verbrannt? Und Sie haben dem zugestimmt?«

»Es gab keinerlei Veranlassung, zu widersprechen. Die Untersuchung war beendet, die Akten waren geschlossen.«

Er griff nach jedem Strohhalm. »Ist eine Urnenbestattung nicht ziemlich ungewöhnlich in so einem Fall?«

»Soweit ich weiß, gab es keine Bestattung an Land. Die Asche wurde auf dem Meer verstreut. Ganz nach dem Wunsch des Verstorbenen, das konnte die Witwe glaubhaft machen.«

Sie sah auf ihre Uhr, strich sich den Rock glatt, zog ihn aber nicht besonders tief über die Knie. Musterte ihn erwartungsvoll. Dolf hatte keine Ahnung, worauf sie hinauswollte. In Gedanken war er ganz woanders.

Er drückte das Mobiltelefon gegen sein glühendes Ohr. Er hatte die erste Gelegenheit genutzt, sich aus dem Café zu verabschieden, war um die Ecke gehumpelt und hatte sich auf eine Bank im Schatten des *Corte Inglés* gesetzt.

»Sie macht mich zu einem kompletten Idioten, Santa. Sie lässt mich in die Irre laufen. Tagelang renne ich allein der Rechtsmedizinerin hinterher, *y pues algo así*! Glaubst du, die führt mich an der Nase herum? Und dich gleich mit? Oder wusstest du etwa davon?«

»Selbstverständlich nicht! Wo denkst du hin! Was hast du denn bisher?«

»Ein andermal, Santes, ich bin stinksauer.«

»Komm schon, Dolfo, sprich mit mir. Was hast du rausgekriegt?«

»Nichts, was Tomás entlasten könnte. Er hatte Schulden, seit langem: dreieinhalb Millionen Peseten, über zweihunderttausend Euro; die hat er seit Jahren abgestottert. Kein Verzug, aber auch keine großen Sondertilgungen. Den letzten Rest soll angeblich seine Lebensversicherung abdecken.«

»Er hatte eine?«

»Das wusstest du auch nicht?«

»*No*. Interessant. Zahlen die überhaupt bei Selbstmord?«

»Das waren alte Klauseln, früher, so was gibt es heute nicht mehr.«

»*¿Seguro?*«

Richtig sicher war er nicht. »*Creo que sí.*«

»*No importa*, vergiss es. Was noch?«

»Die ersten vierzehn Tage im September war er nicht oft in der Apotheke. Er hat als Skipper einen Törn nach Ibiza begleitet. Danach hat er zwei Tage blaugemacht. Anscheinend machte er sich Sorgen, er trank auch zu viel. Aber niemals in der Apotheke, sagen alle.«

»Macht einen misstrauisch, was?«

»Ist aber nicht wirklich ein Ansatzpunkt.«

»Lebensversicherung also. Das ist ja ein Ding. Lass mich mal machen. Ich habe einen Bekannten bei der *Previsión española*. Den setz ich auf die Sache an, kostet mich nur einen Anruf.«

»Wie du meinst. Mittwoch ist der Segellehrer zurück. Den muss ich ausquetschen über die Jobs, die Tomás in den Wochen hatte.«

»Gut. Und, Dolfo?«

»Ja?«

»Du tust es für mich. Vergiss das nicht.«

An einem anderen Abend wäre es ein schöner Spaziergang gewesen. Die schlimmste Hitze war vorüber, die Fauldünste der Müllhalde und der Qualm von verbranntem Plastik hatten sich verflüchtigt, eine sanfte Brise zog vom Meer herauf und brachte wenn schon nicht Frische, so doch ungewohnte Gerüche. Noch immer war es warm genug für die Grillen. Die *Algameca Bar* war das erste Haus der Fischersiedlung. Von Dolfs Bude oder der Brücke zur Altstadt nur eine Viertelstunde Fußweg durch die *rambla* entfernt. Wenn er gut zu Fuß gewesen wäre.

Dolf bestellte Rum. Der Alte hinter dem Tresen musterte ihn eindringlich, schüttelte skeptisch den Kopf und nestelte ihm den Standardvertrag heraus. Er hielt ihm die Stelle hin, wo Dolf unterschreiben sollte.

»Heute nicht. Ich muss nachdenken. Heute nur den einen, Angel.«

»Wie du meinst. Die Papiere hängen hier.« Damit hängte Angel das Klemmbrett wieder an seinen Nagel. Er schenkte ein und schob Dolf das Glas hin. »Worüber musst du denn so schwer nachdenken?«

Dolf nippte am Rum. Der Alte konnte einem auf die Nerven gehen mit seinen Fragen. Aber er war verschwiegen, wenn es darauf ankam. »Wenn du Schulden hast und zugleich eine fast legale Möglichkeit, ordentlich zu verdienen …«

»Wärst du blöd, es nicht zu machen.«

»Wüsstest du davon, wenn es irgendwo Elixir zu kaufen gäbe?«

»Elixir? Nie gehört.«

»So ein Schnellmacher, den man in den Schnaps mischt, aus Tollkirschen und noch zwei Blumensorten.«

Der Alte nickte. »Hier nennen sie es *las gotas*. Kriegst du in der Fußgängerzone, in der alten Apotheke. Wenn die Aushilfe

Dienst hat. Oder besser: kriegtest du. Im Moment gibt es nur ein paar Reste. Ist knapp geworden, das Zeug. ›Teil es dir ein‹, hat der Typ immer gesagt, das war so eine Art Parole. Jetzt wissen die Jungen, was er damit gemeint hat.«

Dolf versuchte sich seine Überraschung nicht anmerken zu lassen. Es klappte nicht. »Aha. Weiß also jeder.«

Der Alte sah ihn an. »Hab ich was Falsches gesagt?« Dann fiel der Groschen. »Tomás Martínez ist der mit den Schulden. Von seinem Lokal drüben in Totana. Mit den Tropfen hat er die Rückzahlung finanziert. Das ist also dein großer Fall? Dann hab ich ihn gerade für dich gelöst!« Er lachte laut auf. Es war kein freundliches Lachen.

»Danke auch. Und wer hat ihn umgebracht, Schlaumeier?«

»Er wurde umgebracht?« Das Lachen verschwand aus dem Gesicht des Alten, ohne irgendwelche Spuren zu hinterlassen. »Ich hab nichts gehört. Aber den Jungen, die sich ab und zu ein paar von den Tropfen reinpfeifen, denen traue ich es nicht zu.«

»Und die Reichen? Die es sich leisten können? Gehörten die nicht auch zu Tomás' Kundschaft?«

»Davon weiß ich nichts. Oder glaubst du, die kommen hierher in diese beschissene Bar?«

»Hast du auch wieder recht. Ich bin weg.« Dolf war die Laune auf Geselligkeit verdorben. Er machte sich ächzend auf den Heimweg am alten Flussbett entlang.

Irgendwo war da ein Geräusch, das er nicht einordnen konnte. Wie Grillengezirpe. Gleichzeitig ein Brummen in der Leiste, als ob eine Hornisse, die man in einem Papiertaschentuch zerdrückt hat, plötzlich wieder zum Leben erwacht wäre. Dabei war es stockdunkle Nacht, viel zu spät für Hornissen. Es war das Klingeln seines Handys. Er nestelte es aus der Hosentasche und fand den grünen Knopf. Santes war dran. »Warum erreiche ich dich nicht zu Hause? Deine Nachbarin war schon im *pijama*.«

»Du hast mich doch erreicht.«

»Ich habe den Typen gesprochen.«

Dolf wusste nicht sofort, wen sie meinte. »Und?«

»Es gibt tatsächlich eine Klausel in der Police, dass die Gesellschaft bei Selbstmord die Zahlung verweigern kann. Tut mir leid.«

»Woher hast du das so schnell? Mitten in der Nacht.«

»Es ist gerade mal zwölf. Jorge war noch im Büro, da steht wohl irgendeine Abteilungsrevision an. Oder ich hab einfach Glück gehabt.«

»Jorge? Ein Verehrer?«

»Ach, das ist Jahre her. Komm schon, Dolf. Es geht dich nichts an. Es ist mein Leben. Bist du noch dran?«

»Ja.«

»Meinst du, es war ein Fehler, dass ich dich auf die Sache angesetzt habe? Ich konnte das nicht wissen.«

»Schon gut.«

»Was denkst du jetzt?«

»Gar nichts. Ich muss erst mal drüber schlafen.«

»Bis morgen, Dolfo.«

»Bis später.« Übellaunig schlurfte er die letzten Schritte am Rande des Trockentales entlang, bevor er die Brücke überquerte und in seine Straße einbog.

Concha erwartete ihn vor seiner Tür. Sie sah nicht fröhlich aus. Andererseits, es war schon spät, egal, was Santes sagte.

»Ich weiß jetzt, was Sie gemeint haben.«

»Willst du nicht reinkommen?«

Unwillig schüttelte sie den Kopf. »Dass Sie Tomás' Namen in den Schmutz ziehen würden. Jetzt weiß ich, was Sie damit sagen wollten.«

»Es tut mir leid. Wollen wir uns nicht setzen? Weiter die Straße rauf ist eine Bank …«

Wieder Kopfschütteln, diesmal mit dem Kinn auf der Brust. »Ich entlasse Sie.«

»Gut.«

»Ich mache alles rückgängig.«

»Einverstanden.«

»Nicht nur, dass Sie ihn beschuldigen, Drogen verkauft zu haben.«

»*Las gotas.*«

»Die Tropfen?«

»So nennen es die Leute, die drauf stehen.«

»Das ist ekelhaft.«

»Geschmackssache. Wenn man ungeduldig ist. Oder jung …«

»Das ist ekelhaft, dass Sie Tomás so was anhängen wollen.«

»Ich hänge niemandem was an. Ich stelle nur Fragen. Über Tomás und die Tropfen wusste jeder in der Stadt Bescheid.«

»Ich nicht! Sie auch nicht.«

»Jeder, der es wissen wollte. Jeder, der scharf auf das Zeug war. In der Apotheke in der Fußgängerzone. Aber nur, wenn die Aushilfe da ist. Bist du nie darauf angesprochen worden? ›Teil es dir ein‹?«

Jetzt hatte es ihr den Atem verschlagen. Ihre Augen jagten hektisch hin und her, suchten Halt.

»Warum hast du mir nicht erzählt, dass Tomás auf deine Anweisung hin eingeäschert worden ist? Ich kam mir vor wie ein Idiot.«

»Es war sein Wunsch.«

»Ich verstehe jetzt, warum du nicht akzeptieren kannst, dass es ein Selbstmord gewesen sein könnte. Weil dann die Versicherung keinen Cent rausrückt.«

»Das ist schäbig, Don Adolfo. Das habe ich nicht verdient.«

»Also sind wir uns einig? Lassen wir es dabei bewenden?«

»Ja, bitte. Und die Spesen …«

»Da wird Santes sich drum kümmern. Wird ihr eine Lehre sein.«

»Was müssen Sie jetzt von mir halten!«

»Was ich denke, ist ganz unwichtig. Aber was Sie sich und ihren Kindern einreden, das ist entscheidend.«

»Sie sind bitter, Don Adolfo. Und sehr verletzend.«

»Lernt jeder dazu. Manche, wenn sie jung sind. Manche erst als alte Esel, so wie ich. Gute Nacht, Concha.«

»Leben Sie wohl, Don Adolfo. Gute Nacht.«

Wahrscheinlich meinte sie es nicht einmal ironisch. Sie konnte ja nicht wissen, dass er drei Stunden später wieder aufstehen würde.

10

Zweieinhalb Stunden später klingelte der Wecker. Dolf schrak aus dem Tiefschlaf und drückte das nervtötende Piepsen weg. Zuerst wusste er nicht, wo er war. Mühsam versuchte er sich in der Dunkelheit zu orientieren. Erst allmählich nahm er das Streifenmuster wahr, das die Straßenlaterne durch seinen Rollladen auf die Unordnung seines Fußbodens warf. Er verfluchte sich lautstark – nicht zum ersten Mal, beileibe nicht! –, dass es zu spät geworden war. Verfluchte den Schnaps und das Trinken. Verfluchte Concha, verfluchte Santes. Besann sich eines Besseren und nahm es innerlich zurück, mit der Bitte um Vergebung. Es war halb vier Uhr früh. Er musste seine Arbeitsschuhe finden, er musste los.

Seine Arbeitsschuhe boten keinen besonderen Schutz. Es waren einfache alte Halbschuhe, ausgetreten und abgelaufen.

Die Arbeit am Hafen stellte keine großen Anforderungen. Sie war noch nicht einmal übermäßig anstrengend, außer dass er dabei stehen musste. Man konnte Schutzkleidung tragen, Schürzen, Handschuhe, Masken. Manche trugen Gummistiefel. Da kam er mit seinem ungelenken Fuß nicht hinein.

Fische auszunehmen war eine saubere Sache. Mit dem Ausweiden von Wild oder Schlachttieren überhaupt nicht zu vergleichen. Wenige tiefe Schnitte mit der Kehlschere oder einem scharfen kurzen Messer; klare Trennlinien zwischen Fleisch und den Organen. Wenige Fehler, die man machen konnte, wenn man nicht gerade die Gallenblase erwischte. Bei Kugelfischen und Seeteufeln waren die Verhältnisse nicht ganz so eindeutig, aber klar genug. Eng bei Schollen, Flundern und Steinbeißern.

Komplizierter wurde es bei den Meeresfrüchten. Weichtiere, Muscheln und Calamares waren etwas für Spezialisten. Die Mundöffnung lag direkt neben After und Geschlechtsteil. Essbares und Ungenießbares, Sauberes und Unsauberes trennte nur eine kaum definierte Schleimhaut. Muscheln und Krustentiere erforderten langjährige Erfahrung. Da ließen sie Dolf nicht heran.

Dolfs Job begann, wenn die Ausnehmer fertig waren. Er machte sich über die Abfälle her. Viel gab es da nicht zu schneiden. Seine Kundschaft war nicht anspruchsvoll. Dolf klaubte das Weiterverwendbare aus dem Gemenge von Eingeweiden, Fäkalien und Schmodder. Er schnitt die Abfälle für die Fischmehlfabriken zurecht. Er sammelte die Rogen, Drüsen und Fortpflanzungsorgane für die Hormonkocher.

Für die Verwerter sorgte er dafür, dass die Abfälle nicht zu ungenießbar waren und das Katzenfutter oder das Fischmehl für die Aquafarmen verdarben. Für die Kosmetikzulieferer sicherte er den Nachschub an verjüngendem Fischöl für Schönheitscremes, auch wenn er sich nicht vorstellen konnte wie das eine aus dem anderen hergestellt wurde. Das brauchte ihn auch nicht zu interessieren. Es war ein Job, den kaum einer machen wollte. Weil er sich nicht lohnte, oder weil man sich die Finger – und die Schuhe – schmutzig machte. Es war ein Job, der immer für Dolf frei gehalten wurde. Wenn er einmal nicht gemacht wurde, kamen die Abfälle eben direkt auf die Kippe. Krähte auch kein Hahn danach. Dolf fand, es war kein schlechter Job. Er brauchte einfach ab und zu ein Paar neue Schuhe.

Wenn jemand nach ihm fragte, schickten ihn die Kollegen der Nase nach. Dort, wo es am heftigsten stank, da stand Dolf an den Trögen und Wannen. Sobald die Sonne hoch genug stieg, gingen die Eingeweide in Verwesung über, die Abfälle verdarben sehr rasch. Wenn die Aufkäufer geladen hatten und aus dem Hafengebiet herausfuhren mit ihrer stinkenden Fracht – Kühlung lohnte sich selbstverständlich nicht –, dann war auch Dolfs Arbeitstag zu Ende, um sechs oder sieben Uhr am Morgen. Das passte ihm gut. Schlafen konnte er dann ohnehin nicht mehr.

Andererseits ging er auch nicht immer gleich nach Hause. Die Kollegen drückten sich in den Cafeterias und Bars im Hafengebiet herum. Davon hielt Dolf sich fern. Er wusste, wie sein Tag verlief, wenn er schon am Vormittag mit dem Trinken anfing.

Aber in die Altstadt ging er gerne am Morgen. Wenn aus den Restaurants vorn die Kippen und Speisereste gefegt und in den Rinnstein geschoben und hinten das frisch angelieferte Gemüse eingeladen wurde, oft auch Wein und große Säcke Mehl und Zucker. Oder frisches Brot. Das waren Szenen, die er sich stundenlang hätte ansehen können. Wenn irgendwo noch eine Zeitung, eine Zigarette, ein Hörnchen und ein Kaffee abfielen, umso besser.

Oder eben Teresa und die *Churrería*, wenn er Geld in der Tasche hatte. Weil sie fast auf seinem Weg lagen.

»Auf dem Weg durch das Zentrum?«

»Gibt es hier nicht. Aber das ist eine längere Geschichte. Magst du sie hören?«

»Ja bitte, Adolfo.« Die Kinder in seinen Gruppen hatten nie Schwierigkeiten mit seinem Vornamen. Die Erwachsenen manchmal schon. Besonders die Lehrer.

Ein paarmal im Jahr organisierte Santes' Reisebüro Stadtführungen für deutschsprachige Gruppen. Für andere Sprachen hatte sie je nach Interesse verschiedene Führer an der Hand, Galicia etwa machte für Santes Führungen mit historischem Schwerpunkt auf Englisch, Französisch oder Italienisch. Für deutsche Gruppen half Dolf manchmal aus. Im Sommer waren das vor allem Familien mit Kindern, die eine halbe Stunde zu den Aussichtspunkten geführt werden wollten, sich vielleicht noch das alte kupferne Unterseeboot im Hafen anschauten und dann froh waren, wenn die Tour vor einem Eiscafé endete. Im Frühjahr oder Herbst waren es ausschließlich deutsche Lehrer mit ihren Gattinnen, ebenfalls Lehrerinnen. Ein oder zwei Geschichtslehrer waren stets dabei. Sich gegen sie behaupten zu wollen, hatte Dolf schon vor Jahren aufgegeben. Ob es die Phönizier waren, die den Hafen zuerst genutzt hatten, oder doch eher die Phöniker – oder die Punier? –, das waren Diskussionen, die kein Mensch brauchte. Also gab er den Spezialisten jedes Mal recht. Und überarbeiteten seine Version. Aber weil jede neue Erklärung irgendwann doch wieder infrage gestellt wurde, hatte Dolf sich angewöhnt, beherzt zu interpolieren. Das heißt, die Lücken in seinen Geschichten mit frei Erfundenem zu füllen. Funktionierte ebenso gut oder schlecht wie die recherchierten Fakten.

Eigentlich gab es für einen Reiseführer nur zwei Grundregeln: Er musste laut und deutlich sprechen, vor allem in Gegenwart anderer Reiseführer. Und er musste zurück zum Ausgangspunkt finden. Beides hatte Dolf bisher jedes Mal geschafft.

Sommergruppen, zumal mit neugierigen Kindern, waren dagegen die reine Freude. Dann breitete Dolf seinen abgegriffenen Stadtplan aus und ließ die Kleinen selber suchen. Und freute sich mit ihnen, wenn sie kein Zentrum finden konnten. Denn in der Mitte des Stadtplans klafften zwei grüne Löcher.

Mit ein wenig Wohlwollen konnte man sie für Parks halten. Aber es war Brachland, Ruinen und Schutt. Eine Steinwüste mitten in der Stadt.

Dabei wies der Stadtplan prachtvolle Flächen und breite Boulevards aus. Den Kreisverkehr vor dem Bahnhof etwa, der in Wirklichkeit ein überdimensionierter Platz ohne Bäume, ohne Schatten, ohne Leben war. Oder die *Adolfo XIII*, eine Prachtstraße mit vielen eleganten Stadtpalais und teuren Läden und Büros. Oder die tags wie in der Nacht von Verkehr summende *Plaza de España*, einen riesigen Kreisverkehr am Übergang in die Neustadt mit ihren Straßen im Schachbrettmuster.

Aber im Mittelpunkt der Stadt lagen zerklüftete Brachen. Drumherum waren Häuser gebaut, hinter deren Fassaden Felsen, Geröll und Müll lauerten. Es waren Felsen mit prähistorischen Höhlungen, es war Geröll aus römischen Ziegeln, nur der Müll war zeitgenössisch.

Außer den Lehrern interessierte sich keiner dafür.

Kopfschüttelnd bog Dolf in die Calle San Francisco ein. Diese von hohen Mietshäusern gesäumte Straße war eine der wenigen Durchfahrten, die Cartagenas leeres Zentrum durchschnitten und die Altstadt mit dem Bahnhof und dem Zugang zum Fischereihafen verbanden. Dreimal in der Woche nahm Dolf diesen Weg, wenn er von der Arbeit im Hafen kam. Zu Fuß dauerte es kaum zwanzig Minuten. Auf der Vespa weniger als zehn. Dennoch ging Dolf oft genug zu Fuß. Auch wenn es beschwerlich war.

Auf dem Hinweg, in den ersten Morgenstunden, war die Strecke am Hafen kürzer. Aber bereits um sechs oder sieben Uhr, wenn die Sonne über der Bucht stand, zog Dolf den Weg durch die noch kühle Altstadt vor, an dem auch die *Churrería* lag.

Heute nicht. Es gab Tage, an denen Dolf sich nach der Arbeit noch einmal hinlegte, auch wenn er selten wirklich wieder in den Schlaf fand. Heute war ihm nach Hinlegen zumute.

Als er seine Bude aufsperrte, schlug ihm zuerst der Geruch entgegen. Beißend und metallisch. Dann sah er die abartige Skulptur, die aus der Wand zu wachsen schien. Es war die Katze aus seinem Hinterhof, grinsend, mit gefletschten Zähnen und wie verrenkt gespreizten Hinterläufen. Aber was sie ihm obszön entgegenreckte, war nicht ihr Geschlecht, sondern hervorquellende Därme. Das Tier war tot, zum Glück. Mit fünf groben Nägeln durch Pfoten und Hals über seiner Werkbank an die Mauer geheftet wie ein perverser Schmerzensmann.

Das Blut hatte schon angefangen zu riechen. Oder es war die Mischung aus Blut, Gewebsflüssigkeit und Katzenkacke, die an der Wand verschmiert war. Wenn das arme Tier einen Hauch von Glück gehabt hatte, war es totgeschlagen worden, bevor sie es an die Wand genagelt hatten.

Mit fünf Zimmermannsnägeln, 4½ Zoll – er selbst hatte solche Nägel irgendwo in seinem Werkzeugkasten herumliegen, es gab sie in jeder *ferretería*, auch in Felipes.

Was für ein Blutbad! Der Schädel war zerschmettert, den Spuren nach vor der Schweinerei mit den Zimmermannsnägeln, doch an derselben Wand. Die Spritzer zogen sich über seine Unterlagen, Habseligkeiten und Kleider bis ins halbe Zimmer hinein. Den Schnitt in den Unterleib, der die Gedärme hatte herausquellen lassen, hatte man hoffentlich auch erst nach der Tat angebracht. Der aufgerissene Darm machte den Geruch nicht besser. Wenn er irgendetwas im Magen gehabt hätte, hätte Dolf gekotzt.

Er zog sich einen Hocker heran und sackte darauf zusammen. Die Sauerei aufzuräumen, war er nicht in der Lage. Sollte die Hitze weiter anschwellen und den Gestank irgendwohin wegbrennen.

Dolf musterte das Chaos in seiner Bude und versuchte herauszufinden, was davon die Eindringlinge verursacht, was schon vorher so ausgesehen hatte. Einen handfesten Unterschied konnte er nicht ausmachen. Bis auf die Spritzer und Gewebefetzen schien nichts verändert.

Dann durchfuhren ihn die ersten klaren Gedanken. Wer immer das angerichtet hatte, schien ihn nicht besonders gut zu kennen.

In Dolfs Bude einzudringen war nicht allzu schwer. Sie konnten die Tür aufgehebelt oder auch vom Innenhof her die vorsintflutlichen Blechrollläden hochgestemmt haben. Das Fenster stand fast immer offen, die Haustür war angeschrammt genug, dass ein geschickt geführtes Brecheisen keinen weiteren sichtbaren Schaden anrichtete. Die Katze anzulocken war kein Problem, sie kam zu jedem, der ihr etwas hinstellte. Wenn die vorbereitet gewesen waren, hatten sie ihr irgendwas ins Fressen getan, zur Betäubung oder um sie zu lähmen.

Nur: Es war nicht seine Katze. Dolf fand nichts Besonderes an ihr. Sie nervte und lungerte im Innenhof oder bei der Nachbarin herum. Aber es war ganz und gar nicht seine Katze. Wenn diese fürchterliche Hinrichtung eine Botschaft darstellen sollte – und daran gab es nicht den geringsten Zweifel –, dann ergab sie keinen Sinn. Die Katze tat ihm leid, wie ihm jede gequälte Kreatur leidgetan hätte. Aber er fühlte sich nicht angesprochen.

Was also sollte ihm die Botschaft sagen? Dass jemand jederzeit in seine Behausung eindringen und ihm etwas antun konnte? Okay, das hatte er verstanden.

Dass seine Bude abgelegen war und es seiner Nachbarin nicht auffiel, wenn man dort eine Katze totschlug und mitten in der Nacht fünfzöllige Nägel in eine Ziegelwand trieb?

Dass es stank in seiner Bude, dass es immer schon gestunken hatte und jetzt noch schlimmer stinken würde? Das war wirklich keine Neuigkeit.

Sie mussten gekommen sein, als er auf der Arbeit war, zwischen vier und sieben Uhr morgens. Sein Job war kein Geheimnis, auch wenn er nicht gerne darüber sprach. Es war nicht schwer herauszukriegen, wann er nicht zu Hause war. Oder hatten sie ihn etwa beobachtet?

Wer waren *sie*, wer machte so was? Wer machte sich die Mühe, ein unschuldiges Tier anzulocken, totzuschlagen, ekelhaft zuzurichten, aufzuschlitzen und an seiner Wand zu kreuzigen? Sollte das irgendeine religiöse Bedeutung haben?

Er hatte im Leben anderer herumgeschnüffelt. Er hatte Fragen gestellt. Jetzt wollte irgendwer ihm mit der stinkenden toten Katze irgendetwas sagen. War das etwas typisch Spanisches? Davon hatte er nie zuvor gehört.

Außerdem hatte Concha ihm doch den Auftrag entzogen, wenige Stunden bevor es passiert war. Die waren nicht gut informiert. Die waren nicht mit Concha oder dem Fall oder Santes oder ihm selbst bekannt, die waren nicht aus dem näheren Umfeld. Das machte die Sache beruhigender. Oder unübersichtlicher, je nachdem, wie Dolf es betrachtete. Irgendjemand wollte ihm Angst einjagen. Das hatte funktioniert.

Dolf brauchte seine Ruhe. Er ließ alles stehen, liegen, stinken und humpelte hinaus. Luft und Ruhe. Der beste Platz dafür war mitten unter den Leuten, unter der neuen Brücke.

An der *ferretería* ging Dolf rasch und mit gesenktem Kopf vorbei. Ihm war jetzt wirklich nicht nach der Aufgeräumtheit von Felipe, der ihm für alles und jedes, ob Werkzeug oder Material, die Version aus Edelstahl empfehlen würde, »*¡Mejor acero!*« Dolf brauchte in der Tat etwas Glitzerndes, Blaues, aber eben nicht aus Stahl. An der Ecke zur Plaza de España, direkt gegenüber vom neongelben Hauptquartier der Nationalpolizei, gab es einen dunklen kleinen Laden für solche Dinge. Er hatte auch bereits geöffnet.

Die Stadtverwaltung hatte einen nagelneuen chromglänzenden Steg über das alte Flusstal gespannt. Keine fünf Meter neben der alten Autobrücke, die zwar hässlich war und aus Beton, aber voll funktionstüchtig. Die paar Fußgänger, die in der brennenden Hitze aus der Altstadt hinüber in sein Viertel unterwegs waren, hätten auch das Trottoir am Rande der alten Brücke nehmen können. Aber wenn die EU schon mal das Säckel aufmachte …

Der Steg war chic, dunkles Holz schimmerte matt, Edelstahl glänzte. Im ausgetrockneten Flussbett darunter war Dolf allein mit einigen ausrangierten Sesseln, einem Kühlschrank und seiner Flasche Wodka. Über ihm bummelten ein paar versprengte Passanten, die zu spät zur Arbeit kamen oder zu früh für die Nachmittagsschicht waren. Selbstverständlich brauste der Autoverkehr über die alte Brücke.

Dolf saß im Schatten. Noch war die Hitze gut auszuhalten. Es war noch nicht einmal Mittag. Er nahm einen tiefen Schluck, der in der Kehle brannte. Wie die rohe Haut beim Rasieren. Tat nicht wirklich weh, jeder wusste, wofür es gut war. Der zweite Schluck brannte schon weniger. Wohlig und warm glättete er die rauen Kanten der Erinnerung, ließ die glitzernden Hochglanzeffekte des Bildes verschwimmen, dämpfte das Glutrot des trocknenden Blutes und die beißendste Komponente des Gestanks. Dolf nahm noch einen dritten Schluck.

Er musste weggedöst sein. Der Penner, der ihm die Flasche

unter dem Arm hervorzog, brummelte entschuldigend. Das war der Nachteil des Ortes unter der Brücke: auch andere Ruhebedürftige kannten ihn.

Der Typ konnte nicht viel älter sein als Dolf. Nur weiter die schiefe Ebene hinab, die sich unabweislich zu Zirrhose und Hirnerweichung neigte. Vielleicht war er sogar jünger. Der Wodka war – das konnte man an seinem zufriedenen Grinsen sehen – der erste gute Schnaps, den er seit langem abgegriffen hatte. Mit seinem nicht sehr sauberen Ärmel wischte er sich den Mund ab. »Hättst doch eh nich alles getrunken, oder?«

»Lass mich in Frieden.« Dolf nahm dem Kerl unwirsch die Flasche wieder ab. Er hatte den Schnaps nötiger als der schmatzende Alte. Aber plötzlich schmeckte es nicht mehr, plötzlich ekelte er sich vor der glitzernd eisblauen Flasche. Dolf spürte seinen Mageninhalt säuerlich aufsteigen. Er schluckte den galligen Brei mühsam wieder hinunter. Spuckte aus.

»Höh! Nicht verschwenden, das gute Zeug!«

»Halt's Maul.«

»Hab ich dich hier schon mal gesehn? Biste neu?«

»Hab ich dich was gefragt? Ich will meine Ruhe, also zisch gefälligst ab.«

»Halblang! Das ist mein Platz genauso gut wie deiner. Wennir das nich passt, kannst *du* dich verpissern.«

Der Alte musste Andalusier sein. Die setzten die r typischerweise an die falschen Stellen, wenn sie förmlich werden wollten oder mit Leuten aus anderen Landstrichen sprachen. Weil sie den r-Laut in ihrem eigenen Dialekt normalerweise verschluckten.

Dolf sah sich den Alten genauer an. Er war kein ernstzunehmender Gegner, schlecht beieinander, hinkend und geifernd. Ein Auge glänzte blutunterlaufen. Sicher hatte er schon einen rauen Morgen hinter sich, und Dolf versaute ihm jetzt auch noch den Nachmittag. Der Typ tat ihm leid. »Vergiss es, entschuldige. Hier, nimm.« Er reichte ihm die Flasche hinüber. »Aber teil es dir ein.«

»›Teil es dir ein.‹ Wenn ich das schon höre. Ihr habt ja gut redn, ihr Großkotzer.«

»Nimm es, aber halt den Mund.«

»Zum Kotzen is dieses ›Teil-es-dir-ein‹.«

Jetzt erst fiel Dolf auf, woher er den Spruch kannte. Er musterte den Alten eindringlich. »Hast du dir Tropfen besorgt, in der Apotheke?«

»Ging ja nich.«

»Nicht?«

»Hätt mir doch nie was gegeben, so wie ich ausseh.«

»Der Apotheker?«

»Tomás, die Aushilfe.«

»Also kanntest du ihn! Wann warst du zuletzt da?«

»Noch nie.«

»Hör auf, mich zu verscheißern! Wann zuletzt?« Dolf tat so, als ob er dem Alten die Flasche wieder wegnehmen wollte. Aber der klammerte sich an den Schnaps wie an seine verlorene Seele.

»Tomás war in Ordnung. Der hätte mir nie was verkauft. Also hab ich Jungen geschickt. Oder Damen. Die mir helfen wollten. Weil es ihnen dann bessergeht.«

»Getroffen hast du ihn nie?«

»Nich oft. Aber ich wusste, wo er war, Dienstag und Freitag. Der hat einen nie übers Ohr gehauen. Der war ne ehrliche Haut. Nich wie die Neue.«

»Wie lange ging das schon so, mit Tomás?«

»Jahre vielleicht. Seit ich inner Stadt bin.«

Das kam Dolf glaubwürdig vor. »Und die Neue? Macht es auch von der Apotheke aus?«

»Quatsch. Das Zeug kriegste jetzt nur noch in Minifläschern, sauteuer. Die regelt das von ihrer Arbeit aus. Am Hinterausgang vom Kolibri.«

»Das ist der Nachtclub am Hafen?«

»Manche sagn Nachtclub, manche sagn Puff. Jedenfalls arbeitet sie da.«

»Hat sie auch einen Namen?«

»Für die Flasche verrat ich's dir.«

»In Ordnung.«

»Dolores, aber von mir hast du'n nich!«

»Dolores und wie weiter?«

»Dolores und sonst nix. Steht eh nich in ihrm Pass. Was denkst du denn?«

11

»Concha, *hija*, ich bin nicht besonders gut in Entschuldigungen. Können wir reden?« Dolf trat Concha in den Weg. Sie nickte, drückte sich aber an ihm vorbei.

Es war früher Nachmittag an einem Feiertag, *Virgen immaculata*. Concha kam vom Mittagessen bei ihren Eltern. Dolf passte sie vor der Apotheke ab. Die Kinder stürmten aus dem Hauseingang. Sie waren herausgeputzt, überdreht und quengelig. Concha wies mit dem Kopf entschuldigend in ihre Richtung. »Die müssen sich austoben. Gehen wir in den Park?«

Es waren nur ein paar Blocks bis zur Plaza San Francisco, einem rechteckigen, im Zentrum gepflasterten Platz, umgeben von hohen Bäumen. Dolf und Concha gingen schweigend hinter den Kindern her.

Kaum hatten Emilia und Carlitos den Rand der Plaza erreicht, den schmalen Schatten, der von ein paar dürren Zedern oder Pinien gespendet wurde, stürmten sie los, um sich ihre eleganten Kleidchen und Hemden schmutzig zu machen. Im Zentrum des staubigen Platzes dörrten ein paar Spielgeräte vor sich hin. Eine verschmierte Rutsche, ein Piratenschiff, eine stilisierte Dampflok.

Dolf lud Concha mit einer Handbewegung ein, sich auf eine der Bänke im Halbschatten zu setzen. »Ich hab dir unrecht getan, *hija*. Es geht mich nichts an, was mit dem Geld der Versicherung ist. Außerdem hab ich keinen Grund, dir zu misstrauen. Es tut mir leid.«

Concha setzte sich auf die äußerste Kante der Bank. »*Vale, está bien*. Ich nehme Ihre Entschuldigung an.«

»Außerdem …« Dolf ging um die Bank herum, wobei er in etwas Weiches, Schmieriges trat. Eine faulige Mango. Der süßliche Verwesungsgeruch schnürte ihm die Kehle zu. Er strich sich den Schmodder, so gut es ging, an der Eisenkante ab, die einmal als Begrenzung für einen Rasen gedacht war, der es ohne Bewässerung niemals durch die heißen Sommer geschafft hatte. Dolf hatte nagelneue Schuhe an den Füßen. Maßanfertigungen vom Orthopädie-Schuhmacher. Seit Monaten bestellt, aber erst jetzt abgeholt, weil er vorher das Geld nicht gehabt hatte. Glänzendes, helles, fein gelochtes Leder, auf dem der Obstsaft nun schleimige dunkle Streifen hinterließ. Die Schuhe waren ihm von Anfang an zu edel vorgekommen. Viel zu elegant für den Spielplatz, für den Nachmittag, für ihn. Er setzte sich.

»Und jetzt?«

»Ich vertrau dir. Ich werde nicht mehr anzweifeln, was du sagst.«

»Aber ich hab dir schon alles gesagt.«

»Du hast wirklich nichts von den Tropfen gewusst?«

»Nein. Vielleicht wollte ich es auch nicht wahrhaben.«

»Heißt was?«

»Na ja, es gab schon Merkwürdigkeiten. Ein paar Dinge ergeben jetzt plötzlich einen Sinn. Ich hab sie nie mit Tomás in Verbindung gebracht. Eher hätte ich der Schusseligkeit oder Gutmütigkeit meines Vaters die Schuld gegeben.«

»Was für Merkwürdigkeiten?«

»Kleinigkeiten eigentlich, nichts von Bedeutung. Etwa dass irgendwelche seltsamen Leute spätabends um die Apotheke strichen. Oder dass wir viel mehr Schmerztabletten und Beruhigungsmittel verkauft haben als in den Jahren zuvor.«

»Ist das deinem Vater aufgefallen?«

»Meinem Vater? Der würde nicht mal merken, wenn ihm jemand die Brille von der Nase klaut.« Sie lächelte zerknirscht.

»Ist er tattrig geworden in letzter Zeit? Ich kenne deinen Vater nicht.«

»Meinst du nicht, wir könnten das alles vor ihm geheim halten? Dass Tomás das Ethos der Apotheke gebrochen hat. Das war Papa immer heilig. Davon braucht er doch nichts zu erfahren, oder? Kannst du mir das versprechen, Adolfo?«

»Von mir wird er es jedenfalls nicht hören.«

»Danke. Dabei ist das alles praktisch unter seinen Augen passiert.« Concha lachte bitter auf. »Papa achtet nicht so auf die Details. Den halben Verkaufsraum haben wir deshalb schon umgeräumt, Maria und ich. Weil so viel wegkam, wenn Papa alleine im Laden war. Weil die Leute schon anfingen zu tuscheln ... Dabei hätte er niemals einen fachlichen Fehler gemacht, das musst du mir glauben!«

»Ist mir nie etwas Gegenteiliges zu Ohren gekommen.«

»Tomás' Tod macht ihm schwer zu schaffen. Wir haben beim Essen wieder über kaum etwas anderes geredet. Wie ich jetzt zurechtkommen soll. Wie die Kinder ohne Vater aufwachsen sollen. Wie wir uns finanzieren sollen.« Sie hing ihren Gedanken nach.

Dolf musterte seine verschmierten Schuhe. Es war ein Elend.

»War Tomás sehr niedergeschlagen in den Wochen vor seinem Tod?«

Concha sah Dolf an wie aus weiter Entfernung. Sie verscheuchte ihre Erinnerungen und dachte angestrengt nach. »Im Gegenteil. Er kam mir eher zuversichtlich vor, sogar hoffnungsvoll.«

»Anders als vorher? Anders als, sagen wir, im September?«

Sie blickte ihn mit großen Augen an. Sie wusste nicht, wovon er sprach. Dolf glaubte ihr.

»Oder als ob ihn die Schulden weniger drückten?«

»Das ging doch schon länger so. Tomás war nicht der Typ, der so was vor sich hertrug. Der machte das mit sich alleine aus.«

»Ich weiß. Hast du gesagt.«

»Aber in der letzten Zeit hat er auf mich sorgloser gewirkt, fast wie befreit. Wahrscheinlich weil er über die Tropfen endlich einen Weg aus seinen Schulden sah. Jeden Dienstag und Freitag in der Spätschicht. Ich kann es immer noch nicht fassen.« Sie schüttelte den Kopf und winkte fast gleichzeitig ihren Kindern auf den Spielgerüsten mit einem aufmunternden Lächeln zu. Zwei mimische Ausdrücke, die fließend ineinander übergingen. Dolf konnte sich nur wundern.

Sollte er ihr auf die Nase binden, dass Tomás' Geschäfte mit den Tropfen wahrscheinlich schon seit Jahren liefen und deshalb kaum der Grund für seine Erleichterung in den letzten Monaten sein konnten? Dass es einen anderen Grund geben musste? Das würde sie noch früh genug erfahren.

Er holte Papiere aus seinem Leinenbeutel. »Ich hab hier Kopien von seinen Dienstplänen im Yachtclub.«

»Ach ja?«

»Um mich über seine letzten Jobs schlauzumachen.«

»Dabei kann ich dir nicht helfen.«

»Aber du hast doch auch im Club gearbeitet.«

»Nur aushilfsweise. Die haben mir gesagt, was zu tun war, ich hab es mir aufgeschrieben und erledigt. Es war auch nie besonders viel.«

»Hier im September sind Jobs eingetragen, die vorher im Plan eines Kollegen ausgestrichen worden sind.« Er zeigte es ihr auf den Kopien.

»Ach, von Ginés. Ja, das kam manchmal vor.«

»Heißt das, Tomás hat seinem Kollegen Jobs weggeschnappt?«

»Nein, er hat nur übernommen, was Ginés nicht interessiert hat. Wenn keine hübschen Frauen im Spiel waren, zum Beispiel.«

»Aha. Findest du nichts auf diesem Plan, was uns irgendwie weiterhelfen könnte? Irgendwas Auffälliges?«

Auf seine Aufforderung hin widmete sich Concha der Auflistung, überflog die Eintragungen und Zeiten. Aber sie konnte weniger daraus lesen als er selbst, auch wenn sie die Namen der Yachten kannte, alle Nachnamen der Eigner und die Rufnamen der Angestellten. Sie konnte immerhin beschreiben, um welche geplanten Vorgänge und aufgeführten Tätigkeiten es jeweils ging. Aber die Struktur des Planes sagte ihr nichts, sie konnte nicht angeben, ob Tomás besonders lange an einem bestimmten Job gearbeitet hatte, ob er Überstunden gemacht hatte, ob er häufiger als üblich bei einer bestimmten Tätigkeit, an einem bestimmten Boot gearbeitet hatte. Sie las die Wochen als Monate und die Quartale als Jahre.

»Ich seh hier nichts.« Sie war Dolf keine große Hilfe.

»Danke, ich find schon hin.«

Die freundliche junge Frau am Empfang im Yachtclub war diesmal eine andere, sie hatte dunkle Haare, aber sie hieß ebenfalls Carmen.

Dolf hatte keine Ahnung, ob das ihr richtiger Name war oder nur ein Service des Yachtclubs für seine gestressten Klienten, damit die sich nicht zwei unterschiedliche Namen merken mussten. Ohnehin hieß die Hälfte aller spanischen Frauen der mittleren Generation *Carmen*, so kam es Dolf jedenfalls vor. Die andere Hälfte hieß *María*. Der Rest *María Carmen*.

Carmen la morena hatte Dolf den Weg erklärt. Das blau-weiße Dienstfahrrad, nachlässig an einen Laternenpfosten gelehnt, konnte er gar nicht verfehlen. Zum Aufenthaltsraum der Hafenbesatzung ging es unter eine kaum genutzte zweite Treppe, die von den Liegeplätzen hinauf zum Restaurant und zur Terrasse führte.

Unter der Treppe lag ein schummriger Raum mit merkwürdigen Abmessungen, dessen Hintergrund sich im Schatten verlor. Dort schienen alte Bootsmotoren und Fahrradteile vor sich hin zu rosten. Irgendwo schlich eine Katze herum. Ein paar Stühle waren an einen billigen Klapptisch gerückt. Darauf standen Getränkedosen, Sonnenmilch, Schmierfett in einer Pappkartusche. Ausgedrückte Kippen rahmten einen überquellenden Aschenbecher ein. Eine zerfledderte Basecap schien als Wischlappen zu dienen. Der junge Mann, der Dolf neugierig anstarrte, trug allerdings die Uniform des Yachtclubs: weiße Hose und T-Shirt, dazu ein blaues Halstuch. Seine blau-weiße Schildmütze lag griffbereit vor ihm. Er hatte die fleckige Rötung, die bleiche Kehle und das Eulengesicht eines Seglers, der tagelang aus Wetterschutzkleidung und Sonnenbrille nicht herausgekommen war.

»Sie müssen Ginés sein! Wie geht's Ihrem Arm?«

»Wieso?«

»Sie haben sich übel verletzt letzten August, mitten in der Saison. Sie sind für drei Wochen ausgefallen.«

»Wer erzählt denn so was?«

»Moment! Sind Sie nicht Ginés Toledo, südspanischer Vizemeister im Finn-Dinghi 2005?«

»Doch, schon. Was wollen Sie?«

»Ein paar Fragen stellen. Über Tomás Martínez. Wer ihn umgebracht haben könnte. Sie wohl nicht, oder?«

Sie lachten beide nicht besonders laut – ungemütlich.

Wo sein T-Shirt endete, war Ginés braun gebrannt und muskulös, aber nicht besonders groß und nicht besonders hübsch. Eine hässliche Narbe, die sein Lächeln schief und falsch wirken ließ, zog sich vom Mundwinkel zum Kinn. Auf der anderen Wange zeigten Bartstoppeln, die unregelmäßig wuchsen, dass er sich eigentlich zweimal am Tag rasieren musste. Dazu war der Kerl mit treuherzigen grauen Augen gestraft. Er war so ganz der Typ, der im Nachtclub nie die angesagten Mädchen abbekam, auch wenn er sich noch so abmühte. Dessen redliche Gefühle niemals erwidert wurden von den Schönheiten, um die er buhlte. Er tat Dolf leid. Weil Dolf ihn verstand.

Ginés beobachtete seinen Besucher argwöhnisch. »Sind Sie das? Der Detektiv, den Concha auf die Sache angesetzt hat?«

»Welche Sache?«

»Tomás' Tod oder nicht?« Ginés nahm die Katze, die sich schnurrend um seine Beine schmiegte, mit geübtem Griff auf den Schoß.

»Adolfo Tschirner – ich hab mich gar nicht vorgestellt. Tut mir leid.«

»Schon gut.«

»Sie kennen mich nicht?«

»Woher sollte ich?«

»Keine Ahnung. Kam mir bloß gerade so.«

»Nimmt es Concha noch immer so schwer?«

»Es ist niemals leicht. Auch wenn es leichter wird mit der Zeit.«

»Ich wollte sie trösten, nach einem Monat oder so. Hat nicht hingehauen.« Ginés hatte auch ein schiefes, unangenehmes Grinsen. »Na ja, versteh einer die Frauen.«

»Mögen Sie Concha?«

»Sie hat ein super Figürchen, trotz der zwei Kinder, wenn Sie wissen, was ich meine …«

»Dabei dachte ich, Tomás war Ihr Freund.«

»Der beste, den ich jemals hatte. Eben deshalb.«

»Hat er das auch so gesehen?«

»Dass man sich um die Frauen kümmert, wenn es ihnen dreckig geht?«

»Das mit der Freundschaft.«

»Denke schon. Niemand weiß genau, was in Tomás vorging. Der machte die Dinge normalerweise mit sich alleine aus.«

»Anders als Sie?«

Ginés tat, als hätte er die Frage nicht verstanden.

»Sie reden gern, genau wie ich.«

»Teil meines Jobs. Man muss freundlich sein mit den Leuten. Das hat noch nie geschadet.«

»Wie hat Tomás das gemacht?«

»Ganz genauso. Nur vielleicht mit weniger Worten. Was weiß ich.« Ginés streichelte gedankenverloren die Katze.

»Also ist Ihr Arm wieder in Ordnung?«

»Sicher. Hier, sehen Sie.« Ginés schob die Katze auf seinen Schoß und zeigte seine rechte Armbeuge. Am inneren Unterarm, knapp neben den Sehnen und Adern, lief eine hässlich gezackte Narbe entlang.

»Sah bestimmt übel aus, eh?«

»Na ja, passt zu mir. Hässlicher Kerl – hässliche Narbe.«

»Wer sagt das?«

»Die *chicas*. Bevor sie mich besser kennen. Wenn Sie wissen, was ich meine.« Er grinste sein schiefes Grinsen. Nicht gerade einnehmend.

Leute mit zutreffendem Selbstbild flößten Dolf Respekt ein. Der Kerl war wirklich nicht besonders hübsch, aber lange nicht so hässlich wie die Narbe, die er sich gerissen hatte.

»Wie ist das denn passiert?«

»Eigene Dummheit. Eine blockierte Fallwinsch mit Drahtvorläufen.«

»Sie waren lange außer Gefecht?«

»Drei Wochen. Ende September bin ich schon wieder gesegelt. Mit dem Arm in einer Plastiktüte, selbstverständlich.«

»Also waren Sie fit im … sagen wir Januar?«

»Ja, ich hätte Tomás umbringen können, falls es das ist, was Sie meinen.«

»Haben Sie aber nicht.«

»Wie ich bereits sagte.«

»Sie sind sehr offen, Ginés. Das imponiert mir.«

Ginés hatte den Kater auf seinem Schoß die ganze Zeit gekrault und ein wohliges Schnurren erzielt. Mit zwei Fingern richtete er den Kopf des Tieres auf Dolf. Der Kater sah ihn desinteressiert aus großen, undurchdringlichen Augen an.

»Bilden Sie sich nichts drauf ein.« Ginés drückte dem Tier zwischen Zeige- und Mittelfinger die Kehle ab, die Katze fiel aus ihrem Schnurren in ein heiseres Keuchen, fauchte Dolf wütend an, strampelte wild um sich, bis sie schließlich den Kopf aus dem eisernen Griff herauswand. Im selben Moment warf Ginés den Kater durch die offene Tür hinaus auf den Beton des Hafenkais. Bereits im Flug hatte das Tier nach Luft geschnappt und sich berappelt, es landete auf allen vieren, schüttelte sich und stolzierte mit hochgerecktem Schwanz davon.

Dolf schluckte angewidert. »Haben Sie was gegen Katzen?«

»Im Gegenteil. Wir sind für die ganzen Viecher auf den Kähnen zuständig. Die halten die kleinen Nager im Zaum, Sie wissen schon.« Ginés fixierte Dolf herausfordernd. »Warum fragen Sie?« Ein lauernder Blick aus den wasserhellen grauen Augen.

Dolf schluckte trocken. »Jemals eine umgebracht?«

»Nicht in letzter Zeit. Meinten Sie eine bestimmte?«

Dolf schüttelte den Kopf. »Keine Ahnung, wie ich gerade jetzt darauf komme.«

Der Typ machte ihn nervös. Das konnte Dolf besonders schlecht leiden, wenn Leute ihn nervös machten. Andererseits wusste er, dass er immer Fehler beging, wenn er auf seine Gefühle hörte. Er musste ruhig bleiben, sich beherrschen. Noch so eine Sache, die er nicht sonderlich gut konnte.

»Also dann, was wollten Sie wissen über Tomás?« Ginés tat scheißfreundlich.

»Er hat Sie vertreten, als Sie im letzten Sommer ausgefallen waren.«

»Ja, er hat einen Törn für mich gemacht.«

»Wohin?«

»Ich hab keine Ahnung. Wir machen sechzehn, zwanzig Jobs in einem guten Sommer. Woher soll ich wissen, welcher ...«

»Er fuhr für Sie nach Ibiza. Ich hab es in Ihren Dienstplänen gesehen.«

»Ach ja, genau, ich erinnere mich. Eine Segelyacht von Málaga hoch.«

»Und eine Küstenfahrt mit einer Motoryacht eine Woche später.«

»Davon weiß ich nichts.«

»Stand in Ihrem Dienstplan, wurde dann gestrichen.«

»Ist sie in Tomás' Plan aufgetaucht?«

»Merkwürdigerweise nicht.«

»Na also, die ist ausgefallen.« Ginés grinste sehr selbstsicher.

»Aber Sie können mir nicht sagen, wer der Auftraggeber war oder wohin es gehen sollte?«

»Tut mir leid. Zu lange her. Wie ich schon sagte.«

»Ja, das sagten Sie. Dazu das mit der Katze. Macht mich nachdenklich.«

»Sie sind nicht der Typ, der Dinge auf sich beruhen lässt, was?«

»Höre ich öfter. Sollte ich mir vielleicht merken.«

»Sollten Sie vielleicht.« Es klang leichthin, keinesfalls wie eine Drohung. Obwohl Dolf es genau als solche verstand.

12

Arcos hieß die Motoryacht auf Ginés' Dienstplan, ein Charterboot. Es war eine Sache von wenigen Minuten, im Lesesaal des Club social die Chartergesellschaft ausfindig zu machen. Sie saßen in Valencia und hatten eine Filiale im schicken Yachthafen Tomás Maestre auf La Manga.

Dort rief Dolf an. Die Yacht war auf dem Rückweg von Torrevieja, sie würde in der Nacht wieder im Freizeithafen sein, die Dame im Charterbüro war recht freundlich. Sie bot Dolf sogar einen Besichtigungstermin an. Dolf sagte zu. Unter welchem Namen? Dolf stellte sich als *David Bergesgruen* vor, angeblich aus Frankfurt.

»*¿Con u-Umlaut?*«

»Mit u-e. Wie das kleine Bankhaus in Frankfurt. Kennen Sie Frankfurt?«

»*Un poco.*«

»Am Opernplatz, Ecke Bockenheimer Landstraße.«

»*Vale, claro.*« Selbstverständlich kannte sie die Bank nicht, sie existierte ja nicht. Aber ihr Ton wurde noch eine Spur freundlicher.

Als Dolf am nächsten Tag dort ankam, war die Dame auch persönlich mehr als hilfreich. »*Soy Maricarmen. ¡Bienvenido, Señor Bergesgruhn!*«

Das Charterbüro wirkte mondän, klobige schwarze Ledersessel, luftige weiße Tischplatten. Maricarmen passte dort perfekt hinein: marineblaues Kostüm, hochgestecktes, fast echt blondes Haar, Make-up dezent bis auf den Kirschmund, Lächeln professionell, auf herzlich trainiert.

Auch Dolf hatte sich verkleidet, so gut es ging: helle Hose und ein achtbares Polohemd. Aus seiner Zeit als Schuldenmillionär – in Peseten! – hatte er noch eine eher schlichte Jaeger-LeCoultre aufgehoben, eine Kopie selbstverständlich, die längst nicht mehr tickte, aber heute ihren Zweck wohl erfüllen würde. Für den angeblichen Spross einer Familie von Privatbankiers ging seine Aufmachung als Exzentrik durch, hoffte Dolf. Seinen deutschen Akzent verstärkte er fast automatisch. Jetzt musste er nur noch stur bei seiner Legende bleiben.

Er ließ sich in einen der Sessel fallen. Nicht bequem. Aber lange nicht so unbequem, wie er aussah. Maricarmens freundliches Lächeln erwiderte er jovial. »Hören Sie, ich muss Ihnen etwas gestehen: Das Boot interessiert mich gar nicht.«

»Ach nein?« Falls Maricarmen enttäuscht war, dann kaschierte sie es meisterhaft.

»Für eine Woche werde ich es wohl mieten, aber eigentlich geht es mir um etwas ganz anderes …« Er reckte den Kopf vor und winkte sie näher zu sich heran, wie um ein Geheimnis auszuplaudern. »*Atún.*« Dabei grinste er verschwörerisch.

Maricarmen blieb freundlich und wartete gelassen ab. Sicher war sie Exzentriker gewöhnt. Unbeteiligt hörte sie sich Bergesgruens Geschichte von einem nervigen Geschäftsfreund an, der einen kapitalen Achtunddreißigpfünder gefangen habe, aber ums Verrecken nicht verraten wolle, wo das gewesen sei. Eine Sandbank, irgendwo vor Ibiza. »Sie kennen die nicht zufällig, Señorita Maricarmen?«

»Tut mir leid, ich fische nicht.« Aber sie begriff wohl, dass das Interesse dieses merkwürdigen Bankiers weniger dem Boot als vielmehr einem bestimmten Ausflug galt. Dieses Interesse war offensichtlich echt.

Für die kurze Wartezeit, bis der Hafenmeister ihn abholen würde, gab sie Dolf einen Hochglanzprospekt des Bootes. Die Fotos des Rumpfes und der Inneneinrichtung kannte er bereits aus dem Internet: eine makellose Yacht, vierundfünfzig Fuß, fast siebzehn Meter lang, auf dem Vorschiff eine mit beigefarbenem Leder bezogene Liegefläche. Doch statt Bikinischönheiten fläzten sich dort jugendliche Anzugträger, die Leibwächter des Scheichs am Steuerrad sein konnten oder seine außerehelichen Söhne. Maricarmen hatte ihm die Version für den arabischen Raum gegeben. Irgendetwas an Dolfs vorgetäuschter Identität funktionierte, wenn auch nicht ganz wie geplant.

Als der Hafenmeister hereinkam, stellte Maricarmen sie vor. »*Eugenio, qué suerte. Aquí Señor Bergesgruen.*« Inzwischen ging ihr sein Name bereits flüssig über die Lippen.

Eugenio brachte Dolf hinaus zum Liegeplatz. Die spezielle Ausstattung der Motoryacht war aus den Prospekten nicht ersichtlich gewesen, aber der Hafenmeister beschrieb sie bereitwillig. Offensichtlich war das Schiff für jüngere Leute, als Dolf erwartet hatte. Es gab keine Befestigungen für einen Sicherheitsstuhl zum Hochseeangeln. Leute über vierzig mieteten andere Boote: geräumiger, behäbiger, komfortabler. Man konnte es daran festmachen, ob der Skipperstuhl eine Massagefunktion hatte oder nicht. Oder ob das Boot mit oder ohne Mannschaft vermietet wurde. Die *Arcos* wurde ohne Mannschaft vermietet. Wohin sie auf jenem speziellen Törn gefahren war, das wusste auch der Hafenmeister nicht.

Dann standen sie vor der Yacht, die gerade einer Reinigungs- und Serviceroutine unterzogen wurde, wie Eugenio anhand des Checkheftes erläuterte. Nicht ohne Stolz schilderte er die technischen Einzelheiten. Hinten war eine absenkbare Badeplattform herabgelassen. Ein kleines Beiboot lagerte fast unbenutzt in seiner Mulde im Heck und konnte auf Knopfdruck ausgefahren werden.

Nichts war ausgetauscht worden an der *Arcos*, es hatte keine größeren Reparaturen gegeben bis auf die routinemäßigen Überholungen, die jedes Jahr im Winter durchgeführt wurden. Edelholz musste geölt, Messing poliert, Leder gefettet und Lack ausgebessert werden. Ein Sonnensegel war weggekommen und ersetzt worden, Kleinigkeiten. Das Servicebuch des Bootes war beeindruckend lückenlos. Übersichtlicher und besser geordnet als Dolfs Leben.

Zurück im klimatisierten Charterbüro, fragte Dolf nach den Einzelheiten des Törns, der ihn besonders interessierte. Sein junger Steueranwalt hatte das Boot sicher nicht unter seinem richtigen Namen gechartert, wahrscheinlich war er mit einer Sekretärin unterwegs. Maricarmen lächelte verständnisvoll. Bestimmt war sie in jüngeren Jahren auch ab und an »Sekretärin« gewesen.

Aber den genauen Termin, den hatte Dolf parat. Und tatsächlich gab es eine Reservierung über eine Agentur in Murcia. Wohin die *Arcos* damals unterwegs war oder wohin sie zu fahren geplant hatten – also alles, was Bergesgruen so brennend zu interessieren schien –, wer gechartert, wer und wie viele Personen mitgefahren waren – also das, was Dolf herauszukriegen hoffte –, ließ sich aber nur aus dem eigentlichen Chartervertrag entnehmen.

»Könnten Sie den wohl rasch heraussuchen lassen?«

Sie zögerte. Im Befehlston ließ sie wohl nicht gerne mit sich reden. Also schilderte Bergesgruen blumig, wie sein Steuerberater ihm vorgeschwärmt habe von dem jungen Mann, der damals als Skipper mitgefahren war. »Irgendein Tom oder Tim oder Gim, hier aus der Gegend. Kennen Sie den vielleicht, Señorita Maricarmen?«

»Wir geben hier niemals Auskunft über unsere Klienten, Señor Bergesgruen. Sie selbst würden das vermutlich auch nicht schätzen, oder?«

Dolf seufzte theatralisch. »Hören Sie, ich weiß, wer das Boot gechartert hat. Ich möchte nur wissen, welcher Tom oder Tim oder *no sé quién* am Ruder war.«

Die hochprofessionelle Maricarmen reagierte allmählich ein wenig unentspannt.

»Die haben damals mit Brot geködert, mit einfacher Brotrinde, können Sie sich das vorstellen, Maricarmen? Jeder Idiot weiß, dass man für Thunfisch richtiges Fleisch braucht, rotes Fleisch, am besten Steak! Mit Seeschnecken können Sie vielleicht einen Manta anlocken, von mir aus Calamaresstücke, die lasse ich mir für irgendeinen Raubfisch gefallen, *claro*, aber für den *atún*, für den König der Meere? Da muss es schon etwas Besonderes sein, *verdad?*«

Maricarmen zuckte bemüht lächelnd die Achseln. Sie wurde zunehmend ungeduldiger. Ein gutes Zeichen.

»Und da will dieser Schnösel von Steueranwalt mir weismachen, er könnte einen Vierzigpfünder mit einem Stück trockenem Brot an den Haken kriegen, an einen Einfachhaken noch dazu, ohne Feder, ohne Wirbel. Haben Sie so etwas schon einmal gehört, Maricarmen?« Dolf plauderte munter drauflos, dabei beobachtete er ihre Reaktionen aus dem Augenwinkel. Ihr Lächeln war eine Spur frostig geworden, sie reagierte inzwischen echt genervt.

»Aber wahrscheinlich haben die Einheimischen noch viel bessere Tricks auf Lager. Das muss ich diesen Tom oder Tim als Erstes fragen: Was für ein Geschirr, welches Vorfach, welche Art Köder er mir empfiehlt. Wenn ich ihn erst erreicht habe …« Dolf fixierte sie herausfordernd.

Maricarmen gab entnervt auf. Gut, sie würde den Vertrag

heraussuchen. Sie würde Bergesgruen keinen Namen nennen, aber die Handynummer des Skippers geben. Dolf war das alles recht, behauptete er, auch wenn er insgeheim hoffte, doch einen Blick auf den Bildschirm und damit auf den Namen des eigentlichen Mieters erhaschen zu können.

Professionell und betont gelangweilt tippte Maricarmen auf ihrer Tastatur herum. Dann stutzte sie. Tippte noch einmal. Stutzte wieder, etwas verdrießlich diesmal.

»Alles in Ordnung?«, erkundigte sich Bergesgruen scheinheilig. Nichts war in Ordnung, das war deutlich zu erkennen.

»*Un momentito, por favor.* Das haben wir gleich. Irgendwie ist der Vertrag nicht da, wo er sein sollte. Sekunde.« Maricarmen konnte den Vertrag nicht finden. Das erschien Dolf höchst interessant. Er war ganz Auge und Ohr.

»Üblicherweise habe ich meine Unterlagen in Ordnung, wissen Sie.«

»Das bezweifle ich keinen Augenblick, Maricarmen.« Dolf genoss seine gönnerhafte Herablassung.

Maricarmen suchte jetzt nach einer Stornierung. Konnte auch die nicht finden. Geriet langsam in Bedrängnis. Dolf sah es ohne Gefühlsregung mit an. Schließlich stieß sie ihren Bürostuhl zurück und sprang auf. »*Vale*, ich hole das Original aus dem Archiv.«

Dolf tat, als wäre das nicht nötig, aber selbstverständlich war er höchst interessiert daran, das Papier in die Hände zu bekommen. Maricarmen verriegelte die Tastatur des Computers mit ein paar Tastenklicks. »Wenn Sie mich einen Augenblick entschuldigen …« Damit war sie weg.

Kaum drei Minuten später kam sie ziemlich aufgebracht wieder hereingestöckelt, einen Ordner hielt sie wie ein Schild vor der Brust. »Ich kann Ihnen nicht helfen, tut mir leid. Und unser Geschäftsführer ist in der Mittagspause.«

»Schm'a Jisrael, das kann doch so schwer nicht sein!« Dolf spielte seine Rolle gnadenlos weiter.

Maricarmen entschuldigte sich und erklärte, wieso sie so entrüstet war. Es musste einen Vertrag gegeben haben. Mit einer eigenen Ordnungsnummer. Es gab die Nummern davor und danach. Aber der Vertrag war nicht in den Unterlagen. Es hätte nicht viel gefehlt, und sie hätte ihm den Ordner herübergereicht, Diskretion hin oder her.

Auch Dolf verlor langsam die Geduld, doch er wiegelte ab, so wichtig sei es dann auch wieder nicht, behauptete er. Da klingelte das Telefon auf Maricarmens Schreibtisch. Sie erkannte die Nummer auf dem Display und hob sofort ab. *»Diga, jefe.«*

Es war ein sehr kurzes Telefonat. Maricarmen hörte fast nur zu. Der Mann am anderen Ende der Leitung war nicht zu hören. Wahrscheinlich brüllte er nicht, aber Maricarmens eisiges Schweigen hätte auch dazu gepasst. Sie drehte sich in ihrem Stuhl und wandte Dolf den Rücken zu.

Dolf musterte sie scheinbar desinteressiert. Zwang sich, genau hinzusehen, wie eine Frau in den besten Jahren, die erfahren war und bestimmt nicht schlecht in ihrem Job, einen handfesten Anschiss kassierte. Versuchte, sie nicht zu bemitleiden, und ertappte sich dabei, wie er dieses gefühllose Beobachten heimlich genoss. Er war ein viel mieserer Typ, als er sich jemals eingestanden hatte.

Maricarmen drehte sich wieder zu ihm herum. Alles hatte sich in Wohlgefallen aufgelöst. Dolf bewunderte, wie sie fast bruchlos auf selbstbewusst und distanziert umschalten konnte. Sie war ein ausgebuffter Profi. »Die entsprechende Reservierung ist storniert worden, die Yacht hat den Hafen niemals verlassen, Señor Bergesgruen. Bei den Vertragsnummern liegt ein Computerfehler vor, so was passiert leider immer wieder mal. Irgendwer hat einen Probedruck aus Versehen mitnummeriert, wahrscheinlich sogar ich selbst.« Sie lächelte gespielt zerknirscht.

Sie war die Zuvorkommenheit in Person, sie schäumte fast über vor Erläuterungen und Verharmlosungen. Nur in ihren Augen, in den strahlend grünen, sorgfältig geschminkten Augen blitzte Panik auf.

An Geruch, Aussehen und Festigkeit eines Kiemenpaares konnte Dolf auf etwa eine Stunde genau angeben, wann der entsprechende Fisch gefangen und wie lange er auf Eis gelagert worden war. Hier, im vollklimatisierten Büro des Yachtcharterers, hing nur der diskrete Duft von Parfüm und Hochglanzpapier in der Luft. Und doch stank es gewaltig, nach altem Fisch und frischer Angst. Hier lief ein ganz mieses Vertuschungsmanöver, auch wenn Dolf das nicht beweisen konnte. Als Bergesgruen bedankte er sich kühl und stand auf.

»Dann werden Sie die *Doldrum* heute wohl nicht mieten, *verdad?*«

»Ein andermal vielleicht.«

Dolf ging hinaus und stieg in die Limousine, die mit Chauffeur vor der Tür auf ihn wartete – und Santes ein kleines Vermögen kosten würde. Er hatte den Wagen am Flugplatz in San Javier gemietet, er war mit dem Bus dort hingefahren. Sobald sie um die nächste Ecke gebogen waren, würde er den Chauffeur anhalten lassen, ihn auszahlen und mit dem Bus zurück nach Cartagena schleichen. Seinen Job wollte er erledigen. Aber er wollte seine Schwiegertochter nicht ruinieren.

In der Hafenmeisterei machte Jaime keine Anstalten, irgendetwas zu beschönigen. Dolf hatte angerufen, sein Freund mit der spiegelnden Halbglatze wusste Bescheid. Händeringend stand er Dolf Rede und Antwort. »Ich hab nachgesehen, du hast recht. Es gab eine Ausfahrt, geplant auf fünf Tage, das Boot kam aber schon nach zwei Tagen wieder zurück. Der Name stimmt, er steht in den Büchern.«

»Aber?«

»Der Eintrag ist gelöscht worden.«

»Kann ich das sehen?«

Jaime zögerte, druckste herum, gab sich schließlich einen Ruck und tat so, als hätte er das von Anfang an vorgehabt. »Klar kann ich dir den zeigen, ich rede ja auch drüber. Aber du hast keine Möglichkeit, ihn zu verwenden.«

»Ist die Seite rausgerissen oder was?«

»Das ist gar nicht nötig. Hier, sieh mal.« Jaime holte den Band heraus, schlug die entsprechende Seite auf. Er war gut vorbereitet. »Das Hafenbuch ist eine Urkunde. Wenn dort ein Eintrag gelöscht wurde, also durchgestrichen und paraphiert, dann ist er nicht mehr existent.«

»Kannst du mir eine Kopie machen?«

»Wozu?«

»Für meine Unterlagen.«

»Das wird nicht gehen.«

Dolf schaute ihn verwundert an und tat unschuldig. »Wenn es doch eine Urkunde ist?«

»Warum tust du dich so schwer damit, mein Alter? Warum kannst du nicht begreifen, dass es Dinge gibt, an die man besser nicht rührt?«

»Hab ich nach deinem Rat gefragt, Leuchtturmwärter?«

»Manchmal merkt man gar nicht, dass man einen brauchen könnte.«

»Danke. Wer hat die Paraphe gesetzt?«

»Der Diensthabende.«

»Wie viel hat er kassiert?«

»Ist das von Bedeutung? Hat nicht jeder seinen Preis?«

»So ist das also.« Dolf wandte sich ab und starrte durch die schlierigen Scheiben hinaus auf das glitzernd tiefgraue Hafenbecken. »Dass ihr es nicht wenigstens geheim haltet oder verschleiert.«

»Was würde das ändern? Ich spreche offen zu dir, weil wir uns schon lange kennen, Adolfo. Wir beide sind alt und müde. Wir wissen, wie die Dinge laufen, und wir wollen hier weiter in Frieden leben.«

»Wenn ich mich damit abfinde, bin ich tot.«

Jaime seufzte. »Es gibt für jeden eine Grenze und für jeden eine Summe, das weißt du doch. Es gab eine Zeit, da hattest auch du deinen Preis.«

»Dafür hab ich teuer bezahlt.«

»Deshalb hältst du dich jetzt für etwas Besseres? Für immun gegen so was?«

Dolf riss sich zusammen, schluckte, reckte sich. »Selbstverständlich nicht. Es ist genau, wie du sagst, jeder hat seinen Preis. Ich versuche nur, möglichst unbezahlbar zu sein.«

»Das ist keine schlechte Idee. Nur kann ich es mir nicht leisten, weil ich viel zu selten etwas zu verkaufen habe. Also gebe ich mich mit wenig zufrieden, solange man mich in Ruhe lässt. Muss jeder sehen, wo er bleibt.«

Tief in seinem Inneren hatte Dolf das sichere Gefühl, gerade einen alten Freund zu verlieren. Es tat nicht sehr weh, es war bloß eklig. Wie ein übler Geschmack in der Kehle, den man nicht loswerden konnte. Zu hoch im Gaumen, um ihn abzuhusten. Zu tief im Hals, um ihn auszuspülen. Er hätte kotzen müssen.

Wortlos ging er hinaus und stieg die dröhnende Stahltreppe hinab, jeder Schritt ein dumpfer Gongschlag, der aus einem anderen, farbigeren Leben herüberschallte.

13

»Du hast renoviert? Gut sieht das aus, hübsche Farbe … Ist das Altrosa?«

Es hatte Apricot werden sollen, aber Dolf hatte es nicht richtig hinbekommen. Santes war zu laut, zu bunt, zu früh. Sie klang aufgedreht, ihr Kleid flatterte fröhlich. Dabei war es später Vormittag. Ihre Munterkeit machte Dolf schlechte Laune.

»Was ist los, geht's dir besser? Wie schön!«

Er hatte keine Lust, sie mit den Details zu belästigen. Irgendwann hatte er sein Werkzeug gefunden, noch blutig. Den Cutter, den Kilohammer, die Arbeitshandschuhe. Die Drahtschlinge, mit der die Katze am Bein gefesselt worden war. Der Bindedraht war rotbraun verschmiert, mit Hautfetzen und Fellbüscheln verklebt. Die Typen hatten sich noch nicht einmal die Mühe gemacht, ihre Spuren zu beseitigen. Am liebsten hätte Dolf alles ausgekocht und gebleicht, mit *lejía*, dem Chlorzeug, das in Spanien in jedem Supermarkt verkauft wurde, obwohl es in Deutschland wahrscheinlich unter das Chemiewaffenverbot gefallen wäre.

»Was sagst du, führst du mich zum Frühstück aus? Das schaffst du auch mit einem Bein!«

Alles verätzen inklusive Werkzeugkiste, das wäre es gewesen. Im Deckel der Kiste hatte auch die Notiz gelegen, die der oder die Eindringlinge mit dem Zimmermannsblei auf Dolfs Steuerunterlagen geschmiert hatten: »*¡Déjale en paz a Tomás!*«

Er sollte die Sache mit Tomás auf sich beruhen lassen? Damit hatten sie einen Fehler gemacht. Dolf war vieles nicht, aber eins war er: stur bis zur Halsstarrigkeit. Er ließ sich nicht gerne sagen, was er zu tun hatte. Oder zu lassen.

»*Venga*, schmoll jetzt nicht rum, es ist schön draußen!«

Erst als er angefangen hatte sauberzumachen, als er mit immer neuem Wasser gewischt, gewienert, geschrubbt, geschliffen hatte und noch immer ein rötlicher Schmierfilm an der Wand zu sehen war, wurde ihm klar, dass er renovieren musste. Und dass er aufhören musste mit dem Trinken.

Santes erschnupperte es praktisch im ersten Moment. Sie kam nahe an ihn heran. »Was ist los? Du riechst gut, hast du aufgehört?«

»Wollen's nicht beschreien. Warten wir's ab.«

»Hey, das ist ja mal was! Supergenial. Wie lange schon? Ich bin richtig stolz auf dich, Dolfo! Und Concha bestimmt auch.«

»Danke.« Es war Zeit, sie auf den Boden der Tatsachen zurückzuholen. Also fasste er zusammen, was er in ihrem Auftrag herausgefunden hatte. Er erzählte von dem Job, den Tomás für seinen Kumpel Ginés gemacht hatte. Und was an diesem Job alles merkwürdig war. Von dem verschwundenen Vertrag in der Charteragentur in La Manga und von dem gestrichenen Eintrag bei der Hafenmeisterei. Und davon, dass Ginés bestritt, dass es diesen Job jemals gegeben hatte. »Ginés oder irgendjemand, der hinter ihm steht, hat dafür gesorgt, dass sämtliche Spuren gelöscht wurden.«

»Sind sie das wieder?«

»Was? Wer?«

»Na, deine *Dimensionen*? Sind die das, die dir so fürchterliche Angst einjagen?«

»Machst du dich lustig über mich?«

»Ich versuch es, aber es ist ganz schön schwierig. «

»Du hast so verdammt gute Laune, das macht mich ganz irre.«

Sie hob nur grinsend die Achseln.

»Aber ich hab ein Gegenmittel, hier: die erste Spesenabrechnung.« Es war nicht mehr als eine hastig hingeworfene Liste, ein paar kurze Notizen und Summen. »Und das ist erst der Anfang, ein Vorschuss sozusagen.«

Sie überflog den Zettel, verstummte und musste schlucken. »Zwölfhundert *pavos*?«

»Darunter mach ich es nicht.«

Nach dem Frühstück hatte Santes ihre Freundin angerufen. Concha war sofort zur Stelle. Es war ein bedeckter, dabei blendend heller Nachmittag, ideal für einen Spaziergang.

Santes beschäftigte sich mit den Kindern. Emilia hatte ein pastellbuntes Kinderfahrrad mit Stützrädern, Carlitos versuchte sich auf einem Roller mit drei Rädern. Es war alles billiges Plastikzeug, und es regte Dolf immer wieder auf, dass gerade in Spanien, wo es für die kleinen Prinzessinnen und ihre Prinzen die hübschesten Kleidchen und Jäckchen und Schühchen der Welt gab, keine vernünftigen Spielsachen verkauft wurden, sondern nur dieses aus knatschbuntem Billigkunststoff zusammengekleisterte Zeug. Auch daran merkte er, dass das Land, auch nach mehr als dreißig Jahren, noch lange nicht seine Heimat war.

Sie flanierten die neue Promenade am Innenhafen entlang, einem glitzernden Hafenbecken für Kreuzfahrtschiffe, mit nagelneuen Kais aus hellem Naturstein. Auf dem edlen Belag war moderne Kunst hingestreut, überlebensgroße Skulpturen in Bronze, Stahl und Stein, ein scharfer Kontrast zu den vielen heruntergekommenen Vierteln der Stadt.

Concha genoss den Ausflug sichtlich, sie schnupperte die Meeresluft, die jodfrisch und tranig vom Wasser herüberzog, sie flirtete mit den Palmenkletterern von der Stadtverwaltung, die in den Wipfeln Palmwedel lichteten und sich gegenseitig – und ihr – Zweideutigkeiten zuriefen, sie verscheuchte die Möwen, die allgegenwärtig bettelten und kreischten. Sie neckte sogar Dolf wie ein junges Ding. »So, so, jetzt befragst du sogar Segellehrer? Bist du eigentlich sicher, wonach du suchst?«

»Woher weißt du denn so schnell davon?«

»Die Stadt ist klein. Die Yachtszene noch kleiner.«

Dolf erklärte ihr, worauf er gestoßen war. Von den vertuschten Lücken in den Büchern des Charterers und der Hafenmeisterei. Und dass möglicherweise ein Job, den Tomás für Ginés übernommen hatte, mit seinem Tod zu tun hatte.

»Was für ein Job sollte das denn gewesen sein?«

»Ich hab keine Ahnung, irgendein Hafenjob oder ein Segeltörn. Vielleicht liege ich auch völlig falsch.«

Sie schwieg. Dachte sie nach, oder war sie empört?

»Ich zupfe an den offenen Fäden herum und hoffe, dass irgendwas zum Vorschein kommt, was mich weiterbringt. Ich bin auf einen Glückstreffer angewiesen.«

Sie war unzufrieden, ungeduldig. Und zu schüchtern, um das freiheraus zu sagen. »Aber du glaubst doch nicht wirklich, dass Ginés ernsthaft etwas mit dem Tod meines Mannes zu tun hat? Der war immerhin sein Freund!« Sie musste unwillkürlich auflachen, trocken und heiser.

»Völlig undenkbar?«

»Absolut!« Dann kam sie doch ins Grübeln. Schüttelte den Gedanken ab. »Ginés ist nicht gerade sympathisch, das stimmt schon. Für einen Weiberrock würde der alles Mögliche tun, das ist auch wahr. Oder für Geld. Richtig ehrlich und vertrauenswürdig ist er auch nicht. Aber seinen Freund umbringen? – Nein.« Sie zögerte. Dann umso eindeutiger: »*¡Jamás!*«

»Würde er ein Tier töten, zum Beispiel eine Katze?«

»*Puede ser.* Alles, was kleiner oder schwächer ist als er selbst.«

»Du kannst ihn nicht ausstehen, was?«

»Wir waren im Yachtclub Kollegen. Aber ich bin ihm aus dem Weg gegangen.«

»Wie konntest du ertragen, dass er mit Tomás befreundet war?«

»Das brauchte ich nicht. Es war Tomás' Sache. Mit Ginés hatte ich nicht viel zu tun.«

»Wie konntest du es aushalten?«

»Segler, Männer, das ist eine eigene Welt. Sie haben ihren Kodex. Die machen sich nichts daraus, im härtesten Sturm aufs Vordeck oder hoch in den Mast zu gehen, wenn das Überleben des Schiffes davon abhängt oder der Ausgang einer Regatta. Die würden sich ohne Zögern ins brodelnde Wasser stürzen, um einem Kumpel zu helfen. Nach diesem Kodex lebt Ginés. Als Segler kann man sich auf ihn verlassen, das war für Tomás das Wichtigste. Sie verbrachten Tage und Nächte, manchmal Wochen auf karg ausgestatteten Yachten, ohne Bad oder Dusche oder einen Raum, in den man sich zurückziehen konnte. Sie waren dann sicher wüst und vulgär. Aber sie konnten sich aufeinander verlassen, wenn es drauf ankam.«

Dolf wartete ab. Sah aufs Meer hinaus. Concha war noch nicht fertig.

»Ginés hätte ihn nicht umgebracht. Jedenfalls nicht er alleine.«

»Weißt du, worum es bei seinen Geschäften geht?«

Sie wusste, dass Ginés Extrajobs für die Yachtbesitzer

machte. Oft waren es Handlangerdienste an den Yachten, aber manchmal auch sehr persönliche Erledigungen für die Eigner und ihre Familien. Jemand musste schließlich ihre Frauen chauffieren, ihre Töchter beschützen, sie aus dem Nachtclub holen, wenn sie sich die Kante gegeben oder eine *line* zu viel gezogen hatten. Es waren Jobs, bei denen es drauf ankam, zupackend und zugleich diskret zu sein, erklärte Concha. So eine Art Leibwächter, vermutete sie.

»Hätte Tomás auch einen dieser Extrajobs übernommen, wenn er für Ginés einsprang? Wenn viel Geld drin war? Zur Not auch eine Waffe getragen?«

»Niemals.« Sie sah Dolf groß an und schüttelte energisch den Kopf.

»Wusste er, wie man mit einer Schusswaffe umgeht?«

»Eine Signalpistole? Selbstverständlich.«

»Eine richtige Waffe.«

»Tomás hätte niemals eine Knarre angefasst! Er verachtete die Typen, die sich nur stark fühlen, wenn sie ein Pfund Stahl in der Hose stecken haben.«

»Geht mir genauso.«

Sie gingen schweigend ein Stück. Sobald der Seewind von einer Bude oder einer Gruppe von Ziersträuchern abgehalten wurde, war es sofort stickig warm.

»Also bist du jetzt einem Job auf der Spur, den Tomás für Ginés gemacht hat?«

»Eine Segeltour. Oder zwei. Ginés war letzten September drei Wochen ausgefallen.«

»Ja, ich erinnere mich, eine Fleischwunde am Unterarm.«

»Tomás hat für ihn zwei Jobs übernommen. Einmal eine Tour nach Ibiza mit einer Segelyacht, neun Tage. Und einen Küstenausflug mit einem Motorboot, fünf Tage. Wie weit kann man in fünf Tagen kommen, was meinst du?«

»Hin und zurück? Unter Motor? Überallhin zwischen Málaga und Valencia.«

»Ibiza, Mallorca, Menorca?«

»Überallhin.«

»Nordafrika? Algerien?«

Sie nickte. »Oran, Algier, Bejaia. Wenn man für so was verrückt genug ist. Nach Algerien reinzukommen ist nicht leicht.«

»Jemals irgendwelche Schmuggelgeschichten gehört?«

»Aus Algerien?«

»Von irgendwo.«

»Ich weiß nicht. Meinst du die Afrikaner, die im Süden an den Stränden landen? Von hier aus ist Marokko zu weit. Es kommt auf das Boot an.«

»Eine *Doldrum* 54, 800 PS.«

»Cremefarbenes Deck und Leder? Da lassen die doch keine Flüchtlinge drauf.«

Konnte sie sich etwa an Tomás' Jobs aus dem letzten Sommer erinnern? Dolf wunderte sich. Aber Concha kannte bloß den Bootstyp. Es war ein Angeberboot, das Aufsehen erregte. Und sie wusste, dass diese Yachten im Hafen in La Manga verchartert wurden.

Dolf berichtete ihr, dass auch die *Arcos* von dort gekommen war. Dass sie für fünf Tage angemietet worden und nach dem Hafenbuch schon nach zwei Tagen wieder zurück war.

»Aber das stimmt nicht! Tomás war fünf Tage weg. Genau wie gebucht.«

»Bist du ganz sicher?«

»*Segurísimo.* Die Tour ging vom 8. bis 12. September, einem Freitag. Er war pünktlich zurück, aber nicht früher.«

»Kam dir irgendwas merkwürdig vor?«

»*¿Cómo, ›raro‹?*«

»An Tomás. Wirkte er verändert?«

»Kein bisschen. Er war erschöpft, wie immer nach diesen Jobs. Oft hatte er nächtelang kaum geschlafen. Aber nach einem Tag zu Hause war er normalerweise wieder fit. Worauf willst du hinaus?«

»Ist wahrscheinlich nicht wichtig. Vielleicht haben sie nur einen Zwischenstopp gemacht. Aufgetankt oder so. Die im Hafen sagen selbst, dass ihre Buchhaltung nicht auf den Punkt ist.«

Dolf beobachtete sie aufmerksam. Concha schien tatsächlich nicht zu wissen, dass sich Tomás damals ganz in der Nähe herumgetrieben hatte, nur eine dreiviertel Autostunde entfernt. »Wenn so ein Trip abgebrochen wird, nur mal theoretisch, woran kann das liegen?«

»Am Wetter normalerweise.«

»Das Boot hat einen geschützten Steuerstand unter Deck.«

Concha erklärte ihm, dass nicht Regen oder Wind das Problem war, sondern der Seegang. Wenn die Wellen zu hoch aufliefen, konnte auch die stärkste Motoryacht ihre Höchstgeschwindigkeit nicht ausspielen. Weil es dann holprig und ungemütlich wurde. Weil der Schiffsrumpf dann in die Wellenkämme knallte und seine Verbände bis an die Grenzen belastete. Man konnte rasch die Lust daran verlieren oder auf Dauer das ganze Boot. Jedenfalls war die Reichweite einer Yacht dann enorm eingeschränkt.

Dolf begriff, aber er nickte nur skeptisch. In der zweiten Septemberwoche hatte es keinen Wind und keinen hohen Seegang gegeben, er hatte das nachgeschaut. »Du weißt nicht zufällig, wo die hinwollten?«

»*No.* Im Yachtclub ist es ziemlich unüblich, darüber zu reden, was man vorhat. Außer man verabredet sich. Tomás hat nichts davon erzählt.«

»Meldet man sich nicht ab?«

»Das wird oft vergessen.«

»Hätte sich Tomás drauf eingelassen, das geplante Ziel einer Tour zu verschweigen?«

»Nein, kann ich mir nicht vorstellen. Das sind schließlich Sicherheitsvorschriften, die er als Skipper einhalten muss.«

»Aber es gibt keinerlei Unterlagen. Ich kann noch nicht mal beweisen, dass der Törn überhaupt stattgefunden hat.«

»Ein einfaches Foto reicht dir natürlich nicht, oder?«

»Nein. Ich brauche einen Beweis. Etwas Handfestes.«

Die Hitze war unerträglich geworden. Concha sorgte sich um die Kleinen, obwohl die natürlich ihre Sonnenhüte aufhatten. Mit Santes saßen sie im Schatten eines Feigenbaums und tranken aus ihren mitgebrachten Wasserflaschen. »Sollen wir zurückgehen?«

»Gute Idee, ja.«

Irgendwie beschlich Dolf das ungute Gefühl, dass er gerade dabei war, etwas Wichtiges zu übersehen. »Was denn für ein Foto?«

»Von der Bootstour. Tomás hat mir von jedem Job ein Foto geschickt.«

»Also hast du eins?«

»*Creo que sí*. Es müsste auf meinem Handy sein. Lass mich rasch nachsehen.« Concha blieb stehen und nestelte ihr Handy aus der Tasche. Unwillkürlich blickte Dolf sich um. Wurden sie beobachtet? Er machte sich gerade lächerlich, aber das war ihm egal. Plötzlich wehte ein kühler Luftzug durch die gleißende Hitze.

»Hier, das müsste aus Ibiza sein …«

»Pst, *hija*, sei leise. Zeig mir einfach das Bild.«

Concha tat achselzuckend, wie geheißen. Dolf starrte auf das Display. Sieben Menschen in Segelkleidung im Cockpit einer Segelyacht. Einer davon war Tomás. Es musste nach dem Abendessen sein, Teller und Schüsseln standen noch auf dem kleinen Klapptisch, die vier Männer reckten Bierdosen in die Kamera. Tomás hielt zusätzlich das Steuerrad.

Dolf blätterte weiter. Ein Foto von dem Job danach mit dem Boot, das angeblich nie verliehen worden war. Mit fünf Personen, von denen Dolf nur eine kannte: Tomás. Sie saßen oder lagen auf Strandtüchern in der Sonne beim Picknick, auf braungelben, schroff wirkenden Felsen. Den Schlagschatten nach musste es spät am Nachmittag sein. Zwei junge Mädchen, eins hübscher als das andere, zwei lässige junge Männer in den Dreißigern. Einen von ihnen kannte Concha. Ein Typ in lässigen Chinos und Streifenhemd, dabei mit einem auffallend gut geschnittenen Jungengesicht.

»Der Hübsche da, das ist Sonny, der Playboy. Der hat den Sommer über ein Riesenboot im Yachtclub liegen.«

»Die Mädchen?«

»Wechseln. Die sind jeden Sommer neu.«

Dolf gab ihr das Handy zurück.

»Willst du keine Abzüge haben?«

»Doch. Steck es ein. Heute Abend, wenn die Kinder schlafen, komme ich dich besuchen. Lass die Fotos bis dahin niemand sehen, und sprich nicht darüber. Auch nicht mit Santes, bitte.«

»Wirklich?« Concha sah ihn verwundert an.

»Ja. Lass uns später reden. Steck es weg.«

Sie packte das elegante kleine Ding achselzuckend ein und wandte sich zum Gehen. Dolf sah sich um, als müsste er den Rückzug decken. Du machst dich so was von lächerlich, sagte er sich.

Keine halbe Stunde später saß Dolf in Conchas *salón*. Er hatte ihr Handy in der Mache und zoomte sich durch das Foto der fünf jungen Leute auf der Felsnase. »Selbstverständlich brauchen wir möglichst große Abzüge, sechzig mal achtzig oder so. Könntest du die machen?«

»Sicher.« Concha wirkte ein wenig unschlüssig.

Dolf war in Gedanken. »Lass die Fotos nicht hier in der Stadt vergrößern.«

»In Murcia?«

»Schon gar nicht. Nein, fahr nach La Manga. Nein. Fahr ans Cabo de Palos. In irgendeine von den Touristenbuden, zieh die Fotos auf einen Stick.«

Sie sah ihn groß an. »Was ist los? Was hast du denn so plötzlich?«

»Irgendwas stimmt nicht. Versuch einen Asiaten oder einen Südamerikaner zu finden, der die Fotobude betreibt. Und versuch keine Kopien zu hinterlassen. Den Stick musst du direkt wieder mitnehmen. Wenn wir Glück haben …« Er sah sie an. Ihr Gesicht ein einziges Fragezeichen. »Verzeih. Das muss sich konfus anhören. Geht mir nur darum, keinen blöden Fehler zu machen.«

»Können wir es nicht einfach ausdrucken?«

»Ja, aber nicht hier. Nicht auf deinem Computer. Auf dem im Club auch nicht.«

»In der Apotheke?«

»Schon gar nicht! Auf keinem Rechner und auf keinem Drucker, der irgendetwas mit uns zu tun hat.«

»Ist das nicht ein bisschen übertrieben? Oder, Verzeihung, sogar paranoid?«

»Lieber paranoid als tot. Langsam glaub ich, dass hier etwas vertuscht werden soll, das irgendjemand sehr viel Aufwand wert ist. Das heißt, dass es um etwas wirklich Wichtiges geht.«

»Aha.« Es klang nicht sehr überzeugt.

»Könntest du … kannst du jemand schicken? Irgendeine Freundin?«

»Also, ich weiß nicht, die haben alle auch kleine Kinder, die können nicht einfach so zwei Stunden wegfahren.«

»Es ist nicht gut, wenn man das Foto mit uns in Verbindung bringt, Concha. Ich kann es nicht erklären, aber ich glaube, das wäre gefährlich.«

»Tut mir leid, ich will dich auf keinen Fall in Gefahr bringen, Don Adolfo.«

»Danke, Santes hat sich auch schon über meine Sorgen lustig gemacht. So viel Mitgefühl rührt mich echt zu Tränen. Ich muss gehen. *Hasta luego.*« Sein Abgang war ruppig. Viel ruppiger, als er beabsichtigt hatte. Er zog die Tür hinter sich zu, humpelte die Treppen hinab. Auf dem Treppenabsatz blieb er stehen.

Sah er wirklich Gespenster? War er der Einzige, der es nicht normal fand, was für einen Aufwand irgendjemand aus Ginés' Umgebung unternommen hatte, um sämtliche Spuren des Trips zu beseitigen? Es war reiner Zufall, dass sie das Foto nicht auch gefunden hatten. Irgendwann würden sie ihren Fehler bemerken und ausbügeln. Er stieg wieder hinauf und klingelte an Conchas Tür. Sie machte auf, zerzaust und aufgewühlt.

»Tut mir leid. Würde es dir viel ausmachen, wenn du dir eine neue Handykarte beschaffst? Und dein altes Handy wegwirfst?«

»Bist du verrückt? Da sind sämtliche Nummern und Adressen von Bekannten drauf! Ohne Handy bin ich verloren.«

»Ist anderen auch schon passiert. Kommt immer wieder vor. Am besten wäre, du würdest deine gesamte Handtasche verlieren. Und den Diebstahl bei der Polizei melden. Magst du sie mir direkt mitgeben?« Sie starrte ihn an wie einen

Außerirdischen. Oder einen ausgestorbenen Tiefseefisch. Dann reichte sie ihm kurzerhand die Tasche. »Lass mich wenigstens den Schlüssel rausholen.«

»Nein. Es muss echt aussehen.«

»Du bist ein verdammter Pedant, oder?«

»So sind wir eben, wir und unsere Gründlichkeit.«

Wieder ging er, die Handtasche in einer Plastiktüte unter den Arm geklemmt. Doch seine Laune hatte sich merklich gebessert.

Die Karte aus dem Handy zerschnitt er. Er wollte die Einzelteile mit dem Schweißbrenner abfackeln und die Metallschmelze in den Schrott an der Tankstelle neben dem Polizeirevier werfen. Das Gerät selbst konnte er an einen Junkie im Hafenviertel verticken, der sich bei seinem Hehler nicht mehr an ihn erinnern würde. Conchas Pass und Führerschein sollten an einen anderen Junkie gehen. Irgendeine Lateinamerikanerin würde damit bald nach Spanien einreisen und sich eine neue Existenz aufbauen.

Die Tasche, den Krimskrams, alles, was nicht persönlich identifiziert werden konnte, stopfte er in eine Mülltonne in der Altstadt, nicht weit von dem dreieckigen Platz vor der Kaserne, wo er Concha zum ersten Mal getroffen hatte. Wahrscheinlich war er total übergeschnappt. Aber selbst wenn nicht, waren seine Vertuschungsversuche bestenfalls halbherzig.

Er hätte den Umweg durch die Altstadt nehmen und Galicia im Club social zu einem Kaffee einladen können. Es war Donnerstag, gleich würde sie ihren Dienst antreten. Sie hätte sicher gewusst, wie und wo er eine Fotovergrößerung bekäme, ohne Datenspuren zu hinterlassen. Aber ihm war nicht nach Gesellschaft.

Eigentlich war Galicia für einen niveauvollen Plausch stets zu haben. Mit Tratsch konnte man ihr nicht kommen, doch für fast alles andere interessierte sie sich. Sie war gebildeter, als es Dolf jemals sein würde, auch wenn er tapfer alles las, was sie ihm hinlegte. Oft verwickelte sie ihn danach in Diskussionen und verlangte seine Meinung zu hören. Dolf genoss diese Wortgefechte. Dass Galicias Augen kämpferisch blitzten, wenn sie ihn mit Argumenten niederfocht, machte die Sache nicht schlechter.

Drei Themen gab es allerdings, bei denen Galicia keinen Widerspruch duldete. Die nach wie vor virulenten Aktivitäten der Franco-Faschisten in Politik, Militär und Verwaltung brachten sie zur Weißglut. Wie ein unterirdisches Pilzgeflecht, so beschrieb sie es, untergruben rechte Gedanken das Familienleben, die Schulbücher, die Entscheidungen der Kommunen. Dolf musste sich ihre Vorwürfe anhören, weil deutsche Produzenten die Militärjunta Spaniens bis in die siebziger Jahre hinein fast unverhohlen mit Waffen versorgt und damit gegen bundesdeutsche und internationale Gesetze verstoßen hatten.

Das zweite Thema, bei dem Galicia aus ihren Überzeugungen kein Hehl machte, war die Bespitzelung jedes Bürgers durch Konzerne und Geheimdienste. Selbst das deutsche Wort *Überwachungsstaat* hatte sie in ihren Wortschatz aufgenommen. Die jungen Deutschen hatten doch bei ihrem massenhaften Boykott der Volkszählung in den späten achtziger Jahren ein leuchtendes Beispiel für ganz Europa gesetzt! Wo war Dolf damals gewesen? Dass er zu der Zeit mit seiner Scheidung und dem Konkurs der Eisfabrik vollauf beschäftigt war, würde sie ihm wohl nie verzeihen. Vielleicht war Galicia durch ihre Familiengeschichte und ihr Misstrauen gegen die franquistischen Umtriebe übersensibilisiert. Aber paranoid war sie nicht, denn für jede ihrer Befürchtungen hatte sie nachprüfbare Belege.

Das dritte Thema war der Flamenco. Dazu hatte Dolf nichts zu sagen. Das Gitarrespiel der *gitanos*, die virtuose Beherrschung scheinbar einfacher Instrumente wie Holzkisten, Handflächen und Kastagnetten beeindruckte ihn. Aber was Galicia und die Andalusier als leidenschaftlichen Gesang wahrnahmen, erinnerte Dolf eher an das Heulen läufiger Kater. Mit solch einem Vergleich konnte er Galicia selbstredend nicht kommen.

Kopfschüttelnd überquerte er die neue Fußgängerbrücke, die in sein Viertel führte. Noch bevor er in seine Straße einbog, fiel ihm ein Riesenfehler ein. Was war mit Tomás' Handy? Er rief Concha an. Sie meldete sich nicht. Da erinnerte er sich daran, dass er ihr Handy ja gerade aus dem Verkehr gezogen hatte. Er trat auf den Kickstarter seiner alten Vespa, aber wie immer, wenn er das schrottreife Ding dringend brauchte, sprang es nicht an. Er würde Concha am Morgen besuchen. Als Erstes.

14

»Die Poster sind noch nicht fertig.« Concha schien über seinen Auftritt vom Vortag nicht sauer zu sein. Aber er hätte ohnehin keine Zeit oder Lust gehabt, darauf einzugehen.

»Gut. Wer macht sie?«

»Eine Freundin.«

»Hast du ihr gesagt, worauf sie achten soll?«

»Adolfo, bitte, ich bin nicht blöd. Es ist alles in Ordnung. Sie kennt den Besitzer des Ladens. Sie hat ein Auto. Sie kommt heute Vormittag noch zurück. Mit dem Stick, *vale*?«

Er musste dran denken, ihr später auch den Stick abzunehmen. Ihn irgendwo zu verstecken. Er hatte Angst, den Überblick zu verlieren, wer alles Bescheid wusste. Konnten zwei Fotos so wichtig sein?

»Es muss die Fotos auch auf Tomás' Handy geben. Er hat es schließlich gemacht.«

»Nein.«

»*¿Cómo ›no‹?*«

»Sie werden nicht mehr drauf sein. Er hat seine Fotos immer gelöscht.«

»Immer?«

»Tomás hat sicher dreimal neue Speicherkarten gekauft, weil sein Handy feucht geworden ist. Obwohl es natürlich ein wasserdichtes war. Am Ende war er es leid. Er hatte nie genug Speicher für mehr als ein paar Fotos. Er verschickte sie und löschte sie dann sofort.«

»Wo ist das Handy jetzt? Hatte Tomás es nicht bei sich?«

»Normalerweise schon.«

»Aber es war nicht bei seinen Sachen.«

»Stimmt. Glaubst du, das hat etwas zu bedeuten?«

»Du nicht?« Er konnte zusehen, wie der Gedanke langsam in ihr Bewusstsein einsickerte. Wie sich ihre Miene eintrübte. Wie sie zitterte. Und schluchzte. Er nahm sie in den Arm. Schmal und sehnig wie ein Lauftier, ein Reh oder ein Windhund. Aber sie roch besser.

Er hatte der Freundin die beiden Poster und den Stick praktisch wortlos aus der Hand gerissen und sich kaum bedankt. Unten im Treppenhaus zog er die Vergrößerungen aus der Papprolle und faltete sie klein. Die Figurengruppen in den Bildern sparte er sorgfältig aus. Dann stopfte er das Päckchen zurück in die Tüte und setzte sich darauf. Was er jetzt am wenigsten brauchen konnte, war, auf der Vespa mit einer Fotorolle durch die Stadt zu knattern.

Das zweite Poster – von dem nicht existierenden Törn – pinnte Dolf an die Wand über seinem Waschbecken, den hellsten Platz in seiner Bude ohne direktes Sonnenlicht. Er suchte eine Lupe heraus. Fünf Personen waren auf dem Foto zu erkennen: Tomás, der Playboy, die Schönheit, die Dürre und der Schweiger.

Tomás schien gekocht zu haben. Im Club-T-Shirt servierte er irgendein Reisgericht mit einem Holzlöffel. Sonny, der Playboy, stocherte in seiner Schale herum. Die Schönheit lächelte mit zurückgebundenem Haar als Einzige in die Kamera. Sicher war es eine Aufnahme mit Selbstauslöser. Den Schweiger nannte Dolf so, weil er etwas herablassend Eigenbrötlerisches an sich hatte. Und weil er tatsächlich nichts sagte, wogegen der Playboy Tomás irgendetwas zuzuraunen schien, vielleicht eine Anweisung. Die Dürre, die nicht viel dünner war als die Schönheit, aber etwas Verlorenes ausstrahlte, schob sich gerade mit abwesendem Blick eine Gabel mit Reispfanne in den Mund. Dieser Blick, dieses Mädchen machten Dolf am meisten zu schaffen.

Der andere Törn, den Tomás nach Ibiza gemacht hatte, war schnell recherchiert. Neun Tage waren sie insgesamt unterwegs gewesen, davon zwei Tage die Küste hochgefahren bis Denia, hatten dann einen langen Schlag hinüber nach Ibiza und einen Abstecher nach Formentera gemacht und waren in Eivissa vor Anker gegangen. Tomás war der Skipper der Segelyacht, einer *Swell 48*, nicht das Beste, was es in der Größe zu mieten gab, aber ziemlich knapp darunter, erklärte Concha.

Keiner der Mannschaft hatte viel Segelerfahrung, es war eine nachgeholte Hochzeitsreise. Das Brautpaar war dabei, dazu die beiden Trauzeugen, jeweils mit Partnern und in geliehenen Overalls, die sie ohnehin kaum brauchten, weil das Wetter phantastisch war. Die Überfahrt verlief problemlos, sie blieben drei Nächte auf der Insel, sie verbrachten mehr Zeit in Abendkleidung als im Seglerdress, »drei Partyhengste, die ihren Stuten Zucker gaben«. Selbstverständlich wohnten sie in Eivissa im Hotel, während Tomás im Yachthafen auf das Schiff aufpasste …

Dolf hatte die Handynummer gewählt, die in Tomás' Dienstplan als Kontakt notiert war, und telefonierte mit dem Trauzeugen, der die Tour damals für seine Freunde gebucht hatte. Es war alles *superbien* gelaufen, jederzeit wieder, wollte Dolf eine Empfehlung für die Internetseite?

Die gute Laune des Typen ging Dolf rasch auf die Nerven. Er bat nur um eine Auskunft, ob es nicht zufällig Fotos von der Tour gab, am liebsten ein Erinnerungsfoto, auf dem man die Teilnehmer sehen konnte. Und den Skipper natürlich, Tomás. *Quien quiera.*

Es gebe nur Fotos vom Hinweg, flachste der Typ, weil da gutes Wetter herrschte. Auf dem Rückweg hätten sie dagegen Wind und hohen Seegang um die Insel gehabt, dann eine Nachtpassage mit unruhiger See. Die Rückfahrt habe Tomás mehr oder weniger alleine gemacht.

»Wir anderen hingen über der Reling und fütterten die Fische, achtzehn Stunden lang.«

»Trotzdem würden Sie Tomás empfehlen?«

»Jederzeit. Für das Wetter konnte er ja nichts. Als Skipper war er allererste Sahne, obwohl er superkurzfristig eingesprungen ist.«

Dolf ließ sich die Namen der Beteiligten geben und notierte sie auf dem Poster, das er vom ersten Foto aus Conchas Handy hatte abziehen lassen. Der launige Typ am Telefon war der beste Freund des Bräutigams. Daneben seine Frau, hübsch, aber ein bisschen gewöhnlich. Die Braut, viel zu jung und klug aussehend für den dunkel behaarten Bimbo, der sie nie mehr so gut behandeln würde wie in den Wochen vor der Hochzeit. Die beste Freundin, eine graue Maus mit einem nichtssagenden Begleiter. Dolf hörte nichts, was auf einen Unfall oder ein Missgeschick hinwies, das Tomás aus der Bahn hätte werfen können.

Carmen la rubia im Yachthafen grinste Dolf spöttisch an. »So häufig wie Sie im Club auftauchen, sollte ich Ihnen bald eine Gästekarte ausstellen.«

»Sehr gerne.« Aber es war selbstverständlich kein ernsthaftes Angebot. Leute wie Dolf waren als Dienstleistende im Club geduldet, aber als Gäste nicht willkommen.

»Und?« Wen er wohl heute vor den Kopf stoßen wollte, schien ihr spitzbübisches Kopfneigen zu fragen. Aber sie blieb freundlich, sie mochte Concha, wie die meisten im Yachtclub. Und wahrscheinlich bemühte sie sich deshalb, diesen nervtötenden alten Mann und seine Schrullen höflich zu ertragen. Dolf war es recht. Er erkundigte sich nach dem Liegeplatz von Sonny Delgado.

Die Boxen waren nummeriert, und Dolf fand die Motoryacht auf Anhieb. Der Schönling wirkte in natura eher noch überzeugender als auf dem Foto: gutaussehend, selbstbewusst und zugleich herablassend. Ein eleganter, sicher sauteurer Haarschnitt zierte den Kopf eines ewigen Lausbuben. Seine Kleidung stammte aus irgendeiner exklusiven Leisure-Kollektion, sie war geschmackvoll ausgewählt und betont lässig getragen. Die Wildledermokkassins hatte Delgado achtlos von den Füßen gestreift. Er fläzte wie hingegossen auf den Lederpolstern am Achterdeck des Bootes, Fersen auf den Sitzen, Bierdose in der Hand. Vor dem Fernseher, der fugenlos in die Steuerkonsole des Cockpits eingelassen war. Bis auf die glänzenden Armaturen, das Holz- und Lederdesign des Decks, die Klamotten und den Haarschnitt hätte sich die Szene auch in einer der billigen Nachmittagsshows abspielen können.

Für Dolf sah alles danach aus, als hätte Sandro Delgado eigentlich eine Reparatur vorgehabt, irgendeine Bastelei an einer Satellitenantenne, denn Abdeckung und Gehäusehälften des High-Tech-Teils lagen, ebenso wie die Bordwerkzeuge der Yacht, nachlässig am Rand des Teakdecks verstreut. Zwischendurch musste Delgado sich zur Ablenkung den Fernseher angemacht und sich festgeglotzt haben an der Übertragung eines Pelotaspiels aus dem Baskenland. Er hatte sein drittes Bier offen, die ersten beiden Dosen lagen an Deck herum. Das Spiel war fast zu Ende, das baskische Doppel führte uneinholbar, und Dolf hoffte, dass der Mann in Redelaune war.

»Schönes Boot, Sonny. Aber ich hätte nicht gedacht, dass Sie es selbst reparieren.«

»Kennen wir uns?« Delgado blinzelte unter seiner Sonnenbrille hervor. Schob sie sich in die Haare.

»Noch nicht. Ich bin Adolfo Tschirner, ich helfe einer Freundin, Concha Sánchez. Die hat mich an Sie verwiesen. Sie hat früher als Segellehrerin hier im Yachtclub gearbeitet.«

»Tatsächlich? Tut mir leid, ich kann mir nicht jeden Namen merken.«

»Sicher, kein Problem. Kann ich Sie ein paar Sekunden aufhalten?«

»Ehrlich gesagt bin ich ziemlich beschäftigt.«

»Dachte ich mir. Ich versuch's, kurz zu machen. Kann ich an Bord kommen?«

»Fühlen Sie sich wie zu Hause.« Delgado machte keine Anstalten, sich aus seiner halb liegenden Position aufzurichten. Den Fernseher stellte er auch nicht leiser. Dafür schob er sich die Sonnenbrille wieder vor die Augen.

»Die Yacht sieht sehr schnell aus.«

»Wenn man sie zu nehmen weiß.«

»Sie wissen das, hab ich gehört. Das Schiff ist für Sie gebaut worden, *verdad? One of a kind.*«

»Wollten Sie über mein Boot reden? Kann ich mir nicht vorstellen.« Er hielt den Kopf stur Richtung Fernsehschirm.

»Sie haben recht. Sie haben wenig Zeit. Ich vergaß.«

Delgado grunzte nur gelangweilt.

»Am Ende des letzten Sommers, Anfang September, haben Sie einen Ausflug gemacht. Mit einem Freund und zwei Mädchen.«

»Und was geht Sie das an?«

»Nichts. Sie waren zu fünft. Einer ist tot. Einer sind Sie. Ich suche nach den drei Übrigen. Ich bitte Sie, mir zu helfen.«

»Ich kann mich nicht erinnern.«

»Es war am neunten September, einem Dienstag. Am späten Nachmittag, so gegen fünf, sechs Uhr, gab es ein Picknick. Einen Reis mit Meeresfrüchten.«

Dolf vermied das Wort *paella*. So wurde das spanische Nationalgericht nur von den Touristen genannt. Und von Restaurants, die mit Touristen Geschäfte machen wollten. Jeder Küchenchef, der etwas auf sich hielt, schrieb die verschiedenen Kombinationen als *arroces* auf die Speisekarte, auf die Stelltafeln vor der Tür und auf das Restaurantschild über dem Eingang.

»Sie erwarten, dass ich mich an eine Mahlzeit vor fast einem Jahr erinnere? Ist das Ihr Ernst?«

Dolf hob nur die Achseln. Immerhin hatte Delgado ihn kurz angesehen.

»Echt nicht. Tut mir leid.« Delgado wandte seinen Blick wieder zum Fernseher. Jedenfalls sah es so aus. Seine Augen konnte Dolf hinter der Sonnenbrille nicht sehen.

»Auf irgendwelchen Felsen, auf Strandtüchern, es war nicht hier auf der Yacht.«

»Haben Sie ein Foto? Hört sich an, als hätten Sie ein Foto gesehen.«

Dolf schüttelte den Kopf. »Sind denn Fotos gemacht worden?«

»Irgendwer knipst immer. Auch wenn ich das nicht leiden kann.«

»Sie waren mit Mar dort.«

»Mar wer?«

»Ich hatte gehofft, dass *Sie* mir das sagen würden. Sie haben letzten Sommer einige Zeit mit ihr verbracht. Schauen

Sie mal.« Dolf hatte den Namen des Schönlings im Netz gesucht und tatsächlich ein Foto von Delgado und seiner Begleiterin gefunden, aus irgendeinem bunten Blatt, *Mar de mucho mundo* wurde sie dort genannt. Er zog den Ausdruck aus seiner Jackentasche und hielt ihn Delgado hin. »Sie ist sehr hübsch.«

»Eine Schönheit.« Sonny Delgado sagte es kennerhaft und ohne Bitterkeit. »Richtig gute Knochen. *Wombing material*, wie meine *ñaña* gesagt hätte. Die wäre schon in Frage gekommen.« Das Foto hatte Delgado keines Blickes gewürdigt.

Dolf wartete ab.

»Aber ich fühle mich zu jung, um mich jetzt schon zu binden, was denken Sie?« Delgado hörte sich gern reden. Endlich hatte er den Blick vom Fernseher gelöst. Dolf sah es mit Genugtuung.

»Haben Sie Mar aus den Augen verloren?«

»Man verliert sich nie aus den Augen. Auf irgendeiner Party, bei irgendeinem Empfang werden wir uns wiedersehen. Mar ist etwas Besonderes. Genau wie ich.«

»Sie erinnern sich? Das würde mir sehr weiterhelfen.«

»Kann schon sein, dass wir die eine oder andere laue Nacht dort verbracht haben, in der *Cala Perdida*.«

»In der verlorenen Bucht.« Dolf tat, als wisse er, wovon die Rede war.

»Die halbe Küste trifft sich dort im Sommer. Ist auch zu romantisch.«

»Wer trifft sich alles?«

»Jeder, der ein Boot hat. Man macht seinen Kahn an irgendeinem anderen Boot fest. Man hat Spaß, ein paar Flaschen, ein paar *lines*. Danach legt man wieder ab und rauscht los ... Das sind Zufallsbekanntschaften, da merke ich mir keine Namen.«

»Ob Mar sich erinnert?«

»Mar? Das war letztes Jahr, eine Ewigkeit her …«

»Würden Sie mir den Nachnamen heraussuchen oder eine Adresse?«

Delgado lachte auf. »Mar ist eines dieser Mädchen, die keine Adresse brauchen. Die immer genau an den Ort jetten, den sie sich gerade in den Kopf gesetzt haben, Hauptsache, es ist eine größere Stadt. Innerhalb von zwei Wochen taucht sie auf den angesagten Partys auf, am Arm von jemand wirklich Wichtigem. Ein halbes Jahr später ist sie selbst das Angesagteste in der Stadt.«

»Bewundernswert.«

»Kennen Sie doch selbst, diese Art Mädchen, oder?«

Dolf versuchte ein weltmännisches Grinsen. Delgado schob seine Sonnenbrille in die Haare und blinzelte zu ihm hoch, sah ihn jetzt zum ersten Mal wirklich an. Nur einen Wimpernschlag lang. Sie wussten beide, dass es in Dolfs Welt solche Mädchen nicht gab. Delgado wandte sich wieder dem Fernseher zu.

Dolf setzte neu an. »Und das andere Mädchen – war die vom selben Schlag? War es eine Freundin von Mar?«

»Nein.« Das kam sehr entschieden.

»Also erinnern Sie sich?«

»Nein, ich sagte doch …« Delgado merkte selbst, dass er einen Fehler gemacht hatte. Dolf wartete. Aber dem hübschen jungen Mann war plötzlich seine weltmännische Gelassenheit abhandengekommen. »Mädchen wie Mar haben keine Freundinnen. Das ist alles, was ich damit sagen wollte.«

Es klang lahm. Sie spürten es beide. »Und wie Sie bereits bemerkt haben, bin ich sehr beschäftigt.«

Die Audienz war vorüber. Dolf sah sich um. Er suchte nach einer Frage oder einer Bemerkung, die seinen Abgang hätte stilvoll erscheinen lassen, fand aber keine. Wie zu einem lässigen Gruß unter Kapitänen hob er zwei ausgestreckte Finger an die nicht vorhandene Schirmmütze, grüßte, stieg aus dem und zockelte los.

Delgado zeigte keine Reaktion. Als hätte er Dolfs Abgang noch nicht einmal bemerkt. Es war schlecht gespielt, fand Dolf.

15

Die karge Hügellandschaft vor dem Hafen von Cartagena, westlich vom Cabo Tiñoso, lag als militärisches Sperrgebiet um eine weitläufige Festung aus der Zeit vor dem Zweiten Weltkrieg. Deren lichte Märchenarchitektur war mit Türmchen und Zinnen, Erkern und Verzierungen geschmückt, die keinerlei militärische Funktion hatten, sondern nur der Tatsache geschuldet waren, dass an diesem Ort Soldaten über Jahre Wache geschoben hatten und ihre Obersten sie damit beschäftigten, immer neue Bögen, Wasserspeier und imitierte Felsen aufzumauern und auszubessern.

Die Hauptstraße der verlassenen Kaserne, nicht mehr als eine gepflasterte Gasse, schlängelte sich zwischen den Gebäuden hindurch, die in das Relief des Höhenzuges eingepasst waren. Über den Flachdächern war der Fels zu einem Plateau abgetragen, das freie Sicht und Schussfeld auf das Meer hinaus bot. Und nicht das kleinste Fleckchen Schatten. Dolf hielt sich schützend die Handfläche über die Augen. Die Küste konnte man in beide Richtungen bis zum Horizont überblicken, aber die Cala Perdida selbst lag hinter Hügeln uneinsehbar verborgen. Wahrscheinlich hatte sie daher ihren Namen, die verlorene Bucht.

Concha hatte ihm den Weg dorthin genau erklärt. Es gab einen schmalen Pfad entlang der Küste, der sich um jede einzelne Bergflanke wand. Er verlief knapp über Meereshöhe fast zehn Kilometer durch unwegsames Gelände. Dieser Pfad war etwas für Wanderer und Verrückte, denen es nichts ausmachte, zwei Stunden über Steine und Geröll zu klettern. Für jemanden mit nur einem intakten Bein wie Dolf war er undenkbar. Oder man konnte ein Stück weit auf den alten Melderwegen der Festung vorankommen.

Unterhalb der alten Festung duckten sich vorgelagerte Wachhäuschen ins Gelände, von denen man das umgebende Meer und die wichtigsten Buchten überblicken konnte. Von diesen Unterständen führten Pfade hoch in die Kaserne der Wachsoldaten. Noch in den fünfziger Jahren waren die Wege für geländegängige Motorräder befahrbar gewesen, aber inzwischen waren sie zugewachsen oder mitsamt ihren Stützmauern abgerutscht. Für Dolfs alte Vespa jedenfalls waren die Motorradpfade nicht passierbar. Die Cala Perdida war von Land aus praktisch nicht zu erreichen. Das machte sie für Bootsausflügler umso interessanter. Auch Dolf brauchte ein Boot, das lag auf der Hand.

Er kletterte die Steinstufen hinab in die staubige Gasse, wo er die Vespa abgestellt hatte, und machte sich auf den langen, kurvigen Heimweg.

Dunkelheit machte Dolf schlechte Laune. Wenn in den frühen Morgenstunden die Dämmerung ums Verrecken nicht anbrechen wollte, suchten ihn düstere Gedanken heim. Waren es Schatten aus seinem Unterbewussten, die sich anschlichen, sobald er sie nicht mit Alkohol in Schach hielt? Dolf hasste diese bleiernen Stunden, ihm graute vor den unergründlichen, abseitigen Empfindungen, die doch seine eigenen waren. Sonny Delgado und die Bierdosen. Das sinnlose Pelotaspiel mit den unzähligen Werbeunterbrechungen. Die klare Weigerung des Schönlings, ihm mit dem Namen des zweiten Mannes weiterzuhelfen. Sein gespieltes Desinteresse. Seine

Unachtsamkeit, als er eingestanden hatte, dass er sich an das zweite Mädchen erinnerte. An die Dürre.

An diesem Morgen machte Delgados ungezügelt zur Schau gestellter Reichtum Dolf wütend. Dabei hatte Sonny völlig recht: Mar, das Model mit den guten Knochen und dem großflächigen Gesicht, hätte es in Dolfs Welt keine zwei Minuten ausgehalten. Dafür sah sie zu schön, zu anspruchsvoll, zu zielstrebig aus.

Aber die andere, die Dolf bei sich *la flaca* nannte, ging ihm nicht aus dem Kopf. Weil er sie von irgendwoher kannte und nicht darauf kam. Ächzend rappelte er sich auf, hopste zur Werkbank, knipste seine alte Schreibtischlampe an und richtete sie auf das Poster. Die Glühbirne spiegelte sich in der Hochglanzoberfläche. Dolf verschob den Leuchtenkopf. Irgendeine Erinnerung sagte ihm, dass das Gesicht des Mädchens von oben angestrahlt gehörte.

Dolf stand lange vor der im Lichtschein isolierten Figur. Er kannte dieses Gesicht, es hatte etwas Gehetztes. Das Mädchen war wunderschön, zart und sehnig zugleich, leidenschaftlich und verletzlich. Abgehärmt. Kam sie ihm mager vor oder nur superschlank?

Sie war hübsch, sicher, vielleicht etwas gefällig, aber sehr attraktiv. Doch er spürte genau, dass es nicht das war, was ihn an dieser Person irritierte. Irgendeine flüchtige Erinnerung sagte ihm, dass etwas mit diesem Mädchen passiert war, dass sie verschwunden oder tot war.

Er starrte sie an, bis ihm die Augen brannten. Dann knipste er das Licht aus.

Er wollte im Yachthafen nachfragen, ob er sich eines der Arbeitsboote ausleihen konnte. Es waren alte, schwach motorisierte Schlauchboote, die dazu benutzt wurden, Heckanker auszubringen oder größere Yachten mit ungeübten Skippern in ihre Boxen zu bugsieren. Dolf konnte sich nicht vorstellen, dass es schwierig sein würde, eines davon für ein paar Stunden auszuborgen, um die wenigen Seemeilen ums Cabo Tiñoso herum bis zur Verlorenen Bucht zu fahren.

Aber sie wiesen ihn schon am Eingang zurück. Er hatte Hausverbot im Yachtclub. Sie bedauerten freundlich, aber sie hatten vor, sich daran zu halten, wie ihn Carmen *la rubia* am Empfang unmissverständlich beschied.

Der kleine Kutter, den er sich von seinem Trinkkumpan Diego ausborgte, spottete jeder Beschreibung. Es war ein mickrig schmales, dabei schwer im Wasser liegendes Arbeitsboot mit geschwungenen Borden, die am Bug einen unglücklich großen Überhang bildeten. Am Heck ragte der übermannshohe U-Bogen aus armdicken Stahlrohren empor, über den sie wohl irgendwelche Leinen einbrachten. Am Bug war eine klobige Netzrolle angeschweißt. Kurz dahinter reckte sich das winzige Deckhaus in die Höhe, nicht mehr als ein schwankendes Klohäuschen, nur mit besserer Aussicht.

Diegos Kahn war altertümlich und unpraktisch und abgrundtief hässlich. Vom Gestank, der von seinen Deckplanken ausging, ganz zu schweigen. Die *Sera* war der räudige Köter unter den Booten, sie war das Letzte.

Sie wurde mit den Knien gesteuert. Irgendwo unter dem Freibord, nur im Sitzen zu bedienen, gab es einen Gashebel und ungefähr in der Mitte des Hecks ragte der abgegriffene Stummel eines Stahlrohrs hervor. Im Sitzen oder besser Kauern, mit dem Rücken zur Fahrt, konnte man das Ding auch mit der Hand steuern. Aber jeder der bisherigen Eigentümer hatte es im Stehen gefahren, die Waden gegen das Freibord gepresst, denn es gab keine Möglichkeit, sich irgendwo festzuhalten.

Dolf fluchte und versuchte es. Im Fischerhafen von Algameca Chica mochte es angehen, aber sobald er hinaus aufs ungeschützte Meer kam, würde er sich etwas einfallen lassen müssen.

Es war Sommer, es gab nicht viel Wind. Ungemütlich war es trotzdem. Der Kutter machte nicht viel Fahrt, doch er kam voran, es gab wirklich keinen Grund zur Klage. Die *Sera* war ein billiges Flittchen, sie machte es umsonst. Dolf musste sie nur rechtzeitig zum Auslaufen am frühen Morgen zurückgebracht haben.

In der Verlorenen Bucht war der abgeschrammte Kutter ein einziger Skandal. Hätte Dolf seinen nackten Rücken signalrot lackiert, er hätte nicht mehr Aufsehen erregt. Dabei war es spät am Vormittag, und die Übernachtungsyachten waren längst weitergezogen. Die Nachmittagsausflügler kamen erst nach und nach. Die paar Bootsbesitzer, die schon da waren, fläzten sich unter den Sonnensegeln oder schaukelten träge in ihren Hängematten. Es war die ruhigste Zeit des Tages.

Die Bucht bot Platz für vielleicht dreißig Yachten, wenn sie nicht einzeln ankerten, sondern im Päckchen. Im Augenblick waren nur vier da. Aber alle Augen des runden Dutzends Wassersportler an Bord und am Strand starrten auf Dolf und seinen Kahn wie auf einen Außerirdischen. Er setzte den Kutter mit Wucht auf den Kiesstrand und zog nachlässig eine Leine um einen Felsen. Er hatte nicht vor, lange zu bleiben.

Andererseits hatte er schon vom Kahn aus entdeckt, weshalb er hier war: Der gelbbraune Felsen bildete eine Art Vertiefung, fast eine Grotte, im scharfkantigen Vulkangestein. Davor ragten die einladend ausgewaschenen Felsen auf, auf denen damals die Strandtücher gelegen hatten. Es war unzweifelhaft der Ort, an dem im letzten Herbst das Picknick stattgefunden hatte. Wo das Foto aufgenommen worden war, dessen Einzelheiten sich Dolf inzwischen so eingeprägt hatten, als hätte er die Aufnahme selbst gemacht. Er sah sich gründlich um.

Es gab nichts.

Hinter einem kleinen Kiesstrand führte ein trockenes Tal zu einer aufragenden Felsformation. Bis auf einen zweiten, kleineren Kiesstrand war die Bucht rundherum von Hügeln umgeben. Ein Pfad wand sich in das Geröll um eine Anhöhe herum und wurde offensichtlich zu einem einzigen Zweck benutzt, den die Fetzen weißen Weichpapiers verrieten, die schon nach wenigen Metern links und rechts des Weges auftauchten. Der Trampelpfad endete nach weniger als hundert Metern im Nichts, im Sichtschutz der kleinen Erhebung.

Es musste einen weiteren Pfad geben, das wusste Dolf aus der Generalstabskarte der Gegend, die er sich im Rathaus kopiert hatte. Aber er konnte ihn nicht finden, er wurde so gut wie nie benutzt. Die Bucht war ausschließlich vom Meer her zugänglich. Dolf kam sich lächerlich vor mit seinem Klappspaten aus der *ferretería* auf der Schulter, der ihn und seinen Fischerkahn noch unpassender wirken ließ. Er wusste selbst nicht recht, was er eigentlich erwartet hatte, aber er hatte den deutlichen Eindruck, es nicht zu bekommen.

Er warf den Spaten zurück ins Boot. Es gab nichts zu graben. Alles war steinig und felsig, so trocken und ohne Bewuchs, dass man noch nach Monaten gesehen hätte, wenn jemand die Steine bewegt hätte. Einen Steinhaufen, um einen Leichnam zu verbergen? Er hätte sich ohrfeigen können für die Schwachsinnsidee, so karg war die Gegend. Wenn man nicht gerade vorhatte, eine halbe Stunde lang die Berge hochzuklettern mit einer Leiche über der Schulter, dann gab es keine Möglichkeit, sie loszuwerden. Alles war Geröll und Felsen, keine Erde. Kein Friedhof.

Dabei wusste er noch nicht einmal, ob es überhaupt eine Leiche gab. Er wusste nicht, wonach er suchte.

Er stellte sich auf die felsige Plattform aus Vulkangestein, wo das Picknick stattgefunden hatte. Die Kamera musste auf einem Steinhaufen platziert gewesen sein. Die fünf auf seinem Foto waren genau hier gewesen, nur später am Nachmittag.

Aber es gab nichts, was ihm verraten hätte, was hier vor nicht ganz zwölf Monaten passiert sein konnte. Fünf junge Leute, zwei mit einem gemieteten Boot und Tomás als Skipper, Sonny mit seinem Mädchen des Sommers, waren die halbe Stunde – mit ihren Power-Yachten, für Dolf hatte es mehr als drei Stunden gedauert – hier herausgedonnert, hatten den Nachmittag, den Abend und wahrscheinlich auch die Nacht hier verbracht und es sich gutgehen lassen.

Aber was konnte schiefgegangen sein? Es gab keinen Felsen, von dem herab jemand einen tollkühnen und vielleicht tödlichen Sprung hätte machen können. Der Kiesstrand war sanft und einladend. Es gab keine Strömungen, das Wasser schwappte gelangweilt in der Bucht, einem perfekten Naturhafen.

Dolf hatte gehofft, dass ihm der Ort irgendeinen Aufschluss über den Verlauf der fraglichen Stunden geben könnte, und war enttäuscht. Er schoss eine ganze Reihe Fotos, die Perspektive seines Erinnerungsfotos ebenso wie Panoramaaufnahmen von der Bucht, von der Anhöhe dahinter bis hinauf zu den Fernsehmasten auf dem Bergrücken. Doch je mehr Aufnahmen er machte, umso missmutiger wurde er. Weil ihm klar war, dass er hier nichts herauskriegen konnte.

Nachdem er den Kahn im Fischerhafen von Algameca festgemacht und den Zündschlüssel wieder an der vereinbarten

Stelle unter dem Freibord versteckt hatte, sprang Dolf auf die mürbe Kaimauer. Es war gerade dunkel geworden, noch zu warm für Nebel, aber ein kränklich aussehender Dunst wand sich um die Laternen auf dem Pier. An einem der Lichtmasten stach ihm der Rest eines angeklebten Papierstreifens ins Auge. Er glänzte im Schein der hohen Lampe, und Dolf wusste mit einem Herzschlag, wonach er gesucht hatte.

Ein paar Minuten später holperte er hastig in die Bar. Es war kaum etwas los.

»Lange nicht gesehen, mein Alter. Das Übliche?«

»Nein danke. Nur eine Auskunft. Das Plakat …«

»Liest du keine Schilder?«

»Wie?«

»Geh vor die Tür, dreh dich um, was liest du, was steht dort in großen blauen Leuchtbuchstaben, na? – Steht dort ›Auskunft‹?«

»Verzeih, Angel, ich versteh schon. Mach mir einen Tee. Kamille. Oder Kräuter.«

»So schlimm steht es um dich?«

»Nur für den Moment, eines Tages trink ich schon wieder.«

»Tee dauert aber.« Achselzuckend, nicht ärgerlich.

»Oder meinetwegen eine Orangina.«

»Gut. Kommt sofort.« Angel wollte sich abwenden, Dolf hielt ihn am Ärmel fest. »Unten am Hafen hing ein Plakat. Eine Suchanzeige. Nach einem Mädchen.«

»Die ist tot.«

»Was?«

»Die mit den Augen? Mit dem Irisfehler, die sie überall gesucht haben, die Küste hoch und runter? «

»*¡No, maldito!* Nicht Maddie, die kleine Engländerin.«

»Welches Mädchen denn?«

»Draußen an den Laternen am Kai hingen Plakate von

einem Mädchen, so achtzehn, zwanzig, *no sé*. Die vermisst wurde, irgendwann letztes Jahr. Erinnerst du dich nicht?«

»Nicht an den Namen. Aber es war ein hübsches Mädchen.«

»Eben. Wer hat sie vermisst?«

»Maria, die Sozialhelferin. Drüben in der Neustadt. Die eine Teestube für Drogenleute betreibt. Dort gibt's auch Kräutertee.«

16

María erinnerte sich sofort und freute sich über Dolfs Interesse. Sie hatte sogar noch Exemplare des Plakats da, einfache Fotokopien, die sie überall dort aufgehängt hatte, wo sie wusste oder vermuten musste, dass man Xenia gekannt haben könnte.

Vermisst: Xenia. Dazu ein grobkörniges Foto, offensichtlich die Vergrößerung eines Schnappschusses von einem Markt oder Flohmarkt. Xenia Gutiérrez lautete der Name des Mädchens. Aber nicht einmal María wusste, ob das ihr richtiger Name war.

Sie stellte keine Fragen. María betrieb eine Teestube, es war ein skandinavisches Konzept, das sich über die ganze westliche Welt ausgebreitet hatte. Ein nicht wirklich gemütlicher oder auch nur besonders sauberer Aufenthaltsraum mit Tischen und Stühlen, wo man Tee oder Kaffee oder Wasser bekommen konnte. Dahinter, nur durch Vorhänge abgetrennt, Waschräume und Duschen und eine Waschmaschine für den allgemeinen Gebrauch. Man konnte Spritzen tauschen und sich die Adresse eines Zahnarztes holen, der keine überflüssigen Fragen stellte, wenn er entzündetes Schleimhautgewebe unter der Zunge oder Einstichstellen am Gaumen fand. María hatte Dolf mitten in ihrem Laden eine Tasse *manzanilla* hingestellt. Der Aufenthaltsraum war zugleich Hauptquartier und Versammlungsraum des Vereins, den María gegründet hatte, um die Drogenleute von der Straße zu holen.

Dolf fühlte sich verletzlich wie im *baño turco* ohne Handtuch. Es war eine Welt, die ihn bloßstellte und durchschaute. Die er ebenso ungern an sich ranließ wie den Schweiß vom Hintern seines Vorgängers auf den gewärmten Kacheln. Vor ihm lagen, wie er befürchtete, irgendwelche Drogengeschäfte, Kleindiebstähle, gestreckter Stoff und Streitereien um den nächsten Schuss. Er hatte keine Lust auf die Szenerie, die ihn erwartete. Aber er hatte diesen Job angefangen, und er würde ihn zu Ende bringen. Soweit er eben kam.

»Interessiert Sie das überhaupt?«

»Mich interessiert alles, was ich über Xenia rauskriegen kann.«

María war okay. Sie hatte die Figur und die hungrigen Augen einer Sechzehnjährigen, dazu die Haut und die Stimme von drei Schachteln am Tag über die letzten dreißig Jahre. Sie und Dolf waren sich auf Anhieb so sympathisch wie Nikotin und Alkohol. »Ich würde Sie gern sprechen.«

María nickte mit düsterem Blick.

»Wann haben Sie sie zuletzt gesehen?«

»Im Juli.« Am ersten Donnerstag in jedem Monat gab es einen Literaturkreis, ihren sogenannten *salón*. Ehemalige Abhängige, Freunde des Vereins und Unterstützerinnen trafen sich dort zu Leserunden. Vor allem die Ehemaligen hielten so Kontakt. Auch lange nachdem sie aufs Spritzentauschen, Duschen und auf die kostenlose Maschinenwäsche nicht mehr angewiesen waren.

»Dort ist Xenia aufgetaucht?«

»Aufgetaucht ist vielleicht nicht das richtige Wort. Ich weiß nicht mehr, wann sie das erste Mal erschien. Das muss ein paar Jahre her sein. Aber sehr schnell ist sie das Herz dieses Kreises geworden. Blitzgescheit, gebildet, belesen. Vor allem geschmackssicher.«

»Dabei kann sie nicht weit über zwanzig gewesen sein, oder?«

»Zweiundzwanzig. Sie war achtzehn, als sie das erste Mal hier aufschlug.« María wies mit dem Kopf nach hinten, in die Räume für die akut Drogensüchtigen. Sie schüttelte eine Zigarette aus der Schachtel und zündete sie an, es war sicher die dritte, seit Dolf dort saß. Unwillkürlich meldete sich sein Husten zurück, die Erinnerung an das morgendliche Ritual, wenn er, vom Kratzen im Rachen geweckt, sich schon im Bett die erste angesteckt hatte. Er war froh, dass er wenigstens davon losgekommen war.

»Sie war besonders.« Die Teilnehmer des *salón* hatten sich oft gefragt, wie ein Junkie wie Xenia an die neueste Literatur kam und wo sie die Zeit zum Lesen fand. Sie kannte alles und hatte alles gelesen. Sogar mehr als die beiden Buchhändlerinnen, die ebenfalls zum Lesekreis gehörten.

»Dabei gab sich Xenia ganz schlicht«, erklärte María, »sie lese einfach gerne, sagte sie. Wann und wo, darüber schwieg sie sich aus. *¡Un fenómeno!* Absolut regelmäßig kam sie zu unseren Treffen.« María sog heftig an ihrer Zigarette und stieß den Rauch durch die Nase aus. »Im Sommer ist bei uns weniger los. Unsere Klienten zieht es nach Süden. Aber als Xenia auch im Oktober nicht mehr zu den Salons kam, haben wir uns Sorgen gemacht. Sie war keine, die einfach weggeblieben wäre. Die nicht wenigstens Bescheid geben würde, wohin es sie verschlagen hatte.«

»Adresse hatte sie keine?«

María zuckte die Achseln. »Das war ein weiterer Punkt, über den sie sich ausschwieg. Sie war immer wie aus dem Ei gepellt, sie lebte sicher nicht auf der Straße. Aber sie wollte nicht, dass wir wussten, wo sie Unterschlupf fand. Oder bei wem.«

»Also haben Sie die Zettel rausgehängt?«

»Xenia war anders als alle, die ich bisher erlebt habe. Ich klebe keine Poster für jede, ich bin Sozialarbeiterin, keine Heilige.«

Sie schwiegen eine Weile. María war angesäuert, Dolf merkte es an der fahrigen Art, wie sie an ihrer Zigarette sog. Er wusste nicht recht, was er Falsches gesagt haben könnte. »Ich wollte nicht schlecht über Ihre Arbeit sprechen, María. Das war nicht meine Absicht.«

»Schon gut.«

»Kannten Sie jemand von Xenias Freunden?«

»Sie hatte nicht viele. Niemand aus unserem Kreis. Auch das war eines der Themen, über die sie lieber schwieg, wie Sie sich denken können.«

»Hatte sie Kontakt zu Geld, zu begüterten Kreisen?«

»Altes Geld?«

»Oder neureich, ich weiß es nicht. Ich seh da noch nicht klar.«

»Nicht dass ich wüsste. Das heißt …«

Einmal war María aufgefallen, dass Xenias Wäsche markiert war. Mit gestickten Einnähern, die ein stilisiertes Wappen zeigten. Das bedeutete wohl, dass sie aus gutbürgerlichen oder sogar adeligen Kreisen zu kommen schien, fand María. »Und das würde natürlich auch ihre literarische Bildung erklären.« Aber nach Marías Eindruck hatte sie keinen Kontakt mehr zu ihrer Familie.

Dolf überlegte, ob er ihr das Foto zeigen sollte. Allein die Tatsache, dass er zögerte, ärgerte ihn maßlos. Er hatte nicht vor, sich einschüchtern zu lassen. Jedenfalls nicht von irgendwelchen Katzenschändern.

Auf seinem Handy hatte er eine Porträtaufnahme des Schweigsamen. Abfotografiert vom Fotoposter. Er hielt María das Display hin. »Könnte das einer von Xenias Freunden sein?«

María sah sich das Foto genau an. »Eher nicht. Xenias Freunde waren irgendwie … älter.«

María erinnerte sich an einen Abend im neuen Yachtclub. Als der Hafen aufgehübscht worden war, hatte die Stadtverwaltung auch dem Restaurant des Yachtclubs ein neues Domizil spendiert. Einen kühlen Bau aus schiefergrauem Beton und getönten Glasflächen. Mondän, streng, teuer und meist leer. Aber das Essen war gut und der Ausblick auf den Hafen unverstellt. Genau das Richtige, um Leuten aus der Großstadt die modernen Seiten Cartagenas zu zeigen. Auch María war mit einer Kollegin aus Madrid auf einen Drink hereingeschneit und hatte dort Xenia zufällig sitzen sehen. »Sie saß beim Abendessen mit einem Herrn in den besten Jahren. Gutsituiert, ein stattlicher Mann.«

»Ihr Vater vielleicht?«

»Nein. Für mich sah es aus wie eine Verabredung. Xenia war für den Abend zurechtgemacht, hohe Hacken, tiefer Ausschnitt. Sie hat mich nicht bemerkt.«

»Haben Sie später danach gefragt?«

»So lief das nicht zwischen uns. Wir stellen hier keine Fragen.«

»Verstehe.« Dolf versuchte seine Enttäuschung zu verbergen. »Den da kennen Sie jedenfalls nicht.« Er packte sein Handy wieder weg.

»Tut mir leid.« María schien ihre Unterhaltung als beendet zu betrachten und drückte ihre Kippe aus. »Falls Sie Xenia finden sollten, bitte grüßen Sie sie herzlich von mir. Ich werde sie immer in Erinnerung behalten.«

»Sie glauben nicht, dass ich sie finden werde, *verdad*?«

María schaute ihm lange prüfend in die Augen. »Ich müsste

mich sehr täuschen, wenn sie nicht tot ist. Und ich täusche mich nicht oft.«

»Sie Glückliche!«

»Denken Sie, was Sie wollen. Es ist kein Privileg.« Urplötzlich kam sie Dolf weise und sehr viel älter vor, als sie sein konnte.

»Wie lauteten Xenias Initialen?«

»X. R. G.«

»Also könnte Xenia Gutiérrez ihr richtiger Name sein?«

»Ich würde nicht darauf wetten.« María steckte ihre Zigarettenschachtel ein.

»Ich nehme mir einen der Anschlagzettel mit, wenn Sie erlauben.«

»So viele Sie wollen. Viel Glück damit.«

»Sie muss sehr hübsch gewesen sein.«

»Das hübscheste Ding, das ich jemals gesehen habe.«

»Auch wenn sie auf Droge war?«

»Sie hat nie wieder etwas genommen, nachdem sie bei uns entzogen hatte. Sie war nicht der Typ, dem man das nicht glauben konnte. Sie ist clean geblieben, da bin ich mir sicher.«

Egal, was sie sagte, Dolf wünschte sich, er könnte seinen Instinkten so vertrauen, wie María das offensichtlich tat. Sie verabschiedete sich mit herzlichen Wangenküsschen, links-rechts-links, süßliches Parfüm und bitteres Tabakaroma, und ließ ihn bei seinem Kamillentee zurück.

Er vertraute niemals seinem Gefühl oder seiner Menschenkenntnis. Nicht für einen Tag. Nicht mehr, seit er mit der Eisfabrik übers Ohr gehauen worden war. Seit seiner Scheidung. Seit er die tödliche Entschlossenheit seines Sohnes nicht bemerkt hatte. In seinem eigenen Leben, fand Dolf, hatte er einfach ein paarmal zu oft danebengelegen.

17

Im neongelbgrünen Präsidium der Nationalpolizei von Cartagena an der Straße zwischen dem ovalen Kreisverkehr und der Plaza de España, keine fünf Minuten Fußweg von Dolfs Bude, hatten sie ihn stundenlang warten lassen. Um ihm dann gönnerhaft mitzuteilen, dass sie die Akte nicht hatten. Immerhin, es gab eine Vermisstenanzeige für ein Mädchen namens Xenia in den elektronischen Archiven der CNP. Nur lagerten die Papiere in Puerto de Mazarrón, der kleinen Hafenstadt in der übernächsten Bucht. Dolf kannte die Strecke. Sie ging über die Berge. Kein Vergnügen.

Das Revier der örtlichen *Policía judicial* in Mazarrón-Puerto lag hinter dem Hafen in einer brütend heißen Seitenstraße. Es gab jede Menge Parkplätze, aber jeder einzelne war besetzt.

Noch auf der kurvigen, steilen Straße durch die Berge hatte Dolf seine Vespa verdammt, hatte sich dafür verflucht, dass er nicht den Bus genommen hatte. Jetzt stellte er sie direkt auf dem Hof des Polizeireviers ab. Es war kein Gebäude, es waren zwei aneinandergeschobene Container, ein Provisorium, das im Laufe der Jahre immer wieder sorgfältig erweitert und neu gestrichen worden war und jetzt fast schon wie ein richtiges Polizeirevier aussah.

Das war schon die gute Nachricht. Die schlechte war, dass sie keine Vermisstenanzeige vorliegen hatten. Dolf hatte nur den Vornamen und das Aktenzeichen. Aber der Beamte behauptete steif und fest, zu diesem Zeichen gebe es keine Akte. *No, señor*. Das Aktenzeichen müsse außerdem falsch sein, weil es auf einen Vermisstenfall sechs Jahre zuvor verwies. Damals wäre Xenia erst sechzehn Jahre alt gewesen.

Etwas anderes gab es nicht. Dolf ärgerte sich. Dann nervte er den Beamten so lange, bis er die Anzeige mit dem alten Aktenzeichen heraussuchte. Es war tatsächlich Xenia, sechzehn, etwas pummeliger und selbstverständlich sechs Jahre jünger, fast noch ein Kind. Aber sie war es eindeutig. Allerdings gab die Vermisstenanzeige außer dem Namen und der damaligen Adresse der Familie kaum etwas her. Sie war ohne Begründung zurückgezogen worden.

»Heißt das, das Mädchen ist wieder aufgetaucht?«

»Das wäre ja eine Begründung. Nein, die Anzeige ist ohne Erklärung zurückgenommen worden.«

Dolf wunderte sich. In Deutschland wäre, soweit er sich erinnerte, eine Vermisstenanzeige von Staats wegen verfolgt worden. Und erst zum Abschluss gekommen, wenn der Verbleib der Vermissten aufgeklärt war, so oder so. Gleichgültig, wie lange es dauerte.

Der Polizist machte nicht den Eindruck, als könne ihn irgendetwas aus der Ruhe bringen. Außerdem war er sich nicht zu schade, Dolf an seinem reichen Fachwissen und seinen gesammelten Erfahrungen teilhaben zu lassen. Meistens tauchten die jungen Mädchen über kurz oder lang wieder auf, wusste er. Sie waren im Sommer die Küste hinauf- oder hinabgestreunt, hatten sich den ersten Sommersturm ins Gesicht wehen lassen, sich zum ersten Mal betrunken, sich zum ersten Mal verliebt. Ihre erste Nacht am Strand verbracht, sich zum ersten Mal richtig ausgekotzt. Ihre erste Pille für den Morgen danach hinter sich oder ihre erste Entgiftung, wenn es schlecht gelaufen war.

Und wenn der Sommer vorbei war und die kühleren Tage kamen, dann fanden sie sich wieder zu Hause ein, in den Familien, die sie noch im Frühjahr für unerträglich gehalten hatten. Ihre ganze Arbeit, also die Arbeit der Polizei, war umsonst gewesen. Oder wäre umsonst gewesen, wenn sie etwas unternommen hätten. Der Mann kannte sein Revier, er wusste über seinen Job Bescheid, und er hatte vor, ihn bis zu seiner Pensionierung ohne große Unannehmlichkeiten über die Runden zu bringen, seufzte er selbstgefällig.

Dolf bat um eine Kopie der Akte und bekam sie zugesagt. Der Vorgang war auf den Januar datiert. Xenia war also keins der jungen Mädchen, die den Sommer überschwänglich genossen hatten. Aber Dolf wollte sich die minimale Sympathie des Beamten nicht verscherzen, indem er ihn auf einen Irrtum in seiner eingeschränkten Sichtweise hinwies. Die Sache war schon Anfang Februar beigelegt worden, nach kaum drei Wochen. Zurückgenommen. Dolf fröstelte. Dann trat er hinaus in die Hitze, fror aber noch immer.

Der Weg zurück führte Dolf über die kurvige alte Küstenstraße durch die Berge. In engen Serpentinen ging es über einen Pass, eine der schönsten Strecken in der gesamten Provinz. Aber eben auch sehr steil. Seine Vespa drohte heiß zu laufen. Er hielt an einem der zahlreichen Aussichtspunkte. Es gab keinen Schatten. Dolf schaute die Straße entlang, suchte die Aussichtspunkte weiter oben danach ab. Auf einem stand ein einzelnes Fahrzeug, ein verschlissener Kleinwagen. Aber auch dort schien es keinen Schatten zu geben. Es war heißer als auf der Straße, wo wenigstens der Fahrtwind ein wenig kühlte.

Dolf warf den Roller wieder an. Im zweiten Gang, mit hoher Drehzahl, war er eine Behinderung für den Durchgangsverkehr. Die kurvige Straße war nicht breit genug, dass man ihn bei Gegenverkehr überholen konnte, aber wen kümmerte das? Die Autofahrer schienen es eilig zu haben, aus der Hitze herauszukommen, egal wohin. Sie hupten, sie krochen ein paar Minuten lang hinter ihm her, aber dann überholten sie doch, Gegenverkehr hin oder her.

Er hatte sich fast schon daran gewöhnt, dass sich die Autos bis auf wenige Zentimeter an ihn heranschoben, er schaute noch nicht einmal mehr hin, sondern konzentrierte sich darauf, nicht von der Straße gedrängt zu werden, als ein Wagen ihn einfach rammte. Der Kleinwagen hatte zum Überholen angesetzt. Aus dem Augenwinkel nahm Dolf den rostroten Kotflügel neben sich wahr. Der Wagen zog nach rechts, energisch und ohne Zögern, und drückte Dolf gegen den Straßenrand. Dolf stieg auf die Bremse, bäumte sich auf, er warf sein gesamtes Gewicht gegen den Wagen, aber selbstverständlich hatte er keine Chance. Eine der gemauerten Steinzinnen, die anstelle einer Leitplanke die Straße begrenzten, umschiffte er taumelnd, aber die nächste Zinne versperrte ihm den Weg. Zwischen ihr und dem roten Kotflügel blieb kaum Platz für ein Bein. Also riss Dolf die Vespa herum und steuerte sie über die Kante der Straße.

Er konnte nicht sehen, was unter ihm lag. Der Roller sackte nach hinten ab, wo ihn Motor und Getriebe beschwerten. Dolf kam auf die Beine, stürzte auf eine steile Geröllhalde zu, die ihm den Roller unter den Füßen wegschlug. Mit seiner linken Hüfte krachte er in den Kies, wurde herumgewirbelt und kam auf einem erstaunlich ebenen Fleck zu liegen.

Vor ihm kreischte die Vespa, auf der Seite kreiselnd, über eine weitere Straßenkante hinaus und fiel außer Sicht. Nur ihr blechernes Aufkrachen war zu hören. Dolf sah alles wie vergrößert. Noch eine Straße, noch einmal Asphalt?

Er hatte Glück im Unglück. Unterhalb der neugebauten Küstenstraße zogen sich die Reste der ehemaligen Landstraße durch das Tal. Einige Schleifen bildeten die Aussichtspunkte der neuen Straße. Ein Teilstück, wenige Meter unterhalb der neuen Route, hatte ihm gerade das Leben gerettet. Mit etwas weniger Dusel läge er jetzt mitsamt der alten Vespa am Grund der Schlucht, zig Meter tiefer, zerschlagen.

Wer würde ihn vermissen? Santes wahrscheinlich. Vielleicht noch ein paar seiner Saufkumpane und der Alte hinter der Bar. Galicia womöglich. Aber sonst? Da war nicht gerade viel, was sein Leben ausmachte. Dolf spürte Selbstmitleid in sich aufsteigen. Weinerlichkeit war etwas, das er nicht ausstehen konnte. Er rückte sein verrutschtes Bein zurecht, rollte sich auf den Bauch, schob sich über die Kante und spähte hinab. Tief unten lag sein verbeulter Roller, das Vorderrad drehte sich noch, irgendwas rauchte dünn wie heiß gelaufene Bremsen.

Oben brauste ein Fahrzeug vorbei. Über ihm war die Stützmauer der Straße. Ein Stück weiter den Berg hinauf verschwand ein Schatten, wie ein hastig zurückgezogener Kopf. Ob der Typ nach ihm sehen würde? Ob er sichergehen wollte, dass es Dolf tatsächlich erwischt hatte?

Sofort war er auf den Beinen, kroch und kletterte auf allen vieren die Böschung zur Straße hoch, überwand die senkrechte Stützmauer, die an manchen Stellen nur knapp hüfthoch war. Er schob seinen Kopf über die Kante und spähte die Straße hinauf. Tatsächlich, ein paar Kehren weiter oben wartete der rostrote alte Seat. Stand die Fahrertür offen? Dolf konnte es nicht richtig erkennen. Der Fahrer – hatte er nicht Ginés' rollenden Gang? – lief am Straßenrand entlang, suchte einen günstigeren Standort, spähte unschlüssig den Abhang hinab. Blickte sich unsicher um … und in dem Moment sah Dolf, so getrübt seine Sicht auch war, die Augen des Mannes aufleuchten: Er hatte Dolf gesehen.

Dolf versuchte die Entfernung abzuschätzen. Gab es eine Möglichkeit, den Wagen zu erreichen? Er war zu weit weg, es ging bergauf. Und Dolf war angeschlagen.

Aber das Kennzeichen hätte er klar und deutlich vor sich sehen können, wenn er seine Brille dabeigehabt hätte. Dolf fluchte. Da heulte der Motor des Kleinwagens auf, er schoss mit quietschenden Reifen aus der Haltebucht und jagte unter dem Hupen der anderen Fahrzeuge den Berg hinauf.

Der übrige Verkehr lief ungerührt weiter, als sei nichts geschehen. Vermutlich hatte niemand, jedenfalls kein Unbeteiligter, Dolfs Unfall mitbekommen. Er hievte sich zum Straßenrand hoch, den Rücken zum Verkehr, das Gesicht über das Tal, unter der sengenden Nachmittagssonne. Er nahm seinen Helm ab. Dieses Mal hatte ihm die alte Plastikschüssel unbestreitbar das Leben gerettet. Im nächsten Moment sackte er zusammen. Er war nahe daran, ohnmächtig zu werden. Er hörte sich keuchen, spürte, dass ihm schwarz vor Augen wurde, dass seine linke Hüfte höllisch brannte und er seinen rechten Arm von der Schulter abwärts kaum bewegen konnte.

Neben ihm kam ein Wagen zum Stehen. Die Beifahrerin ließ die Seitenscheibe heruntersurren, beugte sich heraus und rief ihn an. »Sind Sie in Ordnung? Brauchen Sie einen Krankenwagen?«

Dolf zog unschlüssig die Achseln hoch. Es schien alles in Ordnung zu sein. Bis auf die Schmerzen. Er winkte unwirsch ab. »Danke. Geht schon. Vielen Dank.«

Die Beifahrerin ließ kopfschüttelnd ihre Scheibe wieder hochfahren und starrte ihn mit großen Augen an, während ihr Begleiter ungehalten den Wagen die Steigung hinaufjagte.

Dolf ließ sich die Böschung hinabgleiten auf die Fahrbahn

der alten Landstraße. Er hatte eine blutende Schramme am Jochbein. Aber sonst? Er bewegte jedes einzelne Glied, er schien Riesenglück gehabt zu haben. Es war alles intakt, jedenfalls keine Knochenbrüche.

Keine zwei Stunden später setzte der Abschleppwagen Dolf und die schrottreife Vespa vor seiner Haustür ab. Der Roller ließ sich nur noch mit dem Kran bewegen. Er stand am Straßenrand wie eine verunglückte Blechskulptur, ein trauriger Anblick. Dolf überlegte, ob es sich lohnte, ihn abzuschließen. Winkte ab. Machte es aus alter Gewohnheit dann doch.

Um sich vernünftig zu waschen, war er zu müde und zu zerschlagen. Die Abschürfungen im Gesicht machten den schlimmsten Eindruck, er reinigte sie mit dem ockerfarbenen Zeug, das sie nur noch fürchterlicher aussehen ließ. Dolf zuckte zusammen, aber das scharfe Brennen war nichts gegen die Schmerzen in seiner Hüfte. Er ließ sich auf sein ungemachtes Matratzenlager fallen.

Am nächsten Vormittag erstattete Dolf Anzeige auf der Polizeiwache mit dem selbstgefälligen Polizisten. Der Blasierte nahm den Text unbeteiligt auf. Er hätte ihn ebenso gut direkt in den Papierkorb schieben können.

… von einem Fahrzeug von der Straße gedrängt worden zu sein, auf der Landstraße 363 zwischen La Azohía und Canteras, bei Kilometer 56; rostrotes Fahrzeug, Fabrikat Seat, Modell Ibiza, Baujahr ca. 1990, Kennzeichen unbekannt.

Dolf zuliebe ließ er sogar eine Halterabfrage nach dem Fahrzeugmodell und der Farbe Sierrarot laufen. Allein in der Gegend um Cartagena und Mazarrón gab es dreiundzwanzig Exemplare des Modells mit passendem Baujahr. Das war so ziemlich alles, was der Polizist für ihn tun konnte. Oder jemals vorhatte, in dieser Sache zu unternehmen. Sie wussten es beide. Aber es hätte nicht geholfen, darüber zu sprechen. Dolf ballte die Faust unter dem Tisch. Das Einzige, was er damit erzielte, war ein böses Stechen in seiner Schulter.

Mit seiner lädierten Hüfte dauerte der Rückweg vom Busbahnhof durch die Altstadt länger als eine halbe Stunde. Die buntgestreiften Markisen der *ferretería* leuchteten Dolf entgegen wie die grünen Palmwedel einer Oase in einem von Santes' Reiseprospekten.

»Felipe, hast du einen Schluck Wasser für mich?«

»*Hombre*, wie siehst du denn aus? Wieder ein Glas zu viel gehabt?«

Dolf war nicht nach Scherzen zumute. Aber er hatte auch keine Kraft für Erklärungen. Er ließ sich den Pappbecher mit dem Eiswasser aus dem Spender geben und dankte trocken. Er brauchte ein Stück Kantholz, fünfzig mal fünfzig Millimeter, länger als sein Arm. Und er wollte partout nichts davon hören, dass ein Meter Edelstahlrohr besser geeignet sei. Felipe sägte missmutig den Balken zurecht und schob ihn Dolf über den mit Krimskram vollgepackten Tresen. »Sag nur Bescheid, wenn du ihn als Geschenk verpackt haben willst.«

Dolf rang sich ein müdes Lächeln ab. Das Kantholz wollte er sich unter den Arm klemmen, ließ es aber bleiben, als er den stechenden Schmerz spürte, der ihm dabei in die Schulter fuhr. Er biss die Zähne zusammen und humpelte hinaus, den unhandlichen Balken an sich gepresst wie ein Schoßhündchen.

Zu Hause präparierte er das Kantholz und glättete ein Ende als Handgriff. In das andere Ende trieb er sieben 100er Nägel, einmal glatt durch das Holz, aber in verschiedene Richtungen verschränkt. Ihre Spitzen ragten fingerlang auf der anderen Seite heraus und gaben dem Balken das Aussehen einer missratenen Zahnbürste. Er wollte Ginés nicht umbringen. Ihm weh tun, das schon.

Aber er musste damit warten, bis er wieder einigermaßen in Form war. Er lehnte die Zahnbürste neben seine Werkbank. Wie Werkzeug, wie einen Spaten oder eine Hacke, die einen daran erinnern sollten, dass man noch eine Arbeit zu erledigen hatte. Es war kindisch, er schimpfte mit sich selbst, wie mickrig und kleinkariert er sich dabei vorkam. Aber zugleich tat es ihm gut. Gegen die Schmerzen in seiner Hüfte half es auch.

18

Dolf kannte die Straße, er wusste, dass es eine Adresse in der Altstadt war, aber dennoch überraschte ihn das Grundstück. Es grenzte an den Park unterhalb des Castillo und des Freilichttheaters.

An einem der lauen Abende hatte Galicia ihn zum Aussichtspunkt auf der Stadtfestung geführt und ihm die Geschichte des Hafens erklärt. Aber von hier aus, weiter unten am Hang, lag die Bucht fast zum Greifen nah und völlig unverstellt vor ihm. Gerade rauschte ein Schnellboot der Küstenwache mit rotblitzenden Alarmlampen aus der Hafeneinfahrt. Wahrscheinlich war es zu einem der Frachter unterwegs, die draußen in der Bucht vor sich hin rosteten, während sie auf Reede lagen und auf neue Aufträge und bessere Zeiten warteten. Die Pötte dümpelten in der Hitze, die wenigen Besatzungsmitglieder saßen untätig herum und langweilten sich. Dabei kam es immer wieder zu Handgreiflichkeiten, wusste Dolf.

Der Berghang über dem Hafen war der älteste Teil der Stadt. Vor mehr als zweitausend Jahren hatten phönizische Händler hier eine befestigte Niederlassung gegründet; sechshundert Jahre später operierten sie von ihrer neuen Hauptstadt Karthago aus. Daher trug die Stadt ihren Namen *Cartago nova* seit römischer Zeit, in der ein riesiges Amphitheater für die aufstrebende Provinzhauptstadt aus dem Felsen gehauen wurde.

Im Mittelalter, unter arabischer Herrschaft, versank Cartagena in Vergessen und Verfall, einfache Hüttenbauten breiteten sich über das Amphitheater aus und plünderten dessen alte Steine als Baumaterial. Die Stadtfestung auf der Kuppe hinter Dolf, ein schmuckloser Bau aus der frühen Neuzeit, thronte auf den Ruinen dieser ehemals stolzen Vergangenheit.

Das Anwesen, an dessen Tor er jetzt läutete, lag mitten in der Stadt, dabei zugleich im Grünen und mit einem malerischen Blick über die Bucht. Es musste eine der besten Adressen der Gegend sein. Sie passte nicht zu einer Rumtreiberin und Junkiebraut. Dolf wunderte sich.

»*¿Quién es?*«

»*Adolfo Chíner, buenas tardes, señora.*«

Die Stimme der Frau an der Sprechanlage war zu fein, ihre Wortwahl zu geschliffen für eine Hausangestellte. Aber dennoch beharrte sie darauf, nicht die Señora, sondern nur ihre Zugehfrau zu sein. Die Hausherrin sei auf Urlaub. Sie komme erst im Herbst wieder. Wann genau, war nicht herauszubekommen. Die Dame wollte ihn abwimmeln, ohne dass es zu offenkundig feindselig klingen sollte.

Sollte er einen Brief schreiben?

Das stehe ihm selbstverständlich frei, aber die Señora bearbeite ihre Post nicht selbst, und die Señora gehe nicht persönlich ans Telefon, niemals.

Sollte er um eine Audienz betteln? Einen Moment lang überlegte Dolf, sich vor der Überwachungskamera theatralisch auf die Knie fallen zu lassen, aber seine Show hatte bisher noch nicht mal ein kleines Zeichen des Entgegenkommens oder der Amüsiertheit in die eisige Stimme der Señora zaubern können. Er war mit seinem Latein am Ende.

»Sind Sie katholisch?«

»Warum fragen Sie das?«

»Ich appelliere an Ihre Barmherzigkeit. Schenken Sie mir eine Viertelstunde Ihrer Zeit, damit ich meinen Seelenfrieden wiederfinde. Das dürfen Sie mir nicht verweigern.«

»Selbstverständlich darf ich das. Aber bitte, kommen Sie herein.«

Eine Seitenpforte in der Front des Hauses ging auf, abseits des Portals, vor dem er stand. Die Señora nahm sein zerschundenes Gesicht wahr, sie machte große Augen, nur einen Wimpernschlag lang, dann war es vorbei. Die Dame war nicht die Art Frau, die einem Mann Fragen stellte. Sie war gewohnt, zu akzeptieren, dass es Dinge gab, die sie nicht zu interessieren brauchten. Dabei wusste Dolf ganz genau, wie er aussah: blutunterlaufene Augen, eine tiefe Schramme quer über der rechten Wange, kein schöner Anblick.

Sie führte ihn durch ein großzügiges Vorzimmer und einen hallenhohen Empfangsraum hinaus in den Garten. Mit einer Handbewegung bat sie ihn an einen Teetisch, der auf eine der Terrassen des weitläufigen Anwesens gerückt war, in der Nähe der Küche und des Gartens. Ein lauschiger Platz. Er setzte sich. Eine Kanne stand auf dem Tisch. Tee bot sie ihm keinen an. Er betrachtete sie so eindringlich, wie es die Höflichkeit zuließ. In ihrer Jugend musste sie eine Schönheit gewesen sein, vielleicht ein wenig zu angestrengt attraktiv mit den rasierten und wieder aufgemalten Augenbrauen und dem straff am Hinterkopf gefassten, zu einem schweren Zopf geflochtenen Haar. Streng wirkte sie noch immer.

»Melisenda Polyxenia del Rey Galdós.«

Keine sichtbare Reaktion.

»Ihre Tochter?«

»Wir haben keine Tochter.«

»Aber Sie sind Señora Galdós del Rey.«

»Ja.« Ein Seufzer, eher gelangweilt als zustimmend.

»Sie haben am achten Januar 2004 eine Vermisstenanzeige für Ihre Tochter Xenia aufgegeben. Zu dem Zeitpunkt war sie fünfzehn Jahre und neun Monate alt.«

»Ich hatte mich vertan.«

»*¿Perdone?*«

»Ich war damals sehr krank. Eine Psychose. Ich habe mir eingebildet, ich hätte eine Tochter. Wenn Ihnen dadurch irgendwelche Unannehmlichkeiten entstanden sind, so war das nicht meine Absicht …«

»*Con su permiso*, aber das ist nicht möglich. Kein Polizist der Welt würde eine Vermisstenanzeige aufnehmen, ohne sich zu vergewissern, dass die gesuchte Person tatsächlich existiert. Er muss eine Geburtsurkunde sehen oder einen Ausweis …«

»Ich konnte einmal sehr überzeugend sein, in jungen Jahren. Fällt es Ihnen so schwer, sich das vorzustellen?«

Ihre gespielte Koketterie machte ihn schaudern. »Es scheint mir enorm unwahrscheinlich, Señora.«

»Es ist eine Tragödie. Die Familie meines Mannes, die del Reys, besiedelte dieses Land schon zu Zeiten der Römer. Wir besitzen ein persönliches Privileg von Augustus, der in seinen späten Jahren die Provinz Hispanien befriedete, wie Sie vielleicht wissen …«

»Entschuldigung, aber es geht hier um Ihre Tochter, Señora Galdós del Rey.«

»Leider haben wir niemanden, der die Tradition unserer Familie fortsetzen könnte.«

»Es muss Dokumente geben, Sie können nicht einfach eine Person aus der Welt schaffen, indem Sie sie verleugnen.«

»Kann es sein, dass Ihre Zeit um ist, Señor Chíner?«

»Sie ist vielleicht tot!«

»Wie kann sie tot sein, wo sie doch niemals existiert hat?«

Die Dame des Hauses tat so unschuldig verwundert, als habe sie bei ihrer Stickerei einen Stich übersehen.

Dolf fehlten die Worte, um höflich zu bleiben.

»Sind Sie sicher, Señora, dass Ihre psychischen Probleme damals behandelt worden sind?«

»Behandelt und vollständig geheilt. Sie haben unsere Zeit über Gebühr beansprucht, Señor Chíner, und meine Christenpflicht habe ich mehr als erfüllt, scheint mir. Wenn Sie mich entschuldigen wollen …« Sie griff nach einer kleinen Fernbedienung, die unter Tablett und Teekanne gelegen hatte. Irgendwo weit entfernt klingelte ein Telefon.

Dolf musterte sie fassungslos. Eine stolze, absolut gefasste und selbstsichere Frau, eine Dame *por los cuatro costados*, die auf einer der spektakulärsten Terrassen saß, die er jemals gesehen hatte. Mit einer faustdicken Lüge im Mund. Sie verleugnete ihre Tochter, ohne auch nur mit der Wimper zu zucken.

Dolf schluckte Ärger und Abscheu hinunter, die gallebitter in seiner Kehle aufstiegen. Er musste so schnell wie möglich weg hier, bevor er die sorgfältig gestutzten Buchsbäumchen und die frisch gewässerten Gardenien vollkotzte.

Als Dolf zur Fliegentür der Bar hereinkam, winkte ihn der Alte zu sich. Er grinste schief beim Anblick von Dolfs Schrammen im Gesicht. »Alles klar bei dir? Wie sieht der andere aus?«

Dolf winkte ab, es gab Wichtigeres. Angel hatte ihn angerufen. »Was ist?«

Der Alte wies mit dem Kopf auf den bärtigen Fischer am anderen Ende des Tresens. »Dem haben die von der *Policía naval* heute früh das Boot und die Ausrüstung beschlagnahmt, weil er einen Kadaver am Haken hatte. Eine junge Frau. Könnte die sein, nach der du suchst.«

Dolf riss die Augen auf. Er musste sich am Tresen festhalten. »Eine Tote? In der Bucht?«

»Frag Paco am besten selbst. Wir anderen haben die Geschichte schon zigmal gehört. Einen Schnaps?«

Dolf winkte ab. So flau war ihm nun auch wieder nicht. Er ließ sich ein Glas *tinto* einschenken, den Hauswein, den auch Paco trank, und ging zu ihm hinüber. Diego und Pepelino begrüßte er mit einem Nicken und drängte sich neben den bärtigen Fischer. Ihm schob Dolf das Glas hin und wartete ab. Der Bärtige schwieg.

»Kennst du mich nicht?«

»Klar. Du bist Adolfo.«

»Also?«

»Frag die Polente.«

»Was ist denn passiert?«

»Soll ich mit dir nicht drüber reden.«

»Aber allen anderen hier hast du die Geschichte doch auch erzählt, Paco! Soll ich Angel fragen oder was?«

»Meinetwegen.«

Dolf nahm ihm kopfschüttelnd das Glas wieder weg, ging zurück zum Zapfhahn und schüttete den Wein in den Ausguss. Angel kam verwundert angelaufen. »Was ist denn?«

»Sag du es mir. Paco macht einen auf offiziell.«

»Nimm es nicht persönlich. Mit denen von der Küstenwache will er es sich nicht verderben.«

»Haben die etwa mich im Verdacht?«

»Fällt dir irgendein anderer Grund ein, wieso Paco nicht mit dir reden sollte?«

Es gab keinen anderen Grund, das wusste Dolf genau. Kein Polizist der Welt, auch nicht der selbstzufriedenste und faulste, konnte den merkwürdigen Zufall ignorieren, dass Dolf sich nach einer Vermissten erkundigt hatte und diese Person zwei Tage später tot auftauchte. Falls es tatsächlich die junge Frau aus dem Festungsviertel war.

»Wissen die, wer die Tote ist?«

»Keine Ahnung. Paco sagt, sie war ziemlich zugerichtet.«

»Die muss doch mindestens … ein Dreivierteljahr im Wasser gelegen haben.«

Der Alte schüttelte den Kopf. »Paco sagt, wenn sie nicht aufrecht im Wasser gestanden hätte, wäre ihr wohl mehr abgefressen worden als nur die Beine. Sie muss einen Stein an den Füßen gehabt haben.«

»Abgefressen?«

Angel nickte. »Bis zur Hüfte hinauf. War kein schöner Anblick, sagt Paco. Hast du schon mal einen Köder gesehen, nachdem die Langusten dran waren?«

Das hatte Dolf nicht. Er wollte es sich auch nicht vorstellen.

»Außerdem hatte sie auf der einen Seite noch so eine Art Tanga an, sagt Paco, irgendwas Weinrotes.«

Dolf schluckte schon wieder. Sollte er sich doch einen Schnaps bestellen? Der Alte schien darauf zu lauern. Aber Dolf verlangte nach einem *café sólo*. Wenn sich ihm schon der Magen umdrehen sollte, dann wollte er wenigstens vorher hellwach geworden sein.

Angel machte sich an der Kaffeemaschine zu schaffen.

Paco am anderen Ende der Bar wiegte den schweren Kopf, wohl in düsteren Erinnerungen. Seine beiden Kollegen standen in der Nähe bereit, um dem schwankenden Fischer jederzeit unter die Arme zu greifen. Jetzt schob er den einen zur Seite, winkte dem Alten zu und bat ihn wortlos, sein Glas neu zu füllen. Es war nicht mehr als eine leichte Handbewegung und ein flüchtiges Fingerkrümmen. Flüssig und kontrolliert. Auch wenn der Rest des Mannes sich kaum noch aufrecht halten konnte.

Angel nickte in seine Richtung. »Schon unterwegs.«

»Wegen dem Anblick ist Paco so angeschlagen?«, wollte Dolf wissen.

»Quatsch. Die Polizei hat ihm das Boot beschlagnahmt, Geschirr, Ausrüstung, den gesamten Fang. Für eine volle Woche. Jetzt sitzt er auf dem Trockenen.«

»Spurensicherung?«, fragte Dolf skeptisch. Das kam ihm unwahrscheinlich vor.

»Die versuchen herauszukriegen, wo genau Paco die Leiche auf den Haken bekam. Weil er das selbst nicht weiß.«

Angel stellte den Kaffee vor Dolf hin, griff sich die Rotweinflasche, ging ans andere Ende des Tresens und füllte dem Bärtigen das Glas.

Dolf rührte mehrere Löffel Zucker in seine Tasse und kippte den kleinen Schwarzen wie einen Zaubertrank, der ihn wappnen sollte für die Bilder, die kommen würden.

Dann starrte er in seine leere Tasse. Wenn die Tote tatsächlich Xenia Gutiérrez war, dann war es ziemlich wahrscheinlich, dass sie in der verlorenen Bucht gestorben war. Dass ihr Tod etwas mit dem Tod von Tomás zu tun hatte. Dann ging es jetzt nicht mehr um Vermutungen, sondern um Gewissheiten: Tomás' Tod sollte ein noch größeres Verbrechen unter dem Teppich halten.

Der Alte riss ihn aus seinen Gedanken. »*¿Otro café?*«

»Danke, nein. Ein Wasser.«

»Wie du meinst. Aus dem Hahn?«

»Hahn … ja.« Es klang, als müsste Dolf lange darüber nachdenken, welches Wasser er trinken wollte. Der Alte sah ihn skeptisch an. »Kanntest du sie denn?«

Dolf nickte geistesabwesend.

»Du immer mit den jungen Dingern, ich hab dir gesagt, dass das noch einmal böse enden wird.«

»Quatsch, sei still. Ich kannte sie nicht persönlich. Nur weil ich versuche, rauszukriegen, was mit ihr passiert ist, heißt das nicht, dass sie mich interessiert.«

»Dafür kniest du dich aber mächtig rein, *viejo*.«

»*Pues sí*, altes Problem von mir. Kann ich wohl nichts mehr dran ändern.«

Er ging noch einmal hinüber zu Paco. Seine Kumpel berieten gerade, ob sie ihn nicht von seiner Frau abholen lassen sollten. Auch wenn es ihm dann schlecht ergehen würde. Dolf nutzte die letzten Minuten, bevor die Fischersfrau eintreffen würde.

»Paco, was denkst du: Könnte das Ding aus der Cala Perdida herübergetragen worden sein? Steht die Strömung hier rüber?«

»Die Richtung stimmt.«

»Ihr Unterleib war verletzt?«

Der Bärtige nickte. »Sah übel aus. War nich mehr viel zu erkennen.«

»Hatte sie hellbraune Shorts an, ein weißes T-Shirt?«

Paco schüttelte den schweren Kopf. »Graues Leinen. Oben war irgendn Tuch drum. Dicht vertäut.«

»Was für Knoten?«

»Die üblichen.« Seeleute machten andere Knoten als Zimmerleute. Die wieder andere als Maurer oder Paketbinder. Wenn Paco von den üblichen Knoten sprach, waren es wahrscheinlich Seemannsknoten.

»Der Strick war abgebissen?«

»Oder durchgescheuert.«

»Dann hängt das andere Ende noch irgendwo? An einem schweren Stein?«

»Muss wohl.«

»Suchen die jetzt danach?«

Der Bärtige zog abwehrend die Schultern hoch, wie ein angeschlagener Boxer. »Is nich. Perle im Austernkäfig.«

»Wieso hätten sie sonst dein Boot beschlagnahmt?«

»Hab das Ding an Bord genommen. Um zu sehen, was es war. Keine Ahnung, was die findn wolln.«

»Die haben damit eine Mordsache an der Backe, Paco. Ein Unfall kann das nicht gewesen sein. Niemand wickelt sich in ein Segel, zieht von außen noch die Knoten stramm und springt dann über Bord!«

»Ich kenn die nich.«

»Reiß dich zusammen, *hombre!* Sie war klug und jung. Sie war Anfang zwanzig!«

»Also weißt du, wer sie is?«

»Ich hab eine Vermutung.«

»Gehste damit zur Polente?«

»Sollte ich wohl.«

Aber er brauchte gar nicht hinzugehen. Sie warteten schon auf ihn. Der selbstgefällige Polizist war da und tat keinen Handschlag zu viel, als sie vor seiner Bude aus dem Wagen stiegen. Dolf fragte sich, ob er sie hereinbitten sollte. Es war nicht aufgeräumt, aber das war es nie.

Doch dazu kam es gar nicht. Der Bequeme lehnte sich an die Hecktür des Wagens und harrte der Dinge, die da kommen würden. Sein Kollege war ein eifriger junger Polizist. Der führte das Wort. Zuerst wollte er nach den Personalien fragen, aber der Selbstherrliche winkte nur ab, er erinnerte sich genau an Dolf. Der war schließlich vorgestern und am Tag davor zweimal auf seinem Revier gewesen.

»Sie waren in der Cala Perdida und haben dort nach etwas gesucht.«

Dolf nickte und grummelte seine Zustimmung. Der junge

Polizist fand es nicht lustig. »Ich möchte Sie bitten, laut und deutlich zu antworten. Wir müssten Sie sonst mitnehmen. Verstehen Sie das?«

Dolf räusperte sich. »Ja. Ich verstehe.«

»Also: Sie waren in der Cala Perdida?«

»Ja, *Señor Capitán.*«

»Dürfen wir Sie fragen, was Sie dort gemacht haben?«

»Ich war neugierig.«

»Worauf?«

»Alles. Allgemein.«

»Señor Tschirner, Sie werden jetzt sehr ausführlich und sehr präzise antworten, oder wir fahren sofort los. Haben Sie das verstanden?«

»*Por supuesto, Señor Capitán.*«

»Sie haben dort nach einer Leiche gesucht.«

»Könnte man so sagen, ja.«

»Ist es nicht in der Tat so, dass wir jetzt diese Leiche gefunden haben?«

»Ja.«

»Begreifen Sie, Señor Tschirner, dass dieses Verhalten Sie verdächtig macht?«

»Ja.«

»Das ist alles, was Sie dazu zu sagen haben?«

»Ich suche nach Informationen über Vorgänge in einer ganz bestimmten Nacht im September des letzten Jahres. Fünf junge Leute haben sich an der Cala Perdida einen schönen Abend gemacht.«

»Und Sie vermuten, dass die junge Frau eine dieser fünf Personen war.«

»Das vermute ich.«

»Wer waren die anderen?«

»Das weiß ich nicht mit Bestimmtheit. Ich weiß von Sandro Delgado, dem Sohn des bekannten Bauunternehmers. Seine damalige Freundin Mar Irgendwas. Dazu ein zweiter junger Mann, den ich nicht kenne. Und Tomás Martínez, der wenige Monate später verstorben ist. Ein Selbstmord, wie Ihre Kollegen sagen. Fuentes hieß der ermittelnde Polizeiinspektor.«

Ein ungutes Schweigen trat ein. So wie sie auf den Namen Delgado reagierten, hätte Dolf seinen rechten Arm verwettet, dass sie der Sache nach Möglichkeit nicht nachgehen würden. Der Träge sowieso nicht. Aber auch der Junge hatte noch alles vor sich, hatte noch eine Karriere zu machen. Oder eben nicht.

»Woher wissen Sie so überaus genau Bescheid über die Sache, Señor?«

»Ich beschäftige mich ein wenig damit, gerade in meiner Freizeit.«

»Sie machen das nicht beruflich?«

»Aber nein. Dafür bin ich doch gar nicht qualifiziert.«

»Sehr gut. Denn wenn Sie das beruflich machten, würde ich gerne Ihre Lizenz überprüfen und das Datum Ihrer Zulassung. Sie haben entsprechende Dokumente bei sich?«

»Selbstverständlich nicht.«

»Also werden Sie dieses Herumschnüffeln in Zukunft sein lassen?«

»Nein. Ich bin ein Freund der Familie Sánchez Martínez. Ich helfe einer jungen Witwe und ihren beiden kleinen Kindern. Sie wollen mir das doch nicht verbieten, *Capitán*?«

Der junge Polizist besah sich Dolf eindringlich. Seine Wunde am Jochbein. Seine blutunterlaufenen Augenhöhlen, dunkelrot mit schwärzlichen Flecken. Seinen Arm, den er noch immer nicht richtig strecken konnte und angewinkelt am Körper hielt.

Dolf meinte eine kleine Unsicherheit bei dem Beamten zu spüren. »Ich würde sehr gerne die Ergebnisse Ihrer Untersuchungen des Leichenfundes einsehen. Ich persönlich habe zwar keinerlei Recht darauf, aber die Witwe von Tomás Martínez wird, glaube ich, sehr daran interessiert sein. Würden Sie mich auf dem Laufenden halten?« Dolf spürte, wann er sein Eisen schmieden musste. Dieses hier hätte nicht heißer sein können.

»Wir werden sehen, was wir tun können.« Der junge Polizist zischte es durch die Zähne, kniff dann auch die Lippen zusammen, sein Mund war bloß noch eine dünne Linie unter seinem fast so dünnen Schnurrbartstrich. Er warf Dolf einen grimmigen Blick zu und wandte sich ab.

Die beiden verzogen sich. Dolf wartete, bis sie zu ihrem Wagen stolziert und eingestiegen, losgefahren und um die Ecke gerollt waren, bevor er sich erlaubte, tief und erleichtert durchzuatmen. Auch ein klein wenig triumphierend.

19

Das Reisebüro, in dem Santes arbeitete, war eine kleine Klitsche, ein winziges Ladenlokal in einer schmalen Seitenstraße der Altstadt, abseits vom Touristenstrom. Sie hatten nicht viel Laufkundschaft, darauf waren sie auch nicht eingestellt, obwohl in den Schaufenstern Poster, Angebote und Preislisten hingen. Die Türen standen niemals offen, denn der Laden war klimatisiert. Die kärgliche Einrichtung und das diffuse Licht ließen den kleinen Raum noch kühler wirken, als er ohnehin war. Vor der Rückwand standen zwei Schreibtische mit Computern, dahinter Aktenschränke mit Prospekten, Katalogen und Preislisten.

Dolf setzte sich in den Stuhl vor Santes' Schreibtisch. Die andere Angestellte, Carmencita, kannte ihn und lächelte ihm von ihrem Platz aus freundlich zu. Santes ließ ihren Bildschirm nicht aus den Augen. »Ich kann jetzt nicht.«

»Machst du nicht bald Feierabend?«

»Geht nicht. Sei ein Schatz und hol mir ein *bocadillo*. Tust du das für mich?«

»Später.«

Erstaunt schaute sie auf, sah ihn zum ersten Mal an. »Was ist denn passiert?«

»Ein Unfall. Sieht schlimmer aus, als es ist.« Dolf tat es mit einer Handbewegung ab. Ihm war es viel zu umständlich, ihr alle Einzelheiten zu erklären.

Santes' Augen wanderten zwischen Dolf und ihrem Computermonitor hin und her. Sie wirkte fahrig. »Du siehst übel aus, Dolfo. Zuerst hab ich gedacht, es wird dir guttun, eine Aufgabe zu haben und Concha zu helfen. Jetzt bin ich mir nicht mehr so sicher.«

»Da ist eine Leiche aufgetaucht.«

»*¡No me digas!*« Ihre Finger flogen schon wieder über die Tastatur.

»Wahrscheinlich ist es die junge Frau auf dem Foto, zusammen mit Tomás.«

»Echt wahr?« Ihr Tonfall hätte auch zu »So spät schon?« gepasst.

»Die Sache geht mir an die Nieren. Sie war noch so jung. Sie hatte ihr ganzes Leben noch vor sich. Mach ich mir zu viele Gedanken, was meinst du?«

»Du, ich hab überhaupt keine Zeit. Ich hab einen Wasserschaden, ein britischer Veranstalter, einer unserer besten Kunden. Der springt mir ab, wenn ich die Gruppe bis morgen nicht woanders unterbringen kann. Darum muss ich mich kümmern, das verstehst du doch?«

»Sicher.«

Irgendwas in seinem Tonfall musste sie alarmiert haben, denn sie drehte den Monitor weg, schob die Tastatur beiseite, legte ihre Handflächen zusammen und blickte ihm eindringlich ins Gesicht. »Dolfo, hör mir zu: Du bist nicht der Typ, der Dinge auf sich beruhen lässt. Außerdem kannst du Ungerechtigkeiten nicht ertragen. Und egal, wie viel du trinkst oder wie sarkastisch du daherredest, die Menschen sind dir nicht gleichgültig, auch wenn du das immer behauptest.«

»Danke, Santes.«

»Und jetzt geh und hol mir ein paar *gambas al ajillo.*«

Dolf schluckte bei dem Gedanken an die Langusten. »Nicht lieber ein Sandwich mit Schinken?«

»Von mir aus.« Santes war bereits wieder in ihre Anfragen und Buchungen vertieft. »Ich finde gut, wie du das machst. Und Concha hilft es auch. Mit Käse, *por favor*. *Y una coca*. Ich muss telefonieren.«

Es war ein ziemlich klassischer Rauswurf.

Eine Woche lang arbeitete Dolf wie im Fieber, ohne recht voranzukommen. Er telefonierte herum, durchforstete Tomás' Steuerunterlagen, schrieb an seinem Bericht für Santes. Er hatte nicht vor, ihr mehr als ein paar Notizen zu geben, aber immer, wenn er versuchte, die Vorkommnisse so präzise wie möglich zu schildern, wucherte seine Darstellung aus in unübersichtliche Verzweigungen und Nebenstränge. Wie in der *rambla del Cañar*, einem trockenen Flusstal, in dessen Seitenschluchten man sich leicht verlaufen konnte, solange kein Rinnsal einem den Weg zum Meer wies.

Zwischendurch ordnete er seine Erkenntnisse über die Nacht in der Cala Perdida. Er hatte keine Bestätigung, aber für ihn passte das ersetzte Sonnensegel der *Arcos* zu der Plastikplane, in der man die Leiche gefunden hatte. Für ihn war Xenia genau in jener Nacht oder unmittelbar darauf zu Tode gekommen.

Jeden Vormittag durchforstete er das Internet im Club social. Stöberte auf den Gesellschaftsseiten der *gente*-Magazine nach Mar, nach Delgado. Der Schweigsame tauchte nirgendwo auf. Forschte nach Melisenda del Rey. Über sie gab es gar nichts, nicht einmal Schülerfotos. Suchte nach Xenia Gutiérrez. *Nada de nada*. Nach der *Arcos*. Fand Urlaubsfotos und Videos von Ausflügen und Anlegemanövern.

Seinen Ausdruck vom Porträt des Schweigsamen hatte er immer dabei. Zeigte ihn Galicia, die sonst jeden und alles in der Gegend kannte. Sie betrachtete das Foto intensiv, der junge Mann erinnerte sie an irgendjemanden, aber sie kam nicht drauf. Sogar Jaime zeigte er das Foto, es kostete ihn einige Überwindung. Jaime sah gar nicht richtig hin, er kannte den Jungen genauso wenig. Er und Dolf waren sich fremd geworden und sprachen nur noch das Allernotwendigste.

Und er reparierte seine Vespa. Der Kotflügel war nur noch verbeulter Schrott. Auch die Vordergabel hatte einen Schlag abbekommen. Aber nachdem er alles abstehende Blech weggetrennt und einen neuen Reifen aufgezogen hatte, war das Ding wieder fahrtüchtig. Es hatte keine Scheinwerfer und keine Blinker mehr, das Hinterrad schleifte surrend an einem schwer zugänglichen Teil der Karosserie, und die Karre zog nach rechts. Sie war nicht wirklich verkehrssicher, aber zur Not brauchbar. Dafür waren die Schmerzen in seiner Schulter wieder schlimmer geworden.

Jede Nacht verfolgte ihn derselbe Traum. Xenias wunderschönes Gesicht mit aufgelösten Haaren, entspannt schlafend, aber zugleich hinter einem Wasserschleier, wie am Ende des Frühjahrsregens auf dem Grund eines klaren Baches liegend. In einem weißen T-Shirt mit aufgekrempelten Ärmeln, in dunkelbraunen Shorts. Aus denen an der Hüfte das schmale Spitzenband ihres kirschroten Tangas lugte. Ihre Beine sah er nie in diesem Traum, weil sie unter einem gräulichen Leinentuch, das von der Strömung herangetragen wurde, verdeckt waren. Immer wenn das Tuch sich über Xenias Gesicht schob, schreckte Dolf aus dem Schlaf hoch. Er schlief dann nicht mehr ein.

Seinem Job im Hafen ging er nach, aber die Morgenstunden nach der Arbeit bedrückten ihn. Überall in der erwachenden Stadt sah er Elend und Dreck. Selbst der Duft von frisch gebackenem Brot hatte eine beißende, säuerliche Note. Wie Katzenpisse im Sägemehl, das sie aus den billigen Bars fegten.

Dann sah er frühmorgens die tote junge Frau im Dunst des Flusstales an der neuen Fußgängerbrücke stehen, an die Brüstung gelehnt, ihm den Rücken zugewandt. Sie hatte nur ein kurzes Jäckchen um, dazu einen engen Rock, lange Beine in spitzen Stiefeletten. Sie starrte anscheinend zum Meer hinab, er nahm nur die Silhouette wahr, schwarzgrau gegen rauchgrau. Sie steckte sich eine Zigarette an und drehte sich zu ihm um. Es war Maria.

»Danke, dass Sie mich begleiten, Adolfo. Xenia hat sonst niemanden.« Sie zögerte, wies mit der Stirn auf den Schorf in seinem Gesicht. »Tut das nicht sehr weh?«

»Nicht mehr.« Dolf küsste sie vorsichtig auf die Wange. Nur auf die linke diesmal.

Sie hatte ihm die Vorgeschichte schon am Telefon erklärt. Xenia sollte identifiziert werden.

Die Familie des Mädchens hatte kein Interesse, eine Identifizierung zu unterstützen. Der alte del Rey duldete es nicht, seinen ehrwürdigen Namen in einem Polizeibericht zu lesen, genauso wenig, wie er geduldet hatte, dass dieser Name in einer Vermisstenanzeige auftauchte. Ein Mitglied seiner Familie hatte niemals derartige Probleme. Und wenn doch, dann wurde eher der Name geändert, als die Tradition zu entehren. Dann wurde aus Melisenda del Rey eben Xenia Gutiérrez.

Die Polizei hätte die del Reys zwangsvorführen lassen können, aber wozu? Sie würden den Behörden nicht helfen. Also hatte man Maria gefragt. Dolf brachte sie hin.

Hinein ging er nicht. Er wartete vor der Einfahrt der Rechtsmedizin und wünschte sich, er würde noch rauchen. *Ein Mann, der an der Straßenecke wartet, ist nicht vollständig ohne Zigarette*. Das war ihm viele Jahre zuvor, als er nicht selten auf seine frischgebackene spanische Ehefrau gewartet hatte, von einer alten Nachbarin erklärt worden.

Dolf strich sich über den Schorf an seiner Wange, wie auch Maria darübergestrichen hatte, interessiert, nicht zärtlich. Es würde gut verheilen, oder? – Das würde es, wie bisher immer. Gedankenverloren zupfte er an der Kruste herum und hörte erst damit auf, als die Wunde wieder zu bluten anfing.

Dolf hatte mit der Rechtsmedizinerin telefoniert. Seit ihrem Treffen im Café gab sie sich ganz zugänglich. Sie hatte den Fall nicht bearbeitet, aber sie kannte den Bericht ihres Kollegen. Auf Dolfs Fragen hatte sie bereitwillig erklärt, dass die Todesursache nicht mehr mit Sicherheit festzustellen war nach all der Zeit und den post-mortem-Verwüstungen. Eine Vergiftung, etwa durch Elixir, erschien ihr durchaus denkbar, aber nicht mehr nachzuweisen, obwohl die Kollegen sogar Gewebsflüssigkeit sichergestellt hatten. Das war möglich gewesen, weil die Überreste in eine Art Persenning gepackt worden waren. Ob es sich um ein Sonnensegel handelte, von der *Arcos*, konnte sie nicht sagen, das stand nicht im Bericht.

Dolf behielt den Eingang zum Gericht im Auge. Er wechselte auf das andere Bein. Seit seinem Unfall und dem Schmerz in der linken Hüfte konnte er nicht mehr gut lange stehen. Von Maria wusste er, dass die Behörden den Kieferorthopäden aufgetrieben hatten, der einige Jahre zuvor bei Melisenda del Rey eine Zahnregulierung gemacht hatte. Kein ganz einfacher Job und eine ziemlich teure Angelegenheit. Der Mann war sich so gut wie sicher. Die Identifizierung durch Maria war reine Formsache. Es konnte wirklich nicht mehr lange dauern.

Die Kreuzung vor dem Haupteingang des Gerichtspalastes lag in der prallen Sonne. Das Pflaster heizte sich bereits auf. Dolf zog sich in eine schattige Seitenstraße zurück, wo sich der wolkenlose Himmel in einer hochglänzenden Glasfassade spiegelte. Sogar im Spiegelbild schienen die Dächer der Neustadt in ersten Hitzeschlieren zu verschwimmen.

Unterhalb der Spiegelfassade führte eine Rampe ins Kellergeschoss des Gebäudes, einen Seitenflügel des Gerichts. Dort kam Maria heraus. Fahl und fahrig. Sie steckte sich eine Zigarette an. Dolf stützte sie, nahm sie aufmunternd in den Arm. Versuchte, das Stechen in seiner Schulter zu ignorieren.

»Das ist Xenia, ich bin ganz sicher. Ihr Gesicht sah nicht aus, als ob sie sehr gelitten hätte. Wunderschön, auch jetzt noch.«

Dolf hatte so seine eigenen Ansichten über Wasserleichen. Ihm wären andere Adjektive eingefallen. Aber es gab Dinge, denen er nicht unbedingt auf den Grund gehen musste. Für ihn, wenn er es sich aussuchen konnte, reichten die allernötigsten Details. Maria war da anders.

»Den Unterleib wollten sie mich zuerst nicht sehen lassen. Jetzt weiß ich auch, weshalb. Das arme Ding. Zum Glück kann sie nichts davon gespürt haben.« Maria warf die halbgerauchte Kippe angewidert weg. Sie zitterte. Dolf führte sie aus dem Schatten des Gerichtsgebäudes hinaus auf die Kreuzung, in die Mittagssonne.

Dolf war in Kampflaune. Er hatte vor, sich den Sunnyboy Delgado noch in derselben Nacht vorzuknöpfen.

Sicher, er hatte Hausverbot im Yachtclub. Aber so hermetisch das Gelände auch gegen die Stadt und die Promenade abgeriegelt war, es gab immer noch einen Zugang, der nie verschlossen wurde: vom Meer aus.

Die Abmachung für Diegos ranzigen Fischkutter bestand weiter, er musste den Kahn im Morgengrauen zurückgebracht haben. Dabei konnte er noch nicht einmal sicher sein, dass Sonny Delgado sich am Abend auf seinem Boot aufhalten würde.

Es war ein Samstag, kein Lüftchen regte sich, der Geruch

von Tang, Jod und Diesel hing träge über dem Wasser. Viele Yachtbesitzer preschten hinaus aufs spiegelglatte Meer. Eine ideale Nacht, um auf einen Sprung in einen angesagten Club mit Anleger oder vor eine der rasch aufgebauten Strandbars zu jagen. Irgendwo spielte immer eine Band, trat ein Comedian auf oder fand ein Karaoke-Wettbewerb statt. Überall gab es partywillige Mädchen und aufgeschlossene Jungs abzugreifen, überall wurden Cocktails serviert, flüssige und in Pulverform. Mit ein wenig Glück, aber darauf musste Dolf sich einfach verlassen, war Delgado noch im Hafen anzutreffen, vielleicht mit einigen der jungen Leute, vielleicht allein. Beim Vorglühen oder Sichfeinmachen, am Anleger, wo Dolf ihn abpassen konnte. Wenn nicht, würde er in der Nähe abwarten müssen, bis die Yacht zurückkam.

Kurz nach Mitternacht steuerte Dolf das hässliche Monstrum von Kutter um die Außenanlagen und die Mauern des alten Marinepostens herum in die Bucht, rechts waren in der klaren Nacht die trangelben Scheinwerfer des modernen Raffineriehafens zu sehen. Der Industriehafen schlief niemals, dort brannte immer Licht.

Das riesige Becken des Innenhafens wurde von einer langen Buhne, einem gemauerten künstlichen Damm, vor Dünung und Seegang geschützt. Sie bot Schutz gegen die See, nicht gegen Eindringlinge. Dolf kurvte darum herum. Links vor ihm lagen die Kais und Docks des Militärhafens. Dort konnte, auch wenn selten etwas los war und die großen Zerstörer und Begleitschiffe nur zum Bunkern von Vorräten, Treibstoff, Schmiermitteln und Ersatzteilen hier haltmachten, immer ein einsamer Matrose zur Wache verdonnert sein. Aber solange Dolf Abstand hielt, solange er sich im Bereich des Freizeithafens herumdrückte, würde niemand ihn vertreiben.

Er konnte Delgados Liegeplatz schon von weitem ausmachen. Es war eine privilegierte Box mit direktem Durchlass auf den Hafen hinaus. Wer ein so schnelles Boot hatte wie der Jungunternehmer, der wollte keine Zeit mit dem Herauskurven aus der Marina verplempern.

Dolf hatte Glück, er brauchte nicht zu warten, die Luxusyacht des Schönlings lag noch oder schon wieder an ihrem Liegeplatz, und an Bord war Licht. Dolf hatte keine Zeit zu verlieren, er setzte direkt auf die Box zu.

Offensichtlich war auf Delgados Yacht eine Art Party im Gange. Sie tranken sich warm für den Abend, es waren Freunde da, angeheitert, auch Mädchen. Und Mar. Delgado hielt sie eng umschlungen. Sie küssten sich innig.

Dolf gab sich keine besondere Mühe, möglichst sanft anzulegen, sondern ließ den Kutter mit einiger Wucht in die Lücke zwischen Motoryacht und Steg krachen. Das größere Schiff bebte und ruckte in seinen Leinen. Bei den jungen Leuten auf Deck gab es aufgeschreckte Ausrufe und genervtes Aufstöhnen. Mar zuckte zusammen. Delgado sah nur unwillig nach der Ursache des Stoßes und wandte sich rasch wieder ab.

Wer das ältere Boot besaß, war bei einer Kollision nervlich immer im Vorteil. Dolf hatte nicht nur den schäbigeren Kahn, sondern auch eine Menge Wut im Bauch. Er sah bestimmt nicht gemütlich aus mit seinem verschorften Gesicht, wie er nach vorn in den Bug humpelte.

Die fluchenden Helfer vom Yachtclub wollten ihn und seinen alten Kutter wegstoßen, Delgado beschwerte sich über die Störung, aber Dolf rief ihn lautstark an. »Hören Sie, Delgado! Ich hab das Mädchen gefunden!«

Delgado widmete sich seinen Gästen. Mar warf erst ihm, dann Dolf einen gelangweilten Seitenblick zu.

»Xenia Gutiérrez.«

»Sasha?« Mar tauchte aus ihrer aufreizenden Lethargie auf.

Sasha war keine geläufige Abkürzung für den Namen *Xenia* oder auch *Melisenda*, soweit Dolf wusste. Aber er vertat sich oft im Dickicht der Verknappungen, die für spanische Vornamen verwendet wurden. Aus *María Jesús* wurde *Chus*, *José María* wurde zu *Zema* verkürzt. Wahrscheinlich war auch *Mar* eine Abkürzung von irgendwas.

Dolf wandte sich direkt an sie. »Sie könnten als Zeugin vernommen werden, Señorita.«

»Ich habe nichts gesehen.«

»Es gibt Beweise.«

Das ließ Delgado aufhorchen. Er entschuldigte sich bei seinen Freunden, sie sollten schon mal ohne ihn weitermachen, und kam zu Dolf ans Heck der Yacht. Dolf hatte nur mit einem locker hingeworfenen Tau festgemacht; die Scheuerkante des Kutters erzeugte jedes Mal, wenn sie gegen das blitzblanke Gelcoat des schickeren Bootes gehoben wurde, ein hässliches Knirschen, aber Delgado schien sich davon nicht beeindrucken zu lassen. Er war ganz Ohr. »Was gibt es Neues von Sasha?«

»Wollen Sie gar nicht wissen, wie es ihr geht, Mar?«, rief Dolf. Es sollte eine Fangfrage sein. Bei Mar funktionierte sie. Sie zuckte zusammen, falls man das unter ihrer eingefrorenen Miene ausmachen konnte.

Rasch griff Delgado ein. »Wir haben gehört, dass sie vor ein paar Tagen gefunden worden ist.«

Mar hatte es offensichtlich noch nicht gehört. Sie warf Sonny Delgado einen überraschten Seitenblick zu und schlug dann groß die Augen in Dolfs Richtung auf. Das war anscheinend ihre Art, aufkeimendes Interesse zu signalisieren.

»Jemand hat sie letzten Sommer im Wasser versteckt, mit einem Stein an den Füßen.«

Mar schluckte und nickte. Nicht gerade schockiert, aber immerhin aufmerksam.

»Ich glaube, ich weiß jetzt so ungefähr, was passiert ist nach dem Abendessen mit dem gebratenen Reis.«

»Helfen Sie mir auf die Sprünge, Tschirner. Ich weiß nämlich rein gar nichts mehr.« Delgado ließ sich nicht aus der Ruhe bringen. Oder er spielte ein unbeteiligtes Gemüt und ein reines Gewissen, als hätte er nie etwas anderes gemacht. »Und lassen Sie kein Detail aus.«

»Ich erspare uns die Einzelheiten …«

»Aber warum denn?« Delgado tat überrascht.

»Ich habe genug beisammen, um Täter und Zeugen vor Gericht zu bringen.«

Delgado schaute skeptisch, ließ Dolf aber nicht mehr aus den Augen. Der nahm es als gutes Zeichen.

»Die Behörden haben das Sonnensegel gefunden und identifiziert«, log Dolf.

»Dabei ist es noch nicht mal von meinem Boot.« Damit hatte Delgado leider recht: Das Stück Kunststoffgewebe stammte von der *Arcos*, der gecharterten Yacht. »Magst du nicht zu den anderen gehen, *cariño*? Das hier langweilt dich sicher. Lass mich das mit Señor Tschirner regeln. Ich bin gleich wieder bei euch.«

Aber Mar wollte lieber bleiben. »Was mit Sasha passiert ist, das wüsste ich schon gerne.« Sie wandte sich Dolf zu, sie schenkte ihm sogar ein Lächeln, das gut auf den Titel einer Illustrierten gepasst hätte. »Haben Sie Fotos, Señor Tschirner?«

»Werde ich nächstes Mal dran denken.«

»Falls es ein nächstes Mal gibt.« Delgado versuchte wieder die Führung zu übernehmen.

»Zur Not vor Gericht.«

Es sollte eine Drohung sein, doch Delgado war zu abgebrüht oder zu wohlhabend für Drohungen. »Ich glaube nicht, dass irgendetwas passiert ist, was ein guter Anwalt nicht aus der Welt schaffen könnte, Señor Tschirner. Sie sollten aufhören, uns einschüchtern zu wollen.«

»Es gibt eine Leiche. Sie ist keines natürlichen Todes gestorben.«

»Sie werden uns keine Beteiligung nachweisen können.«

»Sie waren Zeugen. Sie beide.« Mar ließ bereits wieder die Lider über ihre großen Augen herabsinken. Dolf redete unwillkürlich rascher. »Im letzten Sommer war Xenia oder Sasha, wie Sie sie nennen, eine attraktive, gebildete, selbstbewusste junge Frau. Was jetzt von ihr übrig ist, passt in einen Handkoffer.«

Mar hatte die Einzelheiten des grausigen Fundes noch nicht gehört, aber sie schienen sie auch nicht wirklich zu interessieren. Sichtlich unwillig verzog sie den Mund.

»Sie hat es verdient, dass man ihren Tod aufklärt.«

Damit schien Mars Interesse endgültig verraucht. »Sie ist tot. Was hilft ihr das jetzt noch?«

»Sie ist nicht ohne Grund gestorben.«

»Beim Sterben sind wir alle allein.« Mar klang sehr viel älter, als sie aussah, fand Dolf. Abgeklärt und völlig emotionslos. Es war nur eine Fassade, da war sich Dolf sicher, aber sie wirkte sehr überzeugend.

»Wer sagt denn, dass überhaupt ein Verbrechen vorliegt?« Delgado versuchte die Unterredung zu Ende zu bringen.

»Die Rechtsmedizin hat genug Gewebsflüssigkeit sicherstellen können, um Xenias Blut zu untersuchen.«

»Das ist nicht unser Problem. Was und wie viel die junge Frau getrunken hat, darauf hatten wir keinen Einfluss.«

»Aber Sie kennen die Person, die darauf Einfluss hatte. Sie decken sie. Das macht Sie zu Mittätern.«

»Da täuschen Sie sich. Wie ich bereits sagte, gibt es nichts an dieser Sache, was ein guter Anwalt nicht regeln könnte. Bitte entschuldigen Sie uns jetzt, Señor Tschirner.«

»Señorita Mar, bitte! Xenia war so jung wie Sie. Sie haben den Abend mit ihr verbracht, sie haben zusammen geredet und gefeiert. Und dann ist Xenias Leben einfach zu Ende, und niemanden kümmert das?«

Mar schüttelte nur leicht den Kopf. Auch sie würde nicht damit herausrücken, wer der andere Mann gewesen war. »Ich kann mich nicht erinnern.« Keine Rechtfertigung. Nur ein routinierter Augenaufschlag, wie gemacht für die ganz große Leinwand.

In Delgados Blick hatte sich ein Hauch von Bewunderung eingeschlichen, er schien angetan von Mars Reaktion oder erleichtert. Kalt lächelnd wandte er sich Dolf zu. »Wenn Sie also keine besseren Argumente haben, Señor Tschirner, dann widmen wir uns wieder unseren Freunden.« Er gab den Hafenleuten, die inzwischen ein Schlauchboot herangefahren hatten und zu viert in Habachtstellung warteten, einen lässigen Wink. Jetzt konnten sie Dolfs verschrammten Kahn loswerfen und aus dem Yachthafen geleiten.

20

Alf war dreizehn Jahre alt gewesen, als sie den Schäferhund bekamen. Er war nicht ganz reinrassig, aber mit den typischen Merkmalen ausgestattet – den klugen Augen, den spitzen Ohren, den tiefliegenden Hinterläufen in der überzüchteten Hüfte. Sie tauften ihn *Huckleberry*, nach Tom Sawyers Gefährten. Als Alfs Eltern drei Jahre später die Scheidung einreichten, blieb der Hund bei seinem Vater, als Wachhund für den Hof im alten Land, auf dem er danach hauste.

Auch Alf lebte als Lehrling für einige Jahre vor den Toren der Stadt zur Untermiete bei zwei Schlosserkollegen. Dort übernahm er den Hund auf dessen alte Tage und gab ihm das Gnadenbrot. *Huck* war lange Jahre Kettenhund gewesen, er war müde und krank, aber er war nie bösartig geworden.

Einmal kamen Freunde zu Besuch, die ebenfalls einen Hund hatten, einen jungen Boxermischling, kaum ein Jahr alt, ungestüm und verspielt. Natürlich machten sie einen langen Spaziergang auf dem Deich, was konnte man an einem frostigen Frühlingstag auch sonst tun?

Die Geschichte vom alten Hund fing damit an, dass der junge Boxer sich mit Huck anlegte, ihn spielerisch jagte und biss. Der alte Schäferhundkämpe, der nicht mehr gut sehen und kaum noch trotten konnte, wehrte sich nach Kräften. Aber der junge Hund tänzelte ihm beschwingt davon. Das Einzige, was Huck ihm voraushatte, waren Erfahrung und ein verlässliches Gedächtnis. Wenn er einen bösen Biss kassiert hatte und der

Junghund eilig davongeschossen war, folgte ihm Huck mühsam und mit hängender Zunge. Stets war der Boxer weit voraus, hunderte Meter manchmal. Doch der Alte gab niemals auf. Wenn der Junghund, beschäftigt mit anderen Schilfstöckchen und Steinen, fauligen Äpfeln und modrigem Gras, von einer Neuigkeit zur nächsten jagend, längst vergessen hatte, was vorgefallen war, achtete er nicht mehr auf den Veteranen. Der ihn niemals aus den Augen ließ, ihm immer auf der Spur blieb. Der ihm irgendwann nahe genug kam, um seinen kräftigen Biss zu setzen. Das war nicht bösartig, es war nur eine Lektion für den Boxer, wenn der aufheulte und sich die Flanken leckte, wo Huck ihn erwischt hatte. Der alte Hund war lahm und langsam. Aber er vergaß niemals. Er zahlte alles heim.

Dolf war nicht der Typ, der sich Wachträumen hingab, dennoch verging kein Tag, an dem er nicht seine überdimensionale Zahnbürste in die Hand nahm und ausprobierte, ob seine Schulter schon schmerzfrei genug war, um sich mit einem dreißig Jahre jüngeren Mann anzulegen. Er war noch nicht so weit, und das machte ihn nur noch streitlustiger. Am aggressivsten machten ihn aber Xenias Eltern. Die tote junge Frau in der Bucht war über Tage hinweg Thema in allen Revolverblättern in Südostspanien gewesen, in *¡Hola!*, *Hoy*, *Noticias Diarias* und *Gente de Hoy*. Irgendwie hatten die del Reys es geschafft, ihren Namen aus den Schlagzeilen herauszuhalten. Xenia hieß überall nur *die unbekannte Tote* oder *la guapa desconocida*, obwohl nicht einmal ein Foto von ihr zu sehen war. Deswegen hatte es der Fall wohl auch nicht auf die Titelseiten geschafft. Dabei gab es sogar einen nachgestellten Fototermin mit Paco und seinem Boot. Am Tag danach trug Paco nagelneue Schuhe und musste eine Lokalrunde geben. Aber auch dieses Foto wurde nie veröffentlicht.

Wenn sie wollten, konnten Xenias Angehörige also Himmel und Hölle in Bewegung setzen, um ihre Interessen zu schützen. Nur die Überreste ihrer Tochter kümmerten sie einen Dreck. Sie waren längst freigegeben worden, María hatte sich jeden Tag erkundigt. Aber die del Reys ließen Xenia nicht abholen. Es gab keinen Termin für eine Beerdigung oder eine Trauerfeier. Nach fünf Tagen hatte Dolf genug. Er holte María mit einem Taxi ab, und zusammen stapften sie die Spitzkehren hoch zur Villa unterhalb der Festungsanlage. María betätigte die Sprechanlage.

»María Maestre. Ich komme von der Teestube El Rincón, ich wollte mich für die Spende der Señora gerne persönlich bedanken.«

Die Angestellte fragte nach. Die alte Galdós del Rey kam an den Apparat. »Das war doch nicht nötig, so viel war es doch gar nicht. Gern geschehen.« Die Videokamera oben am Tor schwenkte herum. »Sie haben sich Unterstützung mitgebracht? Das ist aber ungewöhnlich, finden Sie nicht?«

Dolf sah direkt in die Kamera. Er kam ohne Umstände zur Sache. »Señora Galdós del Rey, bitte, hören Sie mir zu: Ihre Tochter wurde wahrscheinlich umgebracht. Was von ihr übrig ist, wird bald vergessen sein. Wollen Sie ihr nicht wenigstens eine angemessene Beerdigung zukommen lassen?«

Die Stimme am anderen Ende der Sprechanlage schwieg. Ein Hauchen. Waren das Atemgeräusche? Oder nur das leise atmosphärische Rauschen der Elektronik? Dolf hielt den Atem an. War im Hintergrund eine Männerstimme zu hören? Surrte das Objektiv der Überwachungskamera, weil auf sein Gesicht gezoomt wurde? Dolfs Sinne waren überspannt, wahrscheinlich bildete er sich das alles nur ein. »Sind Sie noch da?«

»Danke.«

»*De nada*. Wofür?«

»Dass Sie mich unterrichtet haben. Auch wenn ich keine Ahnung habe, wovon Sie sprechen. Guten Tag.« Das krächzende Abschaltgeräusch war eindeutig. Sie wollten mit dem Mädchen nichts mehr zu tun haben. Schon seit langem nicht mehr. Seit sie vor vielen Jahren abgehauen war und ihre Mutter den Fehler begangen hatte, sie als vermisst zu melden.

Dolf und María sahen sich unschlüssig an. Er ballte die Fäuste, wollte gerade wieder auf den Klingelknopf drücken, als María seine Hand nahm. Sie schüttelte den Kopf und zog behutsam seinen Finger vom Knopf weg. Es war eine wortlose Geste, zart und kühl zugleich.

Dolf wollte sich damit nicht zufriedengeben. »Ob es irgendeinen Sinn hat, mit dem Vater zu sprechen, was denkst du?« Er wies mit der Stirn auf den Monitor der Gegensprechanlage.

»Sie hatte keinen Vater. Hat ihn nie gekannt. Xenia war aus einer früheren Beziehung der Señora.«

Dolf nickte. »Verstehe.«

Als ob es da irgendetwas zu verstehen gab.

»Ich bin's, Adolfo. *¿Cómo estás?*«

Concha klang aufgeräumt am Telefon. Sie hatte gerade die Kinder aus der Krippe abgeholt und machte ihnen eine Kleinigkeit zu essen. »Ich schneide gerade eine Melone auf. Sprich nur.«

»Tust du mir einen Gefallen?«

»Kommst du denn voran?«

»Zwei Schritte vor, einen zurück. Es gibt eine Tote.«

»Ich hab darüber gelesen. Es ist die von dem Foto.«

»Warum hast du nicht angerufen?«

»Was hätte das denn geändert? Ich versuche mir so wenig wie möglich vorzustellen, was Tomás damit zu schaffen hatte.«

»Das verstehe ich gut.«

»Hatte Tomás damit zu tun, was denkst du?«

»*No lo sé.*« Dolf hatte nicht vor, ihr zu sagen, dass er vermutete, dass es Tomás gewesen war, der die Tote verpackt und versenkt hatte. Dass er einen Job gemacht hatte, der eigentlich für Ginés vorgesehen gewesen war. Dass er sich die Hände schmutzig gemacht hatte.

»Ich befürchte, dass die Tote der Grund war, warum Tomás sterben musste. Auch wenn ich die Zusammenhänge noch nicht klar sehe.« Concha würde noch früh genug erfahren, welche Qualen ihr Mann gelitten hatte, weil er gewohnt war, Dinge mit sich allein auszumachen. Tomás hatte seine Familie vor diesem Wissen schützen wollen.

»Und der Gefallen? Was kann ich für dich tun?«

Felipes *ferretería* sah aus wie die meisten Eisenwarenhandlungen. Dolf schlängelte sich durch die rollbaren Verkaufsständer vor dem Eingang, auf denen der alltägliche Touristenbedarf von Schlüsselanhängern und Postkarten, *chanclas* und *bañadores*, Sonnenhüten, Brillen, Cremes und Badematten angeboten wurde. Er trat in das eigentliche Ladenlokal. Dort sah er sich einem Sammelsurium von Material, Werkzeug und Spielsachen gegenüber, von der Pinzette bis zum kompletten Schutzgasschweißgerät. Es gab Angelruten bis sechs Metern Länge, Grillzangen und Bratenwender, aber auch komplette Gasgrills und Räucherboxen, selbstverständlich aus Edelstahl, Schrauben und Nägel in allen Formen und Legierungen.

Gestapelt und aufgehängt war das alles bis unter die Decke, eingeräumt, organisiert und geordnet nach einem System, das nur Felipe selbst und seine dickliche Frau durchschauten. Schon der Lehrling, der im Laden arbeitete, seit Dolf sich erinnern konnte, verstand die Logik nicht mehr. Jedenfalls mussten ihm fortwährend Kommandos und Hinweise in höchster, kreischender Lautstärke zugerufen werden. Vielleicht war der Junge aber auch einfach schwerhörig.

Dolf war froh, dass Felipe heute allein im Laden war. Der Besitzer führte ihm zu den Pfadfindermessern, die merkwürdigerweise nicht beim Besteck oder bei den Schneid- und Trennwerkzeugen wie Stemmeisen und Äxten untergebracht waren, sondern beim Anglerbedarf. »Du brauchst ein Jägermesser, *verdad?*«

Dolf überlegte nicht lange und tat Felipe den Gefallen, ein Messer mit einem geriffelten Edelstahlgriff zu wählen. Einen *puñal*, weil die Klinge beidseitig geschliffen war. Sie musste nur noch geschärft werden. Es war der größte Dolch, den Felipe im Laden hatte. Die Messerklinge erfüllte gerade noch die Vorschriften, um nicht unter das Waffenverbot zu fallen, sie war knapp zehn Zentimeter lang. Genug, um einen Hai zu zerlegen oder einem Mann die Leber herauszuschneiden, sagte sich Dolf grimmig. Er hatte eine gute Ausrede parat, wofür er solch ein Ding benötige, aber Felipe fragte gar nicht nach. Der Dolch war legal, frei verkäuflich und spottbillig. Mehr brauchte Felipe nicht zu interessieren. »Viel Spaß damit *y mucho éxito!*«

Dolf hatte Concha gebeten, sich mit dem Segellehrer in einer Bar am Hafen zu verabreden. Ginés hatte wohl bereits eine Weile am Tresen gewartet und ein oder zwei Gläser getrunken, als Dolf sich ganz nahe zu ihm hinabbeugte und Ginés sich erschrocken umdrehte. »He, was soll …?«

Dolf zeigte ihm seinen Dolch. Nur die Spitze ragte unter

der Windjacke hervor, die Dolf sich über den Arm geworfen hatte. Aber diese Spitze hatte schon auf Ginés' Leber gezielt, direkt unter dem Rippenbogen, und ihm ein Loch ins T-Shirt geritzt. »Sie können mit so was umgehen, glaub ich. Oder benutzen sie es nur in den Wohnungen anderer Leute?«

Ginés war nicht erfreut, aber auch nicht wirklich beunruhigt. »Ich hab auch so einen.«

»Aber meiner zeigt direkt auf deinen Bauch. Schwer zu flicken, wenn die großen Schlagadern erst mal aufgerissen sind.«

Ginés nickte, sah sich um. »Concha kommt wohl nicht mehr, was?«

»Heute nicht. Wollen wir ein paar Schritte gehen?« Dolf legte einen kleinen Schein auf den Tresen und Ginés den Arm um die Schulter wie einem alten Freund. Praktischerweise zeigte dabei das Messer in Dolfs anderer Hand genau auf Ginés' Weichteile. »Du weißt, warum ich hier bin?«

»Nicht die geringste Ahnung.« Der Typ stellte sich also blöd.

»Dein Auto hat es mir angetan. Willst du es mir nicht verkaufen?«

»Von mir aus. Die Karre ist eh am Ende.« Ginés' Seat stand am Rand des Parkplatzes. Die Scheibe der hinteren Tür auf der Fahrerseite war eingeschlagen. Ginés bemerkte den Schaden erst, als sie schon fast am Wagen standen. »Verdammt, was soll das?«

»Schließ auf. Aber ganz sachte. Keine Bewegung, die mein Herz nicht mitmacht.«

Ginés schloss die Fahrertür auf.

»Gib mir den Schlüssel.«

Ginés reichte ihn über die Schulter nach hinten.

»Setz dich rein.«

Dolf wechselte die Messerspitze von Ginés' Bauch hinauf zu seiner Kehle direkt neben die große Halsschlagader. Es war nur Dolfs Daumennagel, aber das konnte Ginés nicht wissen. Dolf griff durch das eingeschlagene Seitenfenster und setzte Ginés die Klinge im Wageninnern an die andere Halsseite. Dort konnte Ginés sie im Rückspiegel gut sehen. Dolf griff um die Tür herum und wechselte die Hand, ohne den Druck des Dolchs auf Ginés' Hals zu lockern. Er setzte sich auf den Platz hinter dem Fahrersitz und schob seine Jacke über das Messer an Ginés' Kehle. »Hier.« Er reichte ihm den Autoschlüssel nach vorn. »Fahr los.«

Sie bogen auf den Parkplatz eines großen Einkaufszentrums im Industriegebiet ein, hinter dem blauen Haus des Buddhas, gegenüber der noch nicht fertiggestellten Eissporthalle, die seit Jahren zur Bauruine verfiel. Dolf hieb Ginés den Knauf seines Messers über den Schädel, noch bevor der Wagen richtig zum Stehen gekommen war. Ginés sackte in sich zusammen, sein Oberkörper kippte auf den Beifahrersitz. Dolf musste sich nach vorn beugen, um die Zündung abzustellen. Ginés' Fuß war wohl von der Bremse gerutscht, denn der Wagen nahm langsam wieder Fahrt auf. Ginés' Hüfte blockierte die Handbremse …

Dolf stieß den Schalthebel mit Gewalt nach vorn, und das Auto kam ruckelnd zum Stehen.

An den Beinen schleifte Dolf den Bewusstlosen aus dem Wagen, der Kopf schlug scheppernd auf den Türholm, Ginés stöhnte auf, wurde aber zum Glück nicht wach. Dolf zog ihm den Gürtel aus der Hose.

Ein paar Minuten später lag Ginés, an den Hinterreifen neben der offenen Tür seines alten Seat gelehnt, auf dem staubigen Split des Parkplatzes, die Hände vor dem Bauch gefesselt. Dolf hatte sich in die offene Heckklappe gesetzt. Aus einiger

Entfernung mussten sie aussehen wie zwei alte Freunde, die sich auf einem verlassenen Parkplatz in aller Ruhe volllaufen ließen. Ginés kam hustend zu sich. Dolf schüttete ihm aus einer Plastikflasche Wasser ins Gesicht.

Er ging um Ginés herum, griff ins Wageninnere und zog seine Zahnbürste heraus.

»Schau mal, was ich mitgebracht habe.« Er wiegte das Kantholz hin und her wie ein schweres Golfeisen, die verschränkten Zimmermannsnägel blitzten vielversprechend auf. Ginés begriff sofort. Er war jetzt hellwach.

»Also.« Dolf holte aus, schwang sein Holz und schlug es Ginés mit voller Wucht in die Seite. Zumindest musste der das glauben, denn er wand sich, versuchte, seine Hüfte wegzudrehen, und ächzte schmerzvoll auf. Weit konnte er nicht ausweichen, weil einer der Sicherheitsgurte um seinen Hals geschlungen war und straff über den Rücksitz lief. Ginés hing fest. Wunderte sich. Denn Dolf hatte ihn nicht getroffen. Er hatte hinter ihn gezielt, in die Lauffläche des Reifens.

Zischend entwich die Luft aus dem Hinterreifen, und der Wagen sackte ab. Ginés lag jetzt noch tiefer verkrümmt auf dem Boden. Schnappte nach Luft. »Willst du mich gar nichts fragen?«, keuchte er.

»Wieso? Ich weiß schon alles.«

Jetzt blitzte doch Panik in Ginés' Augen auf. Dolf registrierte es mit Genugtuung.

»Bereit?«

»Wofür?«

»Dafür.« Er hieb dem Segellehrer die Zahnbürste ins Bein, zwischen Knie und Hüfte. Nicht lebensbedrohlich, keine großen Gefäße, nur Muskelfleisch. Aber sehr schmerzhaft, hoffte Dolf. Ginés stöhnte nur. War er noch zu benommen? Die Zahnbürste steckte fest, die Nägel hatten sich zwei Fingerglieder tief in seinen Oberschenkel gebohrt. Dolf griff sich das Kantholz und wand es aus dem Fleisch. Er versuchte nicht, es besonders rasch zu befreien, sondern verdrehte es lieber noch ein Stück. Jetzt schrie Ginés doch auf. Endlich hatte Dolf seine blutige Bürste frei, in deren Nägeln auch Hosenstoff und Hautfetzen hingen.

»Also merk dir, wenn du das nächste Mal versuchst, mich umzulegen, mach keinen Fehler. *¿Entendido?*«

Ginés stöhnte nur.

»*Entendido*, frag ich dich.«

»*Entendido.*«

»So viel zum Privaten. Jetzt zum Geschäftlichen. Du wolltest mir eine Frage beantworten?«

Ginés presste ein Ächzen hervor und schüttelte zögernd den Kopf. »Die sind dir über, alter Mann. Die erledigen dich mit einem Klaps.«

»Wer *die*?«

»Kann ich nicht sagen. Die bringen mich um.«

»Aber wenn nicht …«

Dolf ließ den Rest des Satzes in der Luft hängen. Den konnte Ginés selbst erraten.

»Dann machst du mich fertig.«

»Kluger Junge.«

Ginés war nicht nach Komplimenten zumute. Er atmete schwer, sagte aber nichts.

»*Vale*. Ganz wie du willst. Lieber das andere Bein? Oder noch mal in die alte Wunde, *¿qué dices?*« Dolf stellte sich zum Schlag auf wie ein Baseballspieler. Wog das Kantholz in der Hand. Wartete ab. Ginés zeigte mit dem Kinn auf sein blutendes Bein.

»Ist mir recht.« Dolf holte aus. »Weißt du noch, was die Frage war?«

Ginés verdrehte die Augen. Er würde doch wohl nicht ohnmächtig werden? Dolf warf seinen Prügel weg, schlug Ginés mit der flachen Hand ins Gesicht, Vorhand, Rückhand, Vorhand. Ginés riss die Augen wieder auf.

»He, hübsch wach bleiben, wir wollen uns doch unterhalten, oder?«

Ginés war wieder voll da.

»Der Job, den Tomás für dich gemacht hat: Für wen war der?« Dolf langte nach seinem Knüttel. Da schoben sich die Lichtkegel eines Fahrzeugs zwischen sie. Dolf stieß das Kantholz unter Ginés' Wagen. Das andere Fahrzeug kam in einiger Entfernung zum Stehen. Zwei Männer stiegen aus.

»Polizei. Keine Bewegung!«

Seufzend richtete Dolf sich auf, wie in Zeitlupe. Der selbstgerechte Polizist aus der Wache in Mazarrón kam mit vorgehaltener Waffe auf ihn zu. Die Wiedersehensfreude hielt sich auf beiden Seiten in Grenzen. »Was geht hier vor?«

Dolf überlegte fieberhaft. Ginés lag halb auf der Seite zusammengekrümmt neben seinem Hinterreifen, die Hände vor dem Bauch gefesselt. Aber denken konnte er noch. »Reifenpanne. Ich wollte ihn gerade wechseln«, rief er schwach.

Der Polizist kam trotzdem näher, leuchtete sie mit seiner Maglight an. Als Dolf sich umdrehte, hatte Ginés wie von Zauberhand seine Hände frei und streifte den Gurt von seinem Hals. Er rollte sich zum Polizisten herum. Dolf wusste nicht, ob er sich mehr über seinen schlechten Knoten ärgern oder über Ginés' Geistesgegenwart erleichtert sein sollte.

Der Polizist beleuchtete Ginés' blutendes Bein und ließ den Strahl der Taschenlampe an dessen Hüfte hinauf bis zum Kopf wandern. »Sie sind verletzt.« Es war eher eine Feststellung als eine Frage.

»Kleiner Kratzer, nichts von Bedeutung.«

»Und Tschirner hier?«

»Hilft mir.« Wenn Ginés damit durchkam, dann hatte er sich den Oscar für die beste Nebenrolle verdient.

»Sie waren gefesselt.«

»Sah nur so aus.« Ginés lief zu großer Form auf. Er richtete sich in eine Sitzhaltung auf, konnte aber seine Hände noch nicht richtig bewegen und rieb sie aneinander.

»Sie kommen mit. Alle beide.«

»Es ist nichts.«

»Sie werden eine Aussage machen.«

»Hier war nichts. Mir ist nichts passiert.« Blut lief Ginés in einem dünnen Rinnsal aus dem Mundwinkel. Dem Polizisten war anzusehen, wie fieberhaft er nach einer Möglichkeit suchte, die Sache auf sich beruhen zu lassen.

Dolf erkannte seine Notlage. »Wenn Sie es wünschen, kann *ich* Sie ja auf die Wache begleiten. Ich möchte meine Anzeige zurückziehen. Wahrscheinlich habe ich mich getäuscht.« Der Polizist sah Dolf erstaunt an. Er prüfte den Wagen, leuchtete den Kotflügel an. Es war ein rostroter Seat Ibiza, das war sogar im Schein der Taschenlampe zu erkennen. Er musste begriffen haben, auch wenn er sich nichts anmerken ließ.

»Also gut, dann kommen Sie mit!« Er machte Dolf mit seiner Waffe ein Zeichen in Richtung Polizeiwagen. Schon halb im Umdrehen richtete er seine Lampe auf Ginés. »Und Sie sind sicher, dass Sie keine Hilfe brauchen?«

Ginés nickte eifrig.

Dolf begleitete den Polizisten zurück zu seinem Patrouillewagen, wo er seinem Kollegen die Lage erklärte. Dass es wahrscheinlich eine Auseinandersetzung über einen zerstochenen Reifen gegeben habe. Dass aber beide nichts sagen wollten. Und man die Sache auf sich beruhen lassen könne.

»Und der da«, dabei wies er auf Dolf und sprach betont

langsam und deutlich, wie für einen *minusválido*, »der zieht seine Anzeige zurück. Das ist das Gute an der Sache.«

Sie stiegen ein und fuhren los. Aus dem Augenwinkel sah Dolf, dass Ginés auf die Beine gekommen war und sich im Kofferraum seines Wagens am Ersatzrad zu schaffen machte. Sie drehten in großem Bogen eine Runde um den Parkplatz und fuhren auf die Provinzlandstraße hinaus.

Sie ließen Dolf sogar schon vor dem Revier aussteigen, an der Ecke zu seiner Wohnung, die sie ja bereits kannten.

Dolf schlief sehr gut in der Nacht, tief, fest und traumlos. Er hatte noch einmal Glück gehabt, fand er.

21

»Du missbrauchst Concha für deinen persönlichen Rachefeldzug? Das ist doch nicht normal!« Santes war am Telefon außer sich. Sie hatte von ihrer Freundin gehört, dass Concha den Segellehrer zu einer Verabredung mit Dolf gelockt hatte. Und dass Ginés am nächsten Tag übel zugerichtet zur Arbeit im Yachthafen erschienen war. Santes wollte keine Ausflüchte hören, sie wollte eine vernünftige Erklärung, sie wollte die ganze Wahrheit. Aber nicht am Telefon. Dolf schaffte es, ihr eine Einladung zum Frühstück abzuschwatzen.

Da saß er jetzt, im selben Café am Rande der Altstadt, in dem alles angefangen hatte. Er hatte gerade seinen ersten *café solo* getrunken, als Santes aus der schmalen Gasse auf ihn zugeschossen kam, mit gefährlich entschlossenem Schritt. Wahrscheinlich gönnte sie sich eine Frühstückspause von ihrem Job im Reisebüro. Schick sah sie aus in ihrem eng geschnittenen Businesskostüm, wie zurechtgemacht für einen großen Abschluss. Dolf konnte sich vorstellen, wie ihre Augen blitzten.

Als sie näher kam und er ihr sein Gesicht voll zuwandte, wurden ihre Schritte zögerlicher, er konnte tatsächlich zusehen, wie ihr Ärger verrauchte. Sie hatte wohl vergessen, wie zugerichtet er aussah. Santes zögerte, ob sie ihm ein Küsschen auf die Wange geben sollte, hauchte nur an seinem geschwollenen Jochbein vorbei.

»Heilt das denn gar nicht?«

Dolf fand, dass seine Krusten sehr gut abheilten. Aber er musste sich ja auch nicht jeden Tag ansehen.

»Oder hast du etwa noch mehr abbekommen bei der Schlägerei?«

Dolf schüttelte den Kopf. »Die Sache vorgestern mit Ginés hat damit …« nichts zu tun, hatte er sagen wollen. Aber er wollte seine Schwiegertochter nicht anlügen. Ihr die Einzelheiten verschweigen, das vielleicht schon, aber keine blanken Lügen auftischen. Das hatte sie nicht verdient. »Bei der Sache vorgestern hat vor allem Ginés was abbekommen.«

»Das hab ich gehört. Concha war entsetzt. Aber aus Ginés war nichts rauszukriegen. Dabei wusste sie selbstverständlich, dass du ihm aufgelauert hast. Sie hat es schließlich arrangiert.«

»Tut mir leid, wenn sie sich Sorgen gemacht hat. Ich wollte sie auf keinen Fall in Gefahr bringen. Ginés wusste schon vorher, dass ich für sie arbeite.«

»Es geht nicht um Concha. Sie vertraut dir, fast zu sehr für meinen Geschmack. Aber *mir* geht es gegen den Strich, dass du sie da in eine Sache hineinziehst, die eigentlich …« Santes merkte offenbar selbst, wie sie sich vergaloppierte, Dolf brauchte gar nichts zu sagen. Er war es, der in Conchas Sache hineingezogen worden war, nicht andersherum. Santes sah es schnell ein. »Tut mir leid.«

»Schon gut. Ich bin erleichtert, dass Ginés über unsere kleine Auseinandersetzung den Mund hält. Das scheint er ganz gut zu können.«

Santes sah ihn fragend an. Was war es, das Ginés besonders gut konnte?

»Den Mund halten. Ich hab nämlich auch nichts aus ihm herausgekriegt.«

Die träge Kellnerin kam, Dolf bestellte sein Rührei mit

Speck, Santes ihren *café solo*. Die Kellnerin schlenderte wieder davon.

Dolf sah ihr lange hinterher, völlig ohne Hintergedanken. Er fühlte sich leer.

Santes seufzte. »Was ist mit dir? Geht es voran?«

Dolf wiegte skeptisch den Kopf. »Ich stecke fest. Ich weiß, dass Ginés in der Sache mit drinhängt, aber er ist nicht derjenige, der Tomás umgebracht hat. Das sind Leute, die hinter ihm stehen. Die ihm mehr Angst einjagen, als ich es kann. Wahrscheinlich arbeitet er für die.«

»Hast du etwa Angst? Sind die *Dimensionen* wieder hinter dir her?« Ihr Blick war so übertrieben besorgt, dass Dolf laut auflachen musste.

»Du hast ja recht, wahrscheinlich seh ich nur Gespenster. Immerhin ist seit einer Woche nichts mehr passiert.«

»Was ist denn außer deiner Schlägerei mit Ginés sonst noch vorgefallen?« Santes wirkte alarmiert.

»Nichts, eigentlich.« Er hatte keine Lust, ihr alle Einzelheiten zu schildern. Außerdem kam gerade die Kellnerin mit dem vollen Tablett. »Warum kommst du heute Abend nicht zu mir, und ich zeige dir, was ich bisher herausgefunden habe? Was meinst du?«

Sie war froh, das Thema vertagen zu können, und widmete sich dem Frühstück. Das heißt, Dolf widmete sich dem Frühstück. Santes nippte kaum an ihrem Kaffee, warf einen Geldschein auf den Tisch und verabschiedete sich ins Büro.

Sie kam pünktlich, und sie hatte sogar eine Flasche Wein mitgebracht. Die nahm er in Empfang, stellte sie behutsam beiseite, und erst da fiel Santes ein, dass er ja nicht mehr trank. Sie entschuldigte sich, er winkte ab.

»Ich bewahr ihn auf. Wer weiß, was kommt.«

»Hab ich dir schon gesagt, wie sehr ich das bewundere, dass du …«

»Hast du. Mehrfach. Danke.« Es gab keinen Mantel, den er ihr hätte abnehmen können, keine Blumen, die auszupacken oder ins Wasser zu stellen gewesen wären. Es war schließlich keine *cita*, sondern eine geschäftliche Verabredung. Die Klientin ließ sich von ihrem Auftragnehmer den Stand der Ermittlungen erläutern. Zumindest simulierten sie beide irgendwas in der Art. Alter Mann half attraktiver junger Frau in großer Not. Gute Tochter machte einen Höflichkeitsbesuch bei angeschlagenem Schwiegervater. Es gab keine Konventionen für ihre Situation. Oder zu viele sich widersprechende.

Santes war, wie immer, wenn sie ausging, hübsch zurechtgemacht, aber sie wirkte angespannter, als für den Anlass zu erwarten. Dolf hatte ihr noch nicht einmal einen Stuhl frei geräumt. Was er jetzt hastig nachholte, als er sie in seine Bude führte. Die Wand der toten Katze war als Brainstormingboard eingerichtet, mit Klebezetteln, Notizen, Ausdrucken, mit dem riesigen Foto. Santes stellte sich abwartend davor. Sie versuchte halb interessiert, halb ungeduldig, Dolfs Kritzeleien auf dem Abzug zu entziffern.

»Du steckst fest, sagtest du.«

»Ja. Kann man nicht anders sagen.«

»Also? Wie geht es weiter?«

»Keine Ahnung. Ich erzähle dir alles, was ich bisher weiß. Vielleicht fällt dir was auf, vielleicht hab ich was übersehen. Vielleicht kannst du mir helfen.«

»Ich? Dir? So schlimm steht es um die Sache?« Sie war ironisch, er genoss es und musste schmunzeln.

Er fing ganz vorn an, mit der Nacht, die für ihn den Anfang der ganzen Geschichte darstellte. Er sagte ihr alles, was er wusste. Fast alles.

Er wusste, dass am Abend des neunten Septembers, eines Dienstags, anderthalb Wochen nach der Schlussfeier der Olympischen Spiele, fünf Leute in der Cala Perdida zusammen gefeiert hatten. Sie waren in zwei Booten dort hingekommen. Mit der Motoryacht von Sonny Delgado – Dolf wies mit dem Kopf auf das Foto, aber Santes kannte den Sunnyboy bereits –, der seine Freundin mitgebracht hatte. Und mit dem gecharterten Boot aus La Manga, der *Arcos*, gemietet von einem etwas derangiert und schwächlich aussehenden, aber gutsituiert wirkenden jungen Typen, dessen Identität Dolf nicht kannte. Alles sprach dafür, dass das tote Mädchen mit dem jungen Unbekannten auf dem gecharterten Boot unterwegs war. Jedenfalls war sie in das Sonnensegel dieses Bootes eingewickelt worden, als man ihre Leiche loswerden musste.

»Hatte Tomás damit zu tun?«

Dolf zuckte die Achseln. »Tomás war der falsche Mann am falschen Ort. Er hat die Tour nur übernommen, weil Ginés verletzt war. Er hat die *Arcos* gesteuert. Außerdem hat er wohl die Leiche beseitigt.«

»Wie ist das Mädchen gestorben?«

Dolf musste einräumen, dass er das nicht wusste. Ob und in welchem Maß Tomás daran beteiligt gewesen war, konnte er auch nicht sagen. Dass Tomás für den Tod der jungen Frau verantwortlich sein könnte, wollten weder Santes noch Dolf glauben.

»Also einer von denen.« Santes nickte in Richtung des vergrößerten Fotos. Fünf junge Leute beim Picknick, Schalen mit Reis und Meeresfrüchten. Ein trügerisches Idyll. »Kennt man die Leute? Kann man denen das zutrauen?«

Dolf wiegte den Kopf. »Delgado geht über Leichen, und wenn der andere vom selben Kaliber ist …«

Santes nickte.

»Aber sie würden es nicht eigenhändig tun. Das kann ich mir nicht vorstellen.«

»Also doch Tomás?«

»Nein. Ich weigere mich, das zu glauben.«

»Ginés hätte es getan, oder?«

Dolf fasste knapp zusammen, wie er die Rolle des Segellehrers einschätzte. Dass Ginés als Problemlöser geholt und bezahlt würde, um Leute aus unangenehmen Situationen zu helfen oder lästige Zeugen einzuschüchtern. Dass er wahrscheinlich niemanden umbrachte, wenn es sich vermeiden ließ. Und dass Dolfs Einschätzung eine vorläufige war.

»Niemand braucht einen Skipper, um ein Motorboot zu fahren. Aber es ist angenehmer, wenn jemand zuständig ist für das Essen, für die Anleger, für den Kleinkram. Diesen Jemand bezahlt man eben auch für Diskretion.«

»Aber stört so einer nicht? Der kriegt doch alles mit.«

»Reiche Leute haben keine Scham vor Dienstboten.«

Santes legte den Kopf schief. »Tomás war das klar?«

Sie wusste so gut wie Dolf, dass Tomás solche Jobs nicht zum ersten Mal machte, auch wenn ihr die Einzelheiten nicht geläufig waren. Dolf beschrieb ihr den Törn davor, als Tomás mit drei Pärchen in Flitterwochen unterwegs war, auf einer Zwölf-Meter-Yacht, wo alle jedes Geräusch mitbekamen. »Wenn so was Tomás gestört hätte, hätte er den Job nicht machen können.«

Santes feixte verständnisvoll.

»Dann kommt die junge Frau zu Tode. Eine Herumtreiberin, sehr hübsch, selbstbewusst, aus den besten Kreisen, aber ankerlos, ohne Verwandte, ohne Familie. Ein ideales Opfer. Vielleicht sogar zu diesem Zweck ausgesucht. Sie macht irgendein Spielchen nicht mit, oder sie …«

»Drogen?«

»Nahm sie nicht mehr. Jedenfalls nicht freiwillig.«

»Man kann Leute vergiften, ohne dass sie es merken.«

Santes begriff von allein, dass auch Elixir als mögliches Gift in Frage kam. Immerhin hatte Tomás das Zeug in Cartagena vertrieben. »War es von ihm?«

»Vielleicht ohne sein Wissen. Er hätte sicher nicht zugelassen, dass jemand damit umgebracht wird.«

»Erzähl.«

Xenias Drogenvergangenheit hatte ihren Körper verändert, vermutete Dolf, auch wenn sie seit Jahren clean war. Die übliche Dosis, die sie gefügig oder willenlos machen sollte, richtete bei ihr wohl nicht viel aus. »Dann flößt man ihr immer mehr von dem Zeug ein, und irgendwann dämmert sie einfach weg. Wenn von den vier anderen niemand etwas merkt oder sich nicht dafür interessiert …«

»Tomás ist Apotheker, der hätte gewusst, was zu tun ist!«

»Oder nichts mitbekommt, weil er auf ein Boot aufpassen muss, während die anderen sich amüsieren …«

»Hast du das andere Mädchen gefragt? Die beiden haben sich vielleicht angefreundet.«

»Kühl wie eine Hundeschnauze. Oder zum Schweigen verdonnert.«

Santes legte skeptisch den Kopf schief.

»Angenommen, Xenia ist an dem Zeug gestorben. Das erklärt, weshalb Tomás mit demselben Zeug umgebracht wurde. Das war eine Botschaft für die anderen, egal, ob Zeugen oder Beteiligte – besser, sie schweigen über den Vorfall.«

»Aber Ginés war nicht derjenige, der Tomás umgebracht hat?«

Dolf winkte ab. Ginés hätte seinen Freund ohne Gewaltanwendung dazu bringen müssen, das Gift zu trinken. Dafür war er nicht clever genug, war Dolf überzeugt. Um Tomás eine Spritze an irgendeine schwererreichbare Stelle zu setzen, ihn dazu wehrlos zu machen, ohne Spuren zu hinterlassen, dafür war Ginés nicht geschickt genug, meinte er. »Ginés war der Mann fürs Grobe.«

»Wer also?«

»Der dritte Mann.«

Santes lachte ungläubig auf. Sie hielt den Schweigsamen auf dem Foto für ein Weichei. Der wirke nicht, als ob er so etwas selbst gemacht haben könnte, fand sie.

Aber er sah aus wie einer, der das Geld und die Verbindungen hatte, um jemanden zu bezahlen, der solche Dinge für ihn erledigte, bemerkte Dolf. »Sieh dir die Chinos an, die Mokassins, die Armbanduhr, alles vom Feinsten.«

Santes beguckte sich das Foto genau, sie kniff skeptisch die Augen zusammen. Dolf lächelte kennerhaft. Er hatte Stunden damit verbracht, die Klamotten zu identifizieren. Das Polohemd war, leicht zu erkennen, eins mit einem Golfspieler auf der linken Brust.

»Wenn ich rauskriege, wer der Typ ist, dann weiß ich, wer Tomás umgebracht hat.«

Santes biss sich auf die Unterlippe. »*Vale.*« Sie zückte ihr Handy, trat nahe an die Vergrößerung und machte Anstalten, ein Foto zu schießen, eine Makroaufnahme. Dolf schob seine flache Hand dazwischen. »*No, por favor.*«

»Wenn ich ein Porträtfoto habe, weiß ich innerhalb von ein paar Tagen, wer der Typ ist.« Das mache die Fotosoftware ihres social-network-Programmes automatisch, erklärte Santes. Sie brauche das Foto nur mit der entsprechenden Frage in ihren Account zu stellen.

»Das glaub ich dir ja, aber tu das nicht. Bitte.«

»Weil sonst deine *Dimensionen* verrücktspielen?« Sie grinste schelmisch.

Er lächelte leise mit, aber nicht lange. »Das ist jemand, der einen Chartervertrag verschwinden lassen kann. Der dafür sorgen kann, dass aus dem Hafenbuch Einträge gelöscht werden. Dass Kopien aus der Polizeiakte entfernt werden. Wir reden hier nicht von irgendwelchen Kleinkriminellen.«

Santes sah ihn zweifelnd an. »Deine Dimensionen machen mir schlechte Laune. Woran denkst du denn?«

»Irgendein Kartell, eine Organisation.«

Er hätte sich nicht ausmalen können, dass es anatomisch überhaupt möglich war, eine Augenbraue so weit oben, fast mitten auf der Stirn, zu kräuseln und zugleich die andere halb über das andere Auge zu wölben. Für Santes stellte das kein Problem dar.

Er seufzte. »Du hast ja recht. Es ist wahrscheinlich Quatsch. Trotzdem, gib mir noch ein paar Tage Zeit.« Dolf wollte genug in der Hand haben, um den Schweigsamen auch wirklich festzunageln, sobald er ihn identifiziert hatte. Besser, Dolf hatte dann unwiderlegbare Beweise.

Weil irgendjemand von denen über allerbeste Kontakte verfügte. Anders war nicht zu erklären, wie Ginés innerhalb von zwei Stunden Wind davon bekommen konnte, dass Dolf zum Revier in Puerto de Mazarrón gefahren war. Aber wie ließen sich solche Dinge nachweisen? »Soll ich mich mit der *Policía judicial* anlegen?«

»Dann bist du schneller des Landes verwiesen, als du *hasta luego* sagen kannst.«

»Eben.« Dolf war sich nicht sicher, ob Santes wusste, dass er – halb illegalerweise – auch einen spanischen Pass hatte. Über solche Dinge sprach man nicht gerne.

Er breitete das kitschige Poster der *Costa Cálida* aus, das er mit Reißzwecken über die Fotovergrößerung heftete. So vermutete niemand, dass noch etwas anderes an der Wand hing.

Das Poster zeigte einen blendend goldenen Sonnenuntergang, die pure Hitze.

»Nächste Woche kannst du das Foto schießen. Jetzt will ich noch nicht zu viele Leute aufschrecken, *¿de acuerdo?*«

Sie nickte fügsam, so kam es ihm jedenfalls vor. »Magst du ein Glas von dem Wein, den du mitgebracht hast?«

Sie schüttelte den Kopf. »Es ist spät.« Plötzlich schien sie es eilig zu haben.

22

»Wo kommst du denn her mit so einer Grabesmiene?« Teresa war gutgelaunt wie immer. Sie wusste genau, wo er herkam, morgens um halb sieben. Dolf hatte nicht vor, ihr zu bestätigen, dass sie den Nagel auf den Kopf getroffen hatte. Dass er sich auf dem Weg zu einer Beerdigung befand. Ausnahmsweise wünschte er sich, es wäre mehr los im Laden, so dass sie ihn in Ruhe lassen müsste.

»*Una de churros y una de chocolate. Y un zumo de naranja.*«

Laut rief sie Dolfs Bestellung nach hinten, wo die Frittierer eilfertig das Fettgebäck und die dicke Schokolade zubereiteten. »Saft? Dabei ist doch gar kein Sonntag. Was ist los?«

Teresa würde ihn ohnehin löchern in ihrer Aufgedrehtheit, also konnte Dolf genauso gut gleich damit herausrücken. Er kramte sein Handy mit dem Porträt des Schweigsamen heraus. Im Fotoprogramm hatte er einen Sepia-Filter gewählt, der dem unscharfen, viel zu stark vergrößerten Foto das Aussehen eines alten Familienschnappschusses gab. Der aber vor allem die ockerbraunen Felsen im Hintergrund verschwinden ließ. Dolf legte Teresa das Display hin. »Hast du den schon einmal gesehen?

Teresa schaute sich das Foto interessiert an. »*Un tío solvente*. Gepflegte Haare, gepflegte Hände. So einen vergisst man nicht so leicht.«

»Du kennst ihn?«

»Kann schon sein, dass der mal hier war. Aber höchstens

ein-, zweimal. Ein arroganter Schnösel, dem nichts gut genug war. Nicht von hier, aus der Hauptstadt. Weißt du, im *Lésgo* sind wir die beste *churrería* der Stadt!«

»*Lésgo?*« Dolf begriff nicht sofort.

Statt einer Erklärung wies Teresa mit dem Kopf auf eine Fotokopie, die einen entsprechenden Artikel aus einem amerikanischen Reiseführer, dem *Let's Go*, vergrößert wiedergab. »*Lésgo*« war das nachlässige Umgangsenglisch der Spanier dafür, genau wie sie die allgegenwärtigen Netzwerke für Kommunikation zu »*Fébu*« und »*Wosep*« verknappten.

Die Kopie hing, eingerahmt wie eine Urkunde, an der Wand hinter dem Tresen. Bisher war sie Dolf nicht aufgefallen. Er nickte anerkennend.

Teresa zuckte die Achseln. »Hat uns auch eine Menge Ärger eingebracht.«

»Einen Namen hast du nicht zufällig?«

»Hätte ich einen Namen, dann hätte ich ihn längst angerufen und mich mit ihm verabredet, was glaubst du denn? Hier.« Sie stellte Dolf seine Bestellung auf die Bar. »Der *zumo* kommt gleich.«

Dolf streute gedankenverloren Zucker über seine Teigschlangen. Der Schweiger war aus der Provinzhauptstadt. Auch die *Arcos* war von dort gebucht worden. Murcia also.

Concha saß zusammengekauert auf dem schmalen Bordstein vor seiner Bude. Als er um die Ecke bog, sprang sie auf und lief ihm entgegen. »Ich hab alles verstanden, ich hab kapiert, dass du dich nicht festlegen willst. Aber ich brauche eine Geschichte. Gib mir ein Bild, Adolfo!«

Von welchem Bild sprach Concha? Sie war augenscheinlich ziemlich durcheinander. Sicher hatte sie schon eine ganze Weile auf ihn gewartet. Selbstverständlich hatte Santes ihr alles erzählt, was sie am Vorabend besprochen hatten. Aber irgendwas schien Concha in den falschen Hals bekommen zu haben, auch wenn er sich nicht erklären konnte, was.

Es war noch nicht einmal Mittag, doch bereits zu heiß für einen Spaziergang. Sie gingen in den abgeranzten Park um die Ecke und setzten sich auf eine Bank. Auf der anderen Seite der Rasenfläche wiegte ein lateinamerikanisches Hausmädchen ein Kleinkind im Buggy in den Schlaf.

»Ein Bild wovon?«

»Wie es abgelaufen ist, wie Tomás gestorben ist.«

»Wozu?«

»Um mich damit abzufinden.«

»Es könnte grausam gewesen sein.«

»Alles ist besser als die Ungewissheit. Zu glauben, dass er sich nicht gewehrt hat.«

»Aber ich weiß es doch selbst nicht.«

»Keiner weiß darüber so viel wie du. Du weißt genug, um die Geschichte glaubwürdig zu machen. Es hilft mir. Vielleicht nicht jetzt, aber später, um darüber hinwegzukommen. Verschaff mir eine Erinnerung an etwas, das ich nicht miterlebt habe.«

»Ich doch auch nicht.«

»Bitte!«

Was konnte er dagegen sagen? Dass er ihr nicht noch mehr wehtun wollte? Dass er selbst davor zurückschreckte, sich die Einzelheiten vorzustellen?

»Erzähl mir ein Bild, eine Situation. Was siehst du?«

»Also gut. Ich sehe drei Männer: Tomás, Ginés und den Killer. Es ist Freitag, kurz vor Mitternacht. Tomás hat Dienst, gleich wird er zumachen und abschließen, aufgeräumt hat er schon. Da geht noch einmal die Nachtglocke. So spät noch? Tomás schaut nach, seine Miene hellt sich auf, als er sieht, wer an der Tür wartet: Ginés. Tomás öffnet und will ihn freundlich begrüßen, aber statt einer Hand streckt Ginés ihm eine Waffe entgegen. Tomás hält es für einen schlechten Scherz, hebt überrascht die Hände: Was soll das? Anstelle einer Antwort weist Ginés in Richtung Eingang, wo der Killer hereinkommt, die Tür sorgfältig zudrückt und mit dem Handrücken das Schild an der Messingkette umdreht: *Cerrado*. Spätestens da weiß Tomás, dass etwas schiefläuft.«

Dolf suchte in Conchas Augen nach einer Reaktion. Sie war aufmerksam, sogar gespannt und sah ihn aufmunternd an.

»Ein Killer muss nicht besonders groß oder muskulös sein. Er muss bloß Erfahrung haben. Und abgebrüht genug sein, sie auch einzusetzen. Vielleicht ein böser alter Mann, vielleicht ein ehemaliger Boxer oder Türsteher. Jedenfalls gibt der Boxer die Anweisungen. Er dirigiert Tomás zum Labortisch. Weist ihn an, ein paar Dinge zurechtzulegen: Einmalhandschuhe, Mischbecher, Rührstab.«

Concha fasste nach seinem Arm. »Warum schlägt Tomás keinen Alarm, warum ruft er niemanden zu Hilfe?«

»Er weiß nicht, was auf ihn zukommt. Der Boxer wirkt vielleicht gefährlich, aber noch ist ja nichts passiert. Außerdem droht er oder Ginés mit einer Waffe, vielleicht einer Pistole, was weiß ich?«

»Okay, weiter.«

»Der Boxer kennt sich aus, er winkt Tomás nach nebenan ins Lager.«

»Und Tomás gibt nach?« Concha biss sich auf die Lippen.

»Was bleibt ihm übrig?«

»Für die Kinder oder für mich hätte er gekämpft. Aber für sich selbst einzustehen, sich zu wehren, darin war Tomás noch nie besonders gut.« Sie seufzte. »Weiter.«

»Tomás steigt auf die Leiter, um den Transportcontainer

herunterzuholen. Der Boxer wählt zwei Flaschen, Colchicin und Alkohol. Die soll Tomás zur Anrichte mitnehmen.«

Concha nickte grimmig.

»Jetzt weiß Tomás so ungefähr, was passieren wird, und sucht nach einem Ausweg. Freiwillig wird er das Gift sicher nicht trinken. Irgendwie muss der Boxer ihn gefügig machen, ohne ihn zu verletzen oder Spuren zu hinterlassen.«

»Wie hat er das angestellt?«

»Er hat Tomás wehrlos gemacht.«

»Aber wie?«

»Willst du nicht wissen.«

»Sag es mir. Damit ich nicht glauben muss, dass Tomás sich in sein Schicksal gefügt hat.«

»Es gibt sicher mehrere Möglichkeiten, ich kenne nur wenige, keine davon harmlos.«

»*¡Por favor!*«

Dolf schüttelte den Kopf. »Einmal bin ich in eine Abrechnung zwischen Zimmerleuten geraten, da haben sie einem Gesellen einen achtziger Blechstift in die Nase gerammt, fast ganz hoch. Der hat nur noch gezittert, keinen Ton brachte der mehr heraus. So in etwa stell ich mir das vor.«

»Erzähl es mir, Adolfo.«

»Um Tomás wehrlos zu machen, drückt einer von denen auf einen Schmerzpunkt am Hals.« Dolf zeigte auf die Stelle an seiner Kehle, an der die Rechtsmedizinerin eine Druckstelle gefunden hatte, tief in der Kuhle zwischen Kieferknochen und Ohrläppchen, dicht an der Halsschlagader. »Auf Dauer können sie ihn so nicht lähmen. Also nehmen sie die längste Kanüle in der Apotheke, schieben sie Tomás in ein Nasenloch, höher und immer höher, bis nur noch die kleine Plastikmuffe herausragt. Wem das passiert, der bebt nur noch vor Schmerz und Anstrengung, der kann sich aber nicht mehr wehren. Und wenn einer von denen nur sachte, nur mit den Fingerspitzen an die Kanüle tickt, zuckt man unter fürchterlichen Schmerzen zusammen.«

Dolf musste selbst schlucken bei der Erinnerung an die Szene zwischen den Zimmerleuten. Er zog die Luft durch die Zähne ein. »Jetzt muss Tomás jedenfalls kooperieren. Die Mischung anrühren, das kann er, ohne hinzusehen, das hast du mir gezeigt.«

Concha biss sich auf die Unterlippe und nickte.

»Ein Trinkglas holen sie ihm vom Wasserspender im Eingangsbereich. Mittendrin geht draußen das Licht an, die alte Núñez schlurft vorbei. Vielleicht werden sie nervös. Aber einer von ihnen, wahrscheinlich der Boxer, ist kaltblütig genug, seinen behandschuhten Finger unter Tomás' Nase zu stecken, direkt an die herausragende Kanüle. Wenn Tomas ein Geräusch oder eine falsche Bewegung macht, ist er geliefert. Tomás mixt um sein Leben, der Rührstab klimpert wie wild im Mischbecher. Aber es hört sich nicht viel anders an als die Flaschen, die draußen aneinanderklirren. Und Señora Núñez bemerkt nichts von der Anwesenheit der beiden Fremden. Dann geht das Licht wieder aus. Tomás hat die Mischung fertig und schüttet sie auf Anweisung des Boxers in das Trinkglas um. Vielleicht zögert er, schließlich hat er beide Hände frei. Aber da ist nichts in Reichweite, was sich als Waffe eignet. Außerdem ist die Pistole in Ginés' Hand noch immer auf ihn gerichtet. Und wenn, wie er hofft, die beiden gehen, sobald er die Mischung getrunken hat, dann rechnet er sich eine gute Chance aus. Also trinkt er.«

Concha neigte verständnisvoll den Kopf. »Weiter.«

»Wahrscheinlich hustet er oder ringt nach Luft, aber auf ihre Anweisung trinkt er weiter, bis er den letzten Tropfen hinuntergewürgt hat. Jetzt kann der Boxer ihm die Kanüle herausziehen. Falls Tomás blutet, halten sie ihm ein Saugtuch hin und lassen ihn sich schnäuzen. Das Tuch, die Kanüle und die Spritze müssen sie mitnehmen und später sorgfältig entsorgen, genau wie die Einmalhandschuhe, die sie immer noch anbehalten. Jetzt brauchen sie nur noch abwarten. Und Tomás in Schach halten, der wahrscheinlich bis zuletzt hofft, dass sie ihn frühzeitig genug verlassen, damit er sich durch Erbrechen retten kann.«

Concha musste schlucken. Und spuckte hasserfüllt aus. Die Latina mit dem Kleinkind auf der anderen Seite des Rasens sah aufgeschreckt zu ihnen herüber.

Dolf wünschte sich, er hätte nicht aufgehört mit dem Trinken. Einen Schluck aus dem Flachmann für sie beide, und es ginge ihnen besser.

»Danke, Adolfo. Jetzt sehe ich klarer. Das ist gut.« Ihr grünes Gesicht und die blutleeren Lippen straften Conchas Behauptung Lügen. Dennoch raffte sie tapfer ihre Tasche zusammen und stand auf. »Ich gehe dann.« Sie wankte den Parkweg entlang und in die schattenlose Straße, die hinüber zur Altstadt, zum Haus ihrer Eltern führte.

Dolf sah ihr düster hinterher. Er musste sich noch umziehen, aber er war schon genau in der Stimmung für das, was ihn erwartete …

Es war eine sehr kleine Beerdigung, dafür aber auf dem besten Friedhof der Stadt. Der *Cementerio de los Remedios* lag hoch über dem Hafen im Sattel eines Bergkammes. Mit einem traumhaften Blick über die Bucht, selbst von dem kleinen Wandloch aus, in dem Xenias Überreste später eingemauert werden sollten. Das wenige, was noch von ihr übrig war, war verbrannt worden. Ihre lächerlich kleine Urne wurde vom Angestellten eines Beerdigungsinstituts in eine winzige Nische, kaum einen halben Meter im Quadrat, in der gemauerten Wand von Urnengräbern an der Rückseite des Friedhofs gestellt. Wie für ein Kinderbegräbnis.

Der gesamte Friedhof war vollgestopft mit Gräbern, Grabkreuzen, Steinfiguren, Mausoleen und Kapellen. Ein Wunder, dass es noch Platz gab für neue Beerdigungen. Oder das Ergebnis von sehr viel Macht und Einfluss.

Zwei riesige Kränze mit Blumengestecken standen an die Urnenwand gelehnt, so wuchtig, dass sie die unteren beiden Nischenreihen verbargen. *Sasha, inolvidable* stand auf der Schleife des einen, *Para siempre, cariño* auf dem anderen. Dolf hob die Schleifen an und registrierte die Namen der Floristen, die sie angeliefert hatten. Er würde dort nachfragen, aber er war sich bereits jetzt sicher, dass die überdimensionierten Kränze anonym bestellt und bezahlt worden waren.

Diese Ungetüme machten seine Hoffnung zunichte. Er hätte sich vertan haben können, weil auf den Ganzkörperfotos, die er im Internet gefunden hatte, die Gesichter sorgfältig verpixelt waren. Aber jetzt war ihm klar, wie Sasha ihr Leben finanziert hatte. Irgendwo musste es ein paar wohlhabende Männer geben, denen Xenia ihre Gunst geschenkt hatte. Und die sich dafür sehr erkenntlich zeigten.

Es war eine sehr kleine Trauergemeinde. Maria, Dolf und die beiden Buchhändlerinnen. Sie alle waren mehr oder weniger aus beruflichen Gründen hier. Kein Priester, kein Trauerredner.

Es gab keine der üblichen innigen Umarmungen und Wangenküsschen, kein Heulen und Wehklagen, keinen Rotz und keine Tränen. Es gab noch nicht einmal Erde oder Blumen, die man ins Grab hätte streuen können.

Für Dolf passte das alles nicht zusammen. Nicht der luxuriöse Friedhof zu Xenias abweisender Familie oder einer anonymen Bestattung. Nicht die exklusiven Kränze mit den liebevollen Grüßen zu Xenias Leben als Herumtreiberin, aber das wusste Dolf ja inzwischen besser. Und vor allem passten der strahlende Tag und die brütende Hitze nicht zu einer Beerdigung, fand er. Sein Schädel brannte. Wieder einmal hatte er seinen Hut nicht dabei.

María zupfte ihn am Ärmel. »Da hinten ist der aus dem Club.«

Erst begriff Dolf nicht.

»Von dem ich dir erzählt habe. Xenias *cita*.«

Dolf schaute sich um. Etwas entfernt, von den dicht an dicht stehenden Grabsteinen halb verborgen, standen zwei ältere Herren in dunklen Anzügen, weißen Hemden, schwarzen Krawatten und schauten herüber. Sie hielten schwarze Strohhüte in der Hand, anscheinend waren sie erfahrene Besucher sommerlicher Beerdigungen. Einer davon war Xavierra.

»Der Schlanke?«

»Nein, der Wuchtige.«

Das war Xavierra. »Bist du sicher?«

»Denke schon.«

»Interessant.« Sie wandten sich wieder der Urne zu.

Es gab keine Zeremonie. Der schwarzgekleidete Angestellte wartete einfach ab, freundlich und mit angemessen mitfühlender Miene.

María verabschiedete sich mit einer Bekreuzigung und einem gemurmelten Gruß von der Urne, ebenso die beiden Buchhändlerinnen. Dolf neigte nur den Kopf. Dann war es vorbei. Die Frauen wandten sich zum Gehen, Dolf machte sich auf, um Xavierra zu begrüßen.

Don Salva war ein mächtiger Brocken, vierschrötig, mit einem Händedruck, der ein ausgewachsenes Schaf hätte erwürgen können. Den anderen Herrn grüßte Dolf mit einer angedeuteten Verbeugung. Er erhielt keine Reaktion, nur einen langen, prüfenden Blick, obwohl die Herren inzwischen ihre dunklen Hüte wieder aufgesetzt hatten.

»Don Salva, *qué alegría!* Sicher haben Sie ihre ukrainischen Probleme auch ohne mein Zutun lösen können, *verdad*?«

»Lieber wäre es mir gewesen, *Sie* hätten sich darum gekümmert. Anstatt hier in längst geklärten Fällen herumzustochern.« Xavierra wusste also von Dolfs Nachforschungen. Sollte er alarmiert sein?

»Hoffentlich nicht in Angelegenheiten, die Sie berühren, Don Salva?«

»Hoffentlich nicht!« Xavierras durchdringender Blick konnte einen frösteln machen. Dolf zog es vor, das Thema zu wechseln. »Sie kannten Melisenda del Rey?«

Xavierra lächelte hintergründig. »Wann kennt man schon einen Menschen? Wir beide waren ihr eine Zeitlang eng verbunden.« Mit seiner Handbewegung schloss er den anderen, abweisenden Herrn in seine Bemerkung ein.

»Wunderschöne Kränze«, platzte es aus Dolf heraus.

»Wovon sprechen Sie?« Der schmächtigere Herr konnte tatsächlich reden, wenn auch in schneidendem Ton. »Aber nein, Sie täuschen sich. Ich habe sie geliebt wie eine Tochter, auch wenn sie nicht mein Fleisch und Blut war.« Der Mann war Xenias Stiefvater! Aber kühl wie eine Gruft. »*Es Usted alemán?*«

»Señor Schirner lebt schon sehr lange in unserem Land. Wenn auch nicht so lange, dass er viel von unserer stolzen Vergangenheit mitbekommen hätte«, erklärte Xavierra.

»Unsere Bewegung hat Ihren Landsleuten viel zu verdanken, Señor Schirner.«

»Das ist nichts, *señor*, worauf ich oder meine Regierung stolz sein sollte, *con su permiso.*«

In welcher Zeit lebte der alte del Rey? Er sprach von der Falange. Er trug zwar ein blütenweißes Hemd, aber Dolf hätte schwören können, dass er zu jeder anderen Gelegenheit Königsblau bevorzugte. Sicher war der alte Herr jetzt empört über Dolfs Bemerkung, aber er war viel zu selbstbeherrscht und gut erzogen, um das zu zeigen. »Wir sehen uns, Don Salva, *hasta la próxima!*« Del Rey verabschiedete sich mit Handschlag von Xavierra und ging davon. Dolf würdigte er keines Blickes. Dem war das ganz recht.

»Sie sollten vorsichtiger sein, mit wem Sie sich anlegen, Señor Schirner. Man weiß nie, ob man nicht noch einmal einen Fürsprecher gebrauchen kann.«

»Mein Leben und meine Arbeit interessieren doch keinen Menschen.«

»Sie unterschätzen Ihre Bedeutung, Don Adolfo. Leben Sie wohl.« Es war kein einfacher Abschiedsgruss, das hörte Dolf heraus, es war eine Warnung. Xavierra wandte sich zum Gehen. Ein paar Meter weiter wartete auf ihn ein junger Mann im dunklen Anzug, wohl sein Fahrer.

Dolf hätte sich auf die Zunge beißen können. Wieso konnte er dem alten Faschisten nicht einfach nach dem Mund reden? Oder Xavierras Andeutungen auf sich beruhen lassen? Oder seine Anspielung auf die Kränze hinunterschlucken? Auf diese Beerdigung zu gehen war von vornherein eine Schnapsidee gewesen. Er hätte sich ohrfeigen können.

Im Schatten am Tor des Friedhofes wartete María auf ihn und tippelte ruhelos von einer Schuhspitze auf die andere. »Maripili und Sole haben mir das letzte Taxi weggeschnappt. Nimmst du mich mit in die Stadt?«

Dolf war mit der Vespa gekommen, er konnte María in ihrem engen Kleid und dem ausladenden Hut kaum den Sozius seiner schrottreifen Karre anbieten. »Ich leiste dir gerne Gesellschaft, während wir auf deinen Wagen warten. *¿Tomamos un café?*« Selbstverständlich gab es am Friedhof, wie an jedem belebten Ort in Spanien, eine Bar.

»Hast du herausgefunden, wie es Xenia wohl zuletzt ergangen ist?«

»Nein. Ich habe allerdings Hinweise, dass sie in Madrid gelebt hat.«

»Ach ja?«

Er würde den Teufel tun, María zu erzählen, was er bei seinen Internetrecherchen über Sasha herausgefunden hatte. Ebenso wenig tat es zur Sache, wie Dolf auf die Seiten der internationalen Begleitagentur gekommen war … Sasha firmierte dort in den Kategorien *Geisha*, *Escort*, *Nivel altísimo*. Sie bot sich als Begleiterin in fünf Sprachen an, in Englisch, Französisch, Spanisch, Portugiesisch und Italienisch. Ihre Themen waren unter anderem Literatur, klassische Musik, Cinematographie, moderne Malerei. Als Einsatzgebiet hatte sie Europa angegeben, mit Ausnahme von Zypern und dem Ostblock. Ihr Kalender wies jede Menge freie Termine aus, nur der erste Donnerstag in jedem Monat war geblockt. Den hatte sie sich also für den Lesekreis frei gehalten.

Dann kamen Sashas persönliche Bemerkungen, die Dolf bis in seine Träume verfolgten … *based in Madrid, € 3000 (US $ 3840) per day plus expenses … will fulfill each and every of your desires, depending on your personal hygiene … you may ejaculate in or on any part of my body except the vagina …*

Was nutzte es María, wenn Dolf sie mit diesen Details belästigte? Und selbstverständlich hatte er keine Zeile davon ausgedruckt, Galicia hätte seinen Benutzercode sofort pulverisiert.

»Da kommt schon mein Taxi. Bis bald!« María küsste ihn zum Abschied und flatterte davon. Für Dolf fühlte es sich heiß und trocken an wie der Kuss von einem der steinernen Todesengel, die massenhaft auf den Gräbern dieses Friedhofes herumstanden. Er hätte einen Schnaps gebrauchen können.

Noch am Nachmittag schrieb Dolf eine erboste E-Mail an den Verantwortlichen für den Internetauftritt der Hostessagentur. Er schrieb so scharf und bedrohlich, wie es sein Englisch hergab. Die Postadresse war ein Apartmenthaus auf Jersey. Dolf drohte ganz offen damit, sein Material über einen Mordfall den Behörden zu übergeben, wenn ihm die Verantwortlichen nicht den Kunden nannten, der Sasha/Xenia für die Woche vom 8. bis 12. September des Vorjahres gebucht hatte.

Allerdings gab Dolf sich keiner Illusion darüber hin, dass diese E-Mail zu irgendetwas führen würde. Eiserne Diskretion war die Geschäftsgrundlage dieser Art von Kontaktbörsen. Nie im Leben würden sie mit den Personalien des Schweigsamen herausrücken.

Das Einzige, was passierte, war, dass Sashas Fotos und Texte am nächsten Vormittag auch aus den früheren Versionen der Seite gelöscht waren, auf die ihn der Browser im Club social automatisch umgeleitet hatte. Auf den aktuellen Seiten war Sashas Eintrag schon vorher nicht mehr zu finden gewesen.

23

Conchas Wohnung sah nicht sehr viel schlimmer aus als Dolfs Bude üblicherweise. Bücher, CD-Hüllen und Unterlagen waren auf dem Boden verstreut. Im Schlafzimmer umspielte eine Woge aus aufwallenden Daunen Dolfs Beine, als er die Tür aufstieß. Alle Kissen und die Matratze waren aufgeschlitzt, alle Aktenordner zerfleddert, alle Schubladen aufgezogen und ausgeleert, alle Schrankfächer durchwühlt. Papierfetzen und Kleinkram bedeckten den Boden. In der Küche knirschte Reis, der sich wie Flugschnee in den Ecken aufhäufte, unter seinen Schuhen.

Irgendwer hatte gründlich gestöbert und keinen Karton Nudeln, keine Vorratsdose Mehl, kein Schraubglas mit Eingelegtem unberührt gelassen. Dolf nickte säuerlich. Concha versuchte seine Miene zu lesen. »Unfassbar, oder?«

»Sauberer Job.« Solch ein Chaos anzurichten, ohne einen Nachbarn zu alarmieren oder sonst wie Aufsehen zu erregen, das war fast schon ein Kunststück. Die Arbeit von Profis.

Erst auf den zweiten Blick erfasste Dolf die unappetitlichen Details. Trübe Brühe aus einem umgestürzten Olivenglas war in ein besticktes Tischtuch gesickert. Tomatensoße aus einem Einweckglas trocknete gelb und ölig auf den liebevoll gestalteten Seiten eines Fotoalbums. Teller und Töpfe, Besteck und Kochutensilien mengten sich auf dem Boden unter der Spüle zwischen Gemüsen und Gewürzen, Vorräten und Zutaten wie die Hinterlassenschaften eines irrsinnigen Kochs. Für Concha musste der Anblick eine Katastrophe gewesen sein. Dolf ging zu ihr ins Kinderzimmer. Sie war dabei, ein paar Sachen für sich und die Kinder in zwei große Reisetaschen zusammenzuraffen.

»Wird es gehen?«

»Muss ja.«

»Concha, *escucha*, können wir reden? Ich habe noch ein paar Fragen.«

»Ich bin gleich so weit.« Verbissen machte sie sich wieder an ihre Arbeit.

Sie waren an einem späten Vormittag bei Concha eingebrochen, als die Kinder im Hort und sie in der Apotheke war. Zwei Tage nachdem Dolf seine geharnischte E-Mail abgeschickt hatte. Es konnte Zufall sein, aber Dolf glaubte nicht an Zufälle. Nicht bei einer Sache wie dieser.

Concha und die Kinder waren am Nachmittag nach Hause gekommen und ahnungslos mitten in das totale Chaos gestolpert. Sofort hatte sie die Kleinen zu ihren Eltern gebracht, auch sie selbst wollte bis auf weiteres dort wohnen. Sie hatte Dolf angerufen, um zu fragen, ob er dabei sein wollte, wenn sie ein paar Sachen aus der Wohnung holte. Dolf wollte. Die Polizei war schon da gewesen und hatte alles aufgenommen. Aber selbstverständlich räumten die nicht auf.

Concha kam aus dem Kinderzimmer. »Okay. Bringen wir es hinter uns.«

Selbst für Concha war eindeutig, was die Einbrecher gesucht hatten. Der Computer war weg, der Drucker, die externe Festplatte, sämtliche CD-Rom und Flashplayer und sogar die alten 3½-Disketten, Sicherungen ihrer Diplomarbeit, für die es in der ganzen Wohnung gar kein Laufwerk mehr gab. Außerdem hatten sie nach geheimen Verstecken gesucht. Das Eisfach abgetaut, den Spülkasten aufgeschraubt, Kulturbeutel ausgekippt, Küchenschubladen umgestülpt. Schuhe abgetastet, Winterkleidung im Schrank durchsucht, sämtliche Bücher durchgeblättert. Es waren nicht übermäßig viele Bände, aber dennoch, sie hatten sich Zeit genommen, sie waren überaus gründlich vorgegangen. Sie hatten nicht mehr zerstört als unbedingt notwendig.

Für Dolf sah es so aus, als hätten sie nicht gefunden, wonach sie gesucht hatten. Es war nur so ein Gefühl. Und er vertraute seinen Gefühlen nicht.

»Kennst du dich aus mit Tomás' Unterlagen?«

»Die haben sie wahrscheinlich als Erstes durchwühlt.« Concha führte Dolf zu dem altmodischen Sekretär mit ausklappbarer Schreibplatte und mehreren Schubladen, aus dem sie ein paar Tage zuvor die Unterlagen über Tomás' Kredit gezogen hatte. Jetzt türmten sich die Papiere, Hefter und Ordner auf dem Boden wie ein wirres Puzzle.

»Fehlt was? Fällt dir was auf?«

»Nicht auf den ersten Blick.« Sie hob einen Ordner auf, schlug ihn zu und stellte ihn an seinen Platz. »Aber Tomás hatte alles schriftlich, ich meine auf Papier, er hat nur selten was auf dem Notebook gespeichert. Und sein Handy ist weg.«

Dolf sah sie alarmiert an. Concha wiegelte sofort ab. »Sein altes Handy, es funktionierte nicht mehr richtig, der Akku war total hinüber. Tomás hat es nur aus Sentimentalität aufgehoben, es war sein erstes Handy, wir haben uns damit kennengelernt. Sicher war nichts drauf, was denen helfen könnte.« Ein zweiter Ordner war so zerfleddert, dass er sich nicht mehr schließen ließ. Mutlos ließ Concha ihn wieder auf den Müllhaufen sinken.

»Hast du eine Ahnung, wonach die gesucht haben?«

»Wenn ich mir das alles recht zusammenreime, was du mir bisher erzählt hast, Adolfo, dann hat Tomás irgendetwas mitbekommen, was er nicht hätte mitbekommen sollen. Und er hat die Dummheit begangen, darüber Aufzeichnungen zu machen. Dieses Material wollen sie jetzt wiederhaben.«

»Hältst du das denn für möglich?«

»Warum nicht?«

Dolf traute seinen Ohren nicht. »Dass Tomás jemanden erpresst hat?«

»Was? Wer sagt denn so was?«

»Du. Wir. Etwa nicht?«

»Er hatte Fotos oder Tonaufnahmen von irgendjemandem, er hätte die nicht haben sollen, aber …« Sie zögerte, sie scheute vor dem Gedanken zurück, obwohl er sich so offensichtlich aufdrängte.

»Wen hätte das gestört, wenn er *nicht* versucht hätte, dieses Material zu Geld zu machen, Concha? Es ergibt keinen Sinn. Kratz mir die Augen aus oder lass es, aber nur eine Erpressung oder der Versuch einer Erpressung erklärt, wieso diese Leute Tomás ans Leder wollten.« Dolf wies mit der Hand auf die Sachen, die um ihn verstreut auf dem Boden lagen.

Concha umfasste sich fest mit den Armen, sie zitterte. »Sollte ich Angst um die Kinder haben?«

»Nein.« Dolf legte ihr die Hand auf die Schulter, wollte sie tröstend umarmen, aber sie wehrte die Geste ab.

»Sie werden euch nichts tun, weil du nichts weißt. Sie suchen nach Papieren, Dokumenten, Fotos, mit denen Tomás sie erpresst hat. Aber sie wissen, dass du nichts damit zu tun hast. Sonst hätten sie dich längst geschnappt.« Er hoffte inständig, dass er recht hatte.

Concha nickte, als ob sein Gefasel Sinn ergäbe. Sie war eine tapfere Frau. Sie war Kummer gewöhnt. Allerdings fürchtete Dolf, dass ihr Kummer noch lange nicht zu Ende war. Er konnte nur hoffen, dass sie durchhielt.

Kaum zwei Stunden später, zum frühestmöglichen Zeitpunkt, durchsuchten Dolf und Concha die Apotheke. Auch Santes war gekommen, um zu helfen. Der Betrieb lief normal weiter, Kunden kamen und gingen, aber alle kannten Concha und die meisten auch ihre Freundin. Beide hatten sich weiße Kittel übergestreift. Dolf saß in der Rezeptur auf einem Schemel und dachte fieberhaft nach. Sie alle hofften, dass sie kein Aufsehen erregten, sie hatten jedoch keine Wahl.

Concha und Santes stellten sämtliche Schubladen, Fächer, Einwegboxen und Gläser auf den Kopf. Wenn sie von Kunden gefragt wurden, erzählten sie etwas von einer Inventur. Mitten im Sommer? Aber niemand interessierte sich wirklich für ihre Aktivitäten.

Was Dolf zu schaffen machte, war ein kleiner Kugelschreiber, in dessen oberen Teil ein USB-Stick eingebaut war. Es war ein billiges Werbegeschenk. Wahrscheinlich war auch kaum Speicherplatz auf dem Ding. Es war Ramsch, nicht wirklich von Interesse. Bis auf die Tatsache, dass es verschwunden war. Dolf war sich so gut wie sicher, dass in einer Schublade des Apothekerschranks ein solcher Werbeartikel gelegen hatte, als sie vor wenigen Wochen die Fotos aus der Ermittlungsakte nachgestellt hatten.

Concha konnte sich nicht daran erinnern. Sie hatten von irgendeiner Werbefirma mehrere solcher Kugelschreiber als Muster geschenkt bekommen, die Dinger lagen überall herum. Selbstverständlich konnten Conchas Vater oder einer der Angestellten den Kugelschreiber benutzt oder an sich genommen haben. Doch das kam Dolf nicht besonders wahrscheinlich vor.

Er hatte in den vielen anderen Geheimfächern des Schrankes nachgeschaut, die Concha ihm gezeigt hatte. Tatsächlich fanden sich weitere Exemplare des Kugelschreibers, drei

Stück insgesamt. Dolf schob sie in den Computer an der Apothekenkasse. Sie waren allesamt leer. Darüber grübelte er nach, während er Santes und Concha dabei zusah, wie sie wirklich jeden Winkel des Raumes, jedes Fleckchen Staub und jedes winzige Eckchen eines jeden Regalbrettes absuchten. Und zugleich sauber machten.

Sie fanden Notizzettel, Flyer, Werbekram. Jede Menge Kulis, die Dolf allesamt auseinander- und wieder zusammenschraubte. Er glaubte nicht, dass Tomás die Möglichkeit gehabt hatte, Mikrofilm herzustellen, aber er konnte auch nicht das Risiko eingehen, irgendetwas zu übersehen, was Concha oder ihre Familie in noch mehr Schwierigkeiten brachte.

Und dennoch fanden sie nichts. Es gab keinen Ort in der Apotheke, wo auch nur ein Blatt Papier hätte versteckt sein können, nicht im Verkaufsraum, nicht in der Rezeptur, nicht im Lager. Sie suchten jetzt schon sechs Stunden am Stück, die Apotheke war längst geschlossen, es war nach Mitternacht. Concha und Santes waren hundemüde, das war ihnen anzusehen, aber sie taten eifrig und bemüht, bis Dolf sich eingestehen musste, dass es sinnlos war.

Konnte Tomás sich ein Versteck in der Wohnung seiner Schwiegereltern gesucht haben? Zugang hätte er leicht und unauffällig gehabt. Aber trotzdem glaubte Concha nicht daran. »Es wäre Irrsinn, dort etwas Wichtiges zu deponieren. Weil die alten Leutchen doch alles verlegen. Und beim Suchen dauernd umräumen. Den Rentenbescheid meiner Mutter haben wir Jahre später in einem Marmeladenglas gefunden, zwischen anderen leeren Gläsern, die bereits zum Wegwerfen zusammengestellt waren. Ein Wahnsinn!«

Irgendetwas nagte an Dolf. Noch einmal schob er die drei leeren USB-Sticks in den Computer. Auf keinem wurden irgendwelche Daten angezeigt. Aber auf einem tauchte eine andere Zahl auf, als Dolf erwartet hatte: Größe: 500 MB, benutzt: 940 kB, frei: 465 MB. Die beiden anderen Kulis boten exakt dasselbe Bild. Bis auf die letzte Zahl. Frei: 498 MB. War es möglich, Dateien so zu speichern, dass sie nicht im Verzeichnis auftauchten? Also unsichtbar waren?

Gab es eine praktikable Möglichkeit, solche Daten wieder lesbar zu machen? Konnte Santes ihren Bekannten aus der Versicherung, den Computerfreak, so spät noch um Rat fragen?

Im Büro selbstverständlich nicht, aber sie hatte seine Handynummer. Üblicherweise war der Mann sehr lange wach. Santes rief ihn an, er antwortete sofort.

Dolf wunderte sich. Der Typ war nicht nur schnell am Telefon, er hatte auch nichts dagegen, sich den Flashplayer jetzt gleich anzusehen. Dass versteckte Dateien darauf sein könnten, kam ihm nicht nur vorstellbar, sondern ziemlich wahrscheinlich vor.

Kaum hatte Santes das Gespräch beendet und griff nach ihren Sachen, um loszufahren, kamen Dolf Bedenken. Es war ihm nicht recht, dass Santes die *llave USB* bei sich hatte. Aber er wollte ihr auch nicht erklären, was er befürchtete. Sie lachte über sein Herumgedruckse. »Wenn du dir so viele Sorgen machst, dann komm doch einfach mit.«

Also fuhren sie zusammen hin.

»*¡Hola, guapa!*«

Küsschen, Küsschen. Jorge wirkte auffällig gepflegt: kein wirrer Bart, keine verwuschelte Mähne. Schlank, sehnig, geschmeidig. Mit seiner feinen Brille hätte er genauso gut ein Bankangestellter sein können. Was er ja auch irgendwie war, wie Dolf jetzt einfiel: Er arbeitete Teilzeit für die Statistikabteilung einer Versicherung.

»Das ist mein Schwiegervater. Der sich nicht davon abhalten ließ, mitzukommen.«

»*Encantado.*«

Der Mann hielt sich an einer Dose Energydrink fest und hatte keinen besonders männlichen Händedruck. Aber er war bereit zu helfen. Mehr konnte niemand verlangen. »*Igualmente. ¡Sube! Sube por favor.*«

Die Rechner des Computerfreaks sahen nicht besonders beeindruckend aus, keine riesigen Monitore oder holographischen Projektionen. Keine Regale voller summender Festplatten und Kästen mit geheimnisvoll blinkenden LEDs. Jorges Eingabegerät war ein altes Notebook, das mit seinem Rechner unter dem Tisch, nicht größer als zwei aufeinandergestapelte Kisten Bier, verkabelt war. Der Tisch selbst war eine vollgemüllte Sperrholzplatte auf zwei Böcken mit unzähligen Kringeln von Dosen und Kaffeetassen.

»Sonst alles klar bei dir, Santes?«

»Sicher. Bis auf den Typen hier, der mich verrückt macht.«

»Wirkt doch ganz umgänglich, dein Schwiegervater.«

»Danke.« Sie redeten, als wäre Dolf gar nicht im Raum.

»Du kennst ihn nicht.« Santes streckte Jorge den USB-Stick hin.

»Da haben wir also das Schätzchen, das uns seine Geheimnisse verraten will.«

»Moment!« Dolf schärfte dem Mann mit den Seidenhänden ein, dass es zu seiner eigenen Sicherheit war, wenn er die verborgenen Dateien zwar sichtbar machte, sie aber keinesfalls öffnete. Dabei keine Kopien zog, nicht auf seinen Rechner und schon gar nicht auf irgendeinen Server. Santes verzog skeptisch den Mund, als Dolf erklärte, was er befürchtete. Dass nämlich irgendwo jemand sitze, der sich ziemlich gut mit Computern auskenne und ihnen auf den Fersen sei. Wenn alles erledigt war, würde Dolf den Stick an sich nehmen und woanders öffnen. »Besser, ihr wisst nicht, was darauf ist.«

»Allmählich sehe ich, was du gemeint hast, Santes.«

Dolf hob empört die Hand, aber Jorge winkte nur beschwichtigend ab. »Ausziehen ohne hingucken, ich hab schon verstanden.«

Er steckte den Flashplayer in seinen Rechner und analysierte ihn mit einem Quarantäne-Programm, das den Flashplayer las, ohne Spuren zu hinterlassen, wie Jorge erklärte. Selbst das Datum der letzten Änderung oder des letzten Aufrufens wurde nicht angetastet.

Das Programm fand drei verborgene Dateien, insgesamt rund 41 MB.

»Na also! Und was haben wir da Schönes?« Jorge behielt jedes Detail der Speicherprüfung im Auge, er konnte erkennen, dass es sich um Text- und Fotodateien handelte, aber er stellte keine einzige Frage nach dem Inhalt des Materials. Dolf entspannte sich ein wenig.

Auf Jorge war Verlass. Er ließ seine geschmeidigen Finger über die Tastatur schwirren, dass es Dolf schummrig vor Augen wurde. Die Entschlüsselung ging rasch voran, Jorge gab nur zu bedenken, dass die Ausführung eine Weile dauern würde. »Vier Stunden, vielleicht mehr.«

»Für drei Dateien?« Das kam Dolf durchaus lange vor.

Jorge erklärte ihm geduldig, was zu tun war, auch wenn Dolf nur die Hälfte begriff. Die drei Dateien waren aufgeteilt in mehrere Hundert Blöcke auf verschiedenen Sektoren des Flashplayers, und bei jedem einzelnen Block waren die ersten 32 Zeichen auf null gesetzt. Um die versteckten Dateien wieder lesbar zu machen, mussten diese ersten Buchstaben ergänzt, also erraten werden.

Es gab zwar ein Programm, das diese Ergänzungen maschinell probierte, aber irgendwelche seltenen Dateianfänge blieben immer übrig und mussten von Hand eingefügt werden. »Weil ihr ja keine Kopien wollt, kann ich ihn auch nicht parallel an mehreren Stellen rechnen lassen, wie er das üblicherweise tun würde, versteht ihr?«

Dolf verstand genug, um zu begreifen, dass Jorge ernsthaft an der Sache dran war und dass es bis zum Morgen dauern würde. »Könnte ich hier vielleicht irgendwo übernachten? Ich möchte den Stick nicht gerne alleine lassen.«

Jorge zuckte nur die Achseln. Bei ihm blieben andauernd irgendwelche Leute über Nacht, wenn sie nach einer langen Sitzung nicht mehr nach Hause fanden.

Aber Santes fuhr Dolf ärgerlich an. »Jetzt mach aber mal einen Punkt, Dolfo! Das ist doch lächerlich, was du dir einbildest. *Eres un paranóico!*«

Dolf blinzelte. Es war spät, wahrscheinlich waren sie alle überdreht, vermutlich konnte er nicht mehr klar denken.

Sie ließen Jorge an seinem emsig arbeitenden Computer zurück. Er wollte Santes anrufen, wenn er fertig war. Irgendwann am Morgen.

Dolf wandte sich noch einmal um. Ihm war es nicht recht, dass sie das Telefon benutzten. Er wollte ein Fax schicken, konnte er ein Fax als Antwort bekommen?

Jorge schwang auf seinem Drehstuhl herum und hob grinsend die seidigen Handflächen. »*¿Un fax? ¡Sin problema!*«

»Kannst du irgendwo rechts ranfahren?« Dolf musste nachdenken, er hielt die Augen geschlossen, aber er konnte sich nicht recht konzentrieren. Er schaute sich um und dirigierte Santes in eine Parkbucht an einer Grundstückseinfahrt. Er bat sie, die Fenster herunterzulassen und den Motor abzustellen. Sorgfältig beobachtete er den Verkehr vor und hinter ihnen. Sie befanden sich auf einer Hauptverkehrsstraße irgendwo im Norden der Stadt, auf dem Autobahnzubringer. Ziemlich übersichtlich. Blieben andere Fahrzeuge stehen oder bogen hastig ab? Ihm fiel nichts auf. Es war kaum etwas los um drei Uhr in der Frühe. Einzelne tiefergelegte Kleinwagen kamen dumpf dröhnend vorbei, mit Heckspoilern und Bassboostern im Kofferraum. Jugendliche auf dem Weg zwischen zwei Nachtclubs oder bereits auf dem Heimweg. Dolf bemerkte kein unauffälliges Auto, wie er eins erwartet hätte: eine Limousine oder einen Hecktürer, übermotorisiert, aber verdeckt, ohne Chrom, ohne Typenbezeichnung, in Grau oder Schwarz oder Dunkelblau. Dolf atmete tief und rasselnd. »Augenblick noch. Hast du noch Geduld?«

»Kein Problem.« Santes schien die späte Stunde nichts auszumachen. »Wo wir hier schon mal so gemütlich sitzen …«, fing sie zögerlich an.

»Ja?«

»Jetzt kann ich es dir ja ruhig sagen.«

»Was denn?«

»Wer der dritte Mann ist. Ich hab es rausgekriegt. Innerhalb von vierundzwanzig Stunden.«

»Tatsächlich? Wie das?«

»Ich hab das Foto doch gemacht.«

Santes hatte ihr Handy auf das Poster in Dolfs Bude gerichtet und abgedrückt, das Bild in ihren Nachrichten-Account eingestellt und schon am nächsten Tag eine Antwort erhalten. Sie wollte sich für ihre Eigenmächtigkeit entschuldigen, aber Dolf fiel ihr ins Wort.

»Also: Wer?«

»Alejandro Xavierra, Anfang dreißig, Kaufmann.«

»Xavierra? Wie der alte Xavierra?«

»Kenn ich nicht.«

»Verdammt, ich Idiot! Er hat es mir praktisch auf den Kopf zugesagt, und ich hab nichts gemerkt.« Er nickte grimmig in sich hinein. »Er sieht ihm ähnlich. Könnte sehr gut sein.«

»Gehört er zu einer von deinen *Dimensionen*?«

»Ich hab keine Ahnung.« Dolf spürte Wut und Empörung in sich aufsteigen. Wut auf sich selbst und Empörung darüber, wie vernagelt er gewesen war, wie blind für das Offensichtliche: Der alte Xavierra steckte dahinter. Schon sein überraschender Anruf mit dem Jobangebot hätte Dolf stutzig machen müssen, nur wenige Stunden nachdem er mit Jaime im Lesesaal des Clubs über seine Nachforschungen gesprochen hatte. Damit hatte Xavierra ihn aus dem Verkehr ziehen wollen. Dann die kaum verhohlene Drohung auf Xenias Beerdigung. Ginés war nur ein Handlanger, Xavierra selbst war der Mann, der im Hintergrund die Fäden zog.

»Anfang dreißig, sagst du. Es könnte sein jüngster Sohn sein.« Er musste nachdenken, einen klaren Gedanken fassen.

»Und wenn?«

»Dann muss ich telefonieren.« Das war zumindest der Anfang eines klaren Gedankens. »Wann hast du es eingestellt?«

»Vorvorgestern, nachdem ich bei dir war.«

»Und heute … also gestern Vormittag waren die schon da. Verdammt schnell.«

»Glaubst du, dass der Einbruch damit zu tun hat?«

»Du etwa nicht?«

Jetzt war auch aus Santes' Gesicht jede Leichtigkeit verschwunden. Und jede Spur von Müdigkeit. Dass seine eigene geharnischte E-Mail an den Escort-Service mindestens ebenso wahrscheinlich der Auslöser für den Einbruch bei Concha gewesen sein konnte, das erwähnte Dolf nicht extra.

»Was tun wir jetzt?«

»Gar nichts. Wenn sie deinem Freund Jorge schon auf der

Spur sind, ist es sowieso zu spät. Wir halten die Füße still. Und hoffen, dass wir Glück haben. Du fährst nach Hause und telefonierst nicht.«

»Schwer genug.«

»Aber notwendig. Drück alles weg.«

»Mach die Augen auf, wir sind da!« Er hatte nicht geschlafen, aber trotzdem kostete es ihn Mühe, sich aufzurappeln und auszusteigen.

Unter der gelbstichigen Heliumdampflampe an der Ecke zur Calle Rosario corta, in der seine Bude lag, stolperte er aus dem Wagen. In wenigen Stunden würde die Sonne aufgehen, aber noch war der Himmel pechschwarz. Dolf winkte der davonfahrenden Santes hinterher und bog in die schmale dunkle Straße ein. Er war hundemüde.

Zusätzlich zu allem anderen in dieser langen Nacht war auch noch die Funzel in seinem niedrigen Hausflur wieder mal ausgefallen. Mit den Fingern tastete er nach dem Schloss in seiner Tür. Bekam den Schlüssel nicht gleich hinein, ärgerte sich, fummelte ungeduldig herum und …

Das Nächste, woran er sich erinnern konnte, war ein stechender Kopfschmerz und ein animalischer Gestank. Er lag mit der Nase im Dreck oder vielmehr in einer Art Lederbeutel. Einen Pantoffel. Es war sein eigener Pantoffel, und es war der Geruch seines eigenen Fußes. Dolf wurde hochgerissen. Zu seinen Schmerzen in Kopf und Nacken kam das Zerren in Schulter, Ellbogen und Hand, als sein Daumen hinter seinem Rücken brutal verdreht wurde. An diesem einen Finger bugsierte ihn der Kleiderschrank, der Dolf niedergestreckt hatte, herum. Zwang ihn, mit verkrümmtem Oberkörper und gesenktem Blick zu seiner improvisierten Werkstatt zu wanken. Es war duster, das Deckenlicht brannte nicht, aber anscheinend konnte der Kerl sich auch im Halbdunkel orientieren. Er schien sich in Dolfs Behausung gut auszukennen.

Der Schrank lenkte Dolf zur Werkbank, zwang ihn auf die Knie und steckte den Ringfinger seiner freien Hand zwischen die Backen des Schraubstocks. Er griff sich den Finger und führte den dicksten, innersten Knöchel sehr sorgfältig zwischen die massiven Hartstahlbacken. Spannte ein wenig ein, probierte, ob sich der Finger noch bewegen ließ, spannte nach. Er beobachtete sorgfältig und ging methodisch vor. Der Knöchel saß fest, der Kerl war zufrieden, richtete sich auf und ließ Dolfs Daumen los.

Auch Dolf konnte sich jetzt aufrichten und umschauen. Er erkannte Xavierras Fahrer, den stillen jungen Mann um die zwanzig, schmal, mit klar akzentuiertem Bartschatten. Gut gekleidet, wenn auch ganz in Schwarz. Schweigsam und konzentriert. Lange nicht so breit und stark, wie Dolf befürchtet hatte. Harmlos sah er allerdings auch nicht aus.

Ein wissensdurstiger junger Mann. Es würde sehr wehtun, das war Dolf klar. Aber es gab nichts, was er verraten konnte. Er wusste nicht, was auf dem Flashplayer war, er wusste nicht, wo der sich befand, er wusste von gar nichts.

Andererseits hatte er eine dumpfe Ahnung, dass nichts, was er sagen konnte, den schweigsamen jungen Mann davon abhalten würde, zu tun, wozu er gekommen war.

»Ich weiß, was du suchst.«

Der Fahrer sah kaum auf, zog nur spöttisch einen Mundwinkel hoch, neigte interessiert den Kopf.

»Aber ich hab das Material nicht.«

Der Fahrer seufzte. Nicht enttäuscht, eher gelangweilt. Er spannte nach, nicht mehr als einen Viertelkreis an der Eisenstange des Schraubstocks, aber Dolfs Knöchel gab ein hässliches Knirschen von sich. Dolf versuchte, seine Stimme und seine Atmung unter Kontrolle zu behalten. »Es ist nicht hier. Das Foto wurde hier gemacht, dort drüben hängt die Vergrößerung, das ist alles, was ich habe.« Es klang doch gehetzter, als er vorgehabt hatte.

Der Mann hatte keine Eile, und er verstand keinen Spaß. Wahrscheinlich stand er unter irgendwelchem psychoaktiven Zeug, das ihn geduldig und gefühllos machte. Interessiert betrachtete er Dolfs Finger im Schraubstock.

Dolf versuchte krampfhaft, nicht auf seinen Finger zu sehen, seine Augen auf dem jungen Mann zu halten. Der funktionierte wie ein Roboter, ohne jegliche Skrupel. Er tat, was zu tun war, aber er genoss es nicht. Er spannte eine Viertelumdrehung weiter und wartete kühl auf eine Reaktion in Dolfs Miene. Der hielt seinem Blick stand, solange er konnte. Irgendetwas Ätzendes lief ihm in die Augen, er blinzelte, und der Blickkontakt war weg.

Der Ringfinger hatte angefangen zu schwellen, dunkles Blut sammelte sich im Nagelbett, es würde in wenigen Minuten die Haut zum Platzen bringen und herausquellen. Die Haut am Knöchel selbst war blass und glänzte. Noch war das Gelenk nicht verletzt, so hoffte Dolf zumindest. Der Fahrer schien seine Gedanken lesen zu können. Denn er spannte den Schraubstock fast eine halbe Umdrehung weiter, und Dolfs Knochenkapsel knackste grimmig. Dolf keuchte zähnefletschend, jammerte, ächzte. »Der Typ heißt Jorge, aber ich weiß nicht, wo er wohnt, *¡te lo juro!*«

Der junge Mann musterte ihn interessiert. Wahrscheinlich hatte er solche Spielchen noch nie an einem über Sechzigjährigen ausprobiert. Er justierte seine Zwangsmethoden neu, er forschte, er lernte dazu. Dolf wäre lieber irgendwo anders gewesen, aber es half ja alles nichts. Der Typ würde ihm den Finger zerquetschen, bis er ohnmächtig war. Ihn dann erschießen oder erdrosseln oder was immer er gerade ausprobieren wollte an Todesarten. Er konnte genauso gut jetzt gleich das Bewusstsein verlieren …

Es war taghell, als er wieder zu sich kam. Xavierras Fahrer war weg. Für den Moment hatte er Dolf am Leben gelassen. Sein linker Ringfinger war allerdings nicht zu gebrauchen, die Schwellung war nicht das Schlimmste, aber beim Sturz war der Finger gebrochen, und der Knochen stand schräg aus dem Gelenk heraus. Die Schulter hatte Dolf sich außerdem ausgekugelt. Er brauchte einen Arzt. So gut es ging, wickelte er die Hand in einen Lappen und humpelte zum Krankenhaus. Es war ein Fußmarsch von zwanzig Minuten. Aber heute schaffte er es in fünfzehn. Er war angeschlagen und verletzt.

Und stocksauer.

Sie packten ihn sofort auf eine Trage, hatten ihn gleich als Notfall eingestuft. Dennoch musste er ein paar Minuten warten. Finger und Schulter waren ruhiggestellt, die Schmerzen zu einem matten Pochen abgestumpft. Dolf hatte Zeit, seine Lage zu überdenken.

Er hatte unwahrscheinliches Glück gehabt. Dass er den Flashplayer nicht bei sich gehabt hatte. Dass er die Adresse des Computerspezialisten nicht gewusst hatte. Dass er Santes nicht in die Sache hineingezogen hatte.

Er tastete mit der unverletzten Hand seinen Kopf ab, rieb sich den Nacken. Er spürte keine Verletzung, keine druckempfindliche Stelle, keine Schürfung, nichts. Xavierras Fahrer musste ein geübter Kämpfer sein, ein Spezialist womöglich. Er hatte Dolf nicht umbringen wollen, ihm nur sehr wehtun, ihn einschüchtern. Ein sehr unangenehmer Typ, sehr jung. Tatsächlich fühlte Dolf sich eingeschüchtert. Und sehr alt.

24

Am Nachmittag kam er nach Hause, den Arm in einer Schlinge, seine Hand frisch verbunden. Eine hübsche Schiene unter seiner Handfläche zeigte jedem den ausgestreckten Mittelfinger – und den Ringfinger und den kleinen Finger noch dazu.

In seiner Bude herrschte das übliche Chaos. Außer ein paar Blutspritzern unter seiner Werkbank war nichts Ungewöhnliches zu entdecken. An der Wand hing unübersehbar das Foto, ohne das schützende Sonnenuntergangsposter. Selbstverständlich konnte ein Profi einen Raum durchsuchen, ohne Spuren zu hinterlassen – wenn er sich genug Zeit nahm. Xavierras Fahrer hatte den Eindruck gemacht, als habe er alle Zeit der Welt.

Als Erstes überprüfte Dolf sein Siegel und seinen Lockvogel. Das Siegel bestand aus einem Haar von Santes, das mit Haarfestiger, dito, über die beiden Deckelhälften eines lackierten Holzkästchens, irgendwelchen Nippes aus China, geklebt war. Das Haar war weg. Nicht nur zerrissen, abgefressen. Die Kiste stand einen winzigen Spaltbreit offen. Ameisen hatten eine Straße hindurch gefunden und schleppten Zuckerreste aus einer alten Colaflasche zu einem Spalt im Verputz unterhalb der Werkbank. Die Tierchen konnten, so stark sie auch waren, die Kiste nicht aufgemacht haben. Außerdem konnten sie ihre Straße nicht innerhalb der wenigen Stunden etabliert haben. Dolf hätte schwören können, dass am Anfang der Woche noch keine Ameisen hier gewesen waren.

Er verstreute das übliche *Killer Campeón*-Ameisenpulver und dachte nach. Wahrscheinlich hatte Xavierras Fahrer seine gesicherte Kiste schon vor Tagen geöffnet. Schon bevor er bei Concha eingebrochen war. Und Dolf, der Trottel, hatte nichts bemerkt!

Der Lockvogel war selbstverständlich weg. Außer einigen persönlichen Papieren hatte Dolf in der Kiste einen leeren USB-Stick aufbewahrt. Wenn ihn der Fahrer erst am Vorabend gefunden hatte, wäre ein wenig Zeit gewonnen. Ein paar Stunden, vielleicht sogar mehrere Tage, hoffte Dolf. Weil der Flashplayer nicht wirklich leer war, sondern gelöschte Dateien enthielt und neu formatiert war. Aber wenn er die nächtliche Bösartigkeit des düsteren jungen Mannes richtig einschätzte, dann hatten sie den Stick schon vor Tagen analysiert und herausgefunden, was Dolf draufgespielt hatte: die CD-Fassung der Bände 49 bis 56 der *Enciclopedia Europea-Americana*. Sicher hatte Xavierra bessere Computerfreaks an der Hand als Santes. Ein paar Stunden Vorsprung war das Beste, worauf Dolf jetzt hoffen konnte. Er musste dringend telefonieren. Und er musste so schnell wie möglich das Beweismaterial auf Tomás' Stick sichten, das Jorge inzwischen hoffentlich lesbar gemacht hatte.

Er stattete Santes im Reisebüro einen Besuch ab. Er tat so, als rührten seine Verletzungen von einem bösen Sturz.

»Sag bloß! Tut es sehr weh?« Sie tat so, als glaubte sie ihm und als machte ihr das keine Sorgen.

»Geht schon.« Sie spielten beide nicht besonders überzeugend. Seine rechte Hand konnte Dolf jedenfalls benutzen und seine Anfrage auf ein Blatt Papier schreiben, das Santes ins Fax legte.

Die Antwort kam postwendend aus dem altmodischen

Thermodrucker gesummt, es war eine vorprogrammierte Nachricht: »Alles gut, alles geregelt wie besprochen, es gibt keinerlei Kopien. Das Schätzchen hängt im Stromkasten vor meiner Tür, weil ich heute früher losmusste.« Kein Absender, keine Faxnummer.

Als er das las, bekam Dolf fast einen Herzinfarkt. »Verdammter Idiot, an den Kasten kommt doch jeder zufällige Passant heran!«

Aber nachdem ihm Concha die Adresse genannt und ein Taxi gerufen hatte, das Dolf, noch ganz außer Atem, dort abgesetzt hatte, fand er alles wie beschrieben: In die Wand vor dem Apartment des Computerexperten war ein elektrischer Sicherungskasten eingelassen. Darin klebte eine kleine Klarsichthülle mit dem Werbestift, unschuldig wie ein Kugelschreiber. Dolf steckte ihn hastig ein.

Er ging auf direktem Weg ins einzige Internetcafé der Stadt, das er kannte. Es war eine kleine Bar an der Markthalle. Unübersichtlich und abgeranzt. Im Nebenzimmer waren Computermonitore dicht an dicht aufgebaut. Es gab Sichtschutzblenden, die, wie Tangas im Nachtclub, gerade das Allernötigste verbargen. Dolf steckte den Stick in einen der Computer und machte die Dateien auf. Notizen, Textfiles und mehrere Fotos. Nachdem er das gesamte Material als Druckauftrag verschickt hatte, sichtete er es am Bildschirm.

Auf dem Stick gab es Fotos von der *Arcos*, von Alejandro Xavierra, freundschaftliche Aufnahmen mit Xenia im Arm; von Marias Suchmeldungen an den Laternen, Luftaufnahmen des Hafenbeckens und der Bucht von Cartagena. Andere Fotos waren Screenshots von der Internetseite eines Schiffsausrüsters und zeigten das Sonnensegel und die spezielle Art von Tauwerk, mit der Xenia verschnürt worden war. Alles gehörte zur Standardausrüstung für eine *Doldrum 54*, wie die *Ar-*

cos eine war. Es gab eine Datei mit Aufzeichnungen über Personalien von Zeugen, auch von anderen Booten, Namen der anderen Boote, Uhrzeiten. Dann Angaben zu Dosis, vermutetem Wirkstoff, zu den Bestandteilen von Elixir. Darüber, wie es Xenia eingeflößt worden war. Im Grapefruitsaft, den sie auf dem Törn getrunken hatte, war es kaum zu schmecken. Dolf fand einen Bericht mit exakten Orts- und Zeitangaben, wie Tomás und die anderen die leblose junge Frau am frühen Morgen aufgefunden hatten. Wie Alejandro, der sich Xao nennen ließ, und Sonny Delgado es Tomás überlassen hatten, die Situation zu klären, wie sie ihn dazu gedrängt hatten, die Leiche verschwinden zu lassen und darüber zu schweigen.

Dann folgten die genauen Angaben, wie Tomás es gemacht hatte, wie er die Tote verborgen und weggeschafft, sie im ersten Morgenlicht um das Kap herum und in die Bucht hineingefahren und dort versenkt hatte – mit auf wenige Meter genauen Ortsangaben und GPS-Daten eines Handempfängers, mit der Peilung des Muringsteins.

Dolf fand das Dossier umfassend und völlig überzeugend. Es war genug Material, um Xao Xavierra für eine lange Zeit hinter Gitter zu bringen, wenn sich ein Richter fand, der bereit war, sich mit dessen Clan anzulegen. Vielleicht nicht gerade hier im Süden, in der Provinz Murcia, wo die Xavierras ein dichtgesponnenes Netz von Verbindungen hatten. Doch es war ein Kapitalverbrechen. Ein guter Ermittlungsrichter konnte die Verhandlung nach Katalonien bringen, an die Provinzialkammer in Valencia, wo den Xavierras ihre exzellenten Verbindungen nichts nutzen würden. Der Tatort war nicht eindeutig genug, um eine Anklageerhebung in Katalonien auszuschließen.

Der Drucker stand hinter dem schäbigen Tresen der Bar, die Kellner konnten alle Blätter sehen, die aus ihm kamen.

Ob Dolf irgendwo einen Alarm auslöste, war ihm jetzt gleichgültig. Selbst wenn sie die Spur nicht zu ihm zurückverfolgen konnten, würden sie als Erstes zu ihm kommen. Er hatte nichts zu verlieren. Er konnte nur hoffen, dass sein Vorsprung groß genug war.

Er bezahlte und griff sich den Packen Papier, den der Barista ihm kommentarlos reichte, fragte nach einer Tüte, aber in der Bar hatten sie keine.

Dolf humpelte über die Straße in die Markthalle, erbettelte sich am Backwarenstand eine Papiertüte und orderte einen *café solo* an der Theke der Bäckerei. Als er seine Unterlagen endlich in der Tüte verstaut hatte, sah er sich vorsichtig um. Die einzigen Augen, die ihn stur anglotzten, saßen in den abgeschnittenen Köpfen der toten Störe, die am Fischstand gegenüber auf gestoßenem Eis lagen. Niemand sonst in der belebten Markthalle würdigte ihn eines Blickes. Die Bäckereiverkäuferin, die ihm den Kaffee hinstellte, besah sich seinen frischen Verband, nickte ihm mitfühlend zu, sagte aber nichts. Wahrscheinlich war er tatsächlich paranoid.

Jetzt hatte er also in der Hand, was Xavierras Fahrer gesucht hatte. Weshalb bei Concha eingebrochen worden war. Wofür Tomás sterben musste. Sollte er nicht befriedigt sein? Oder wenigstens entspannt? Nichts davon. Das einzig überwältigende Gefühl, das er empfand, war ein nervöses Ziehen im Magen. Er musste hier weg. Den Kaffee rührte er nicht an, warf seinen Euro auf die Theke und hinkte davon.

Er besaß zwar das Material, bloß hatte er keine Ahnung, wo er solch ein Dossier einigermaßen sicher aufbewahren konnte. In einem Bankschließfach? Wahrscheinlich würden sie ihn finden, noch bevor er die Formalitäten hinter sich gebracht hätte …

Dolf kaufte zwei reißfeste große braune Briefumschläge. In

den einen packte er den Satz Ausdrucke hinein und legte dem Alten in der Bar alles auf den Tresen. »Kannst du das für mich aufbewahren? Und der Polizei übergeben, falls mir irgendwas zustoßen sollte?«

Angel nickte und besah sich Dolfs Arm in der Schlinge und seinen Finger in der Schiene. »Unfall, was? Besser, du fängst wieder an mit dem Trinken, wenn du vom Entzug solche Horrorvisionen kriegst.«

»Schon klar.« Dolf versuchte ein unbeschwertes Grinsen und einen lockeren Dankesspruch. Netter Versuch.

In den zweiten Umschlag stopfte er alle wesentlichen Papiere, die Geheimzahlen und Kennwörter für seine Konten und den E-Mail-Account im Club social, seine beiden Sparbücher, sein Testament, den Mietvertrag über seine Bude und den Hefter, der alles enthielt, was er über seine Rentenansprüche und sein übriges Leben nachweisen konnte inklusive Geburtsurkunde und deutschen Personalausweises. Er verschloss den Umschlag und verdrängte den Gedanken, warum er das alles machte – als ob er seine eigene Beerdigung vorbereitete.

Als Adresse schrieb er drauf: *Srta Sancha Serrano Vázquez c/o Adolfo Tschirner; 2, C/ Rosario cta.* Seine eigene Anschrift. Wenn ihm irgendetwas zustieß, kam Santes wenigstens an seine Post und seine Konten. Wenn nicht, konnte er die Sachen in zwei, drei Tagen einfach wieder aus seinem Briefkasten klauben. Dolf klebte alle Briefmarken, die er finden konnte, auf den Umschlag, sicher viel zu viel, und steckte ihn in den nächsten Postkasten an der Ecke Pío XII und Peroniño. Dann war er bereit für den Anruf.

Die Nummer stand im Telefonbuch. Salvador Xavierra hatte unter seinem eigenen Namen einen Eintrag als kleines Import-Export-Unternehmen.

Es meldete sich eine Sekretärin. Sie wirkte nicht überrascht über Dolfs Anruf und auch nicht über sein Anliegen: Er wolle Xavierra senior etwas persönlich übergeben. Ob er ihn am folgenden Tag gegen elf in seinem Büro antreffen könne? Dazu seinen Namen. Die Sekretärin wiederholte sein Anliegen und sagte zu, es weiterzugeben. Ob sie mit Dolfs Angaben irgendetwas verband, war ihr nicht anzumerken.

Der Rückruf kam weniger als eine halbe Stunde später. Eine einfache Terminbestätigung. Der alte Xavierra erwartete ihn also.

25

Am nächsten Morgen nahm Dolf den Bus nach Murcia. Er war nicht besonders scharf darauf, dort anzukommen, und dennoch nervte ihn jeder Halt auf der Strecke, jede Abfahrt von der Provinzhauptstraße. Neunzig lange Minuten hatte er nichts zu tun und alle Zeit, darüber nachzubrüten. Es gab nichts, was er hätte vorbereiten können für sein Treffen mit Xavierra. Was er zu sagen hatte, hatte er im Kopf, zigmal durchdacht, hin und her gewendet, immer wieder verworfen. Alles, was sie von ihm wollten, hatte er dabei. Er konnte nur hoffen, dass Xavierra das Belastungsmaterial gegen seinen Sohn nicht längst in der Hand hatte. Dass es ihm etwas wert sein würde.

Endlich bog der Bus auf die Autobahn ein für die letzten Kilometer bis ins Zentrum der Provinzhauptstadt, wo der Busbahnhof lag, nicht weit vom Platz vor der Kathedrale de Santa María.

Nach einer zehnminütigen Taxifahrt bog Dolf in die Seitenstraße ein, in der das Büro von Xavierra lag. Er nahm seine Schulterschlinge ab und stopfte sie in einen Plastiksack, der am Straßenrand auf die Müllabfuhr wartete. Die Schiene an seinem Ringfinger ließ er dran, es half alles nichts. Die Fleischwunde war noch nicht geschlossen. Selbst wenn er auf die Schiene hätte verzichten können, was sicherlich nicht vernünftig gewesen wäre, einen Verband hätte er auf jeden Fall dranlassen müssen.

Xavierras Unternehmen war in einem anonymen Geschäftshaus untergebracht, einem Betonkasten aus den siebziger Jahren mit vorgehängten graubraunen Blumenkasten-Elementen, in denen sich seit Jahren keine Blumen mehr hielten. Soweit Dolf sich erinnerte, nutzte Xavierra nur drei schäbige Räume, keiner davon mit einer besonderen Aussicht. Doch Dolf vermutete, dass ihm über einen Strohmann das gesamte Gebäude gehörte.

Er fand den Klingelknopf der Im- und Export-Firma und läutete. Der Türsummer folgte sofort, wahrscheinlich automatisch. Angst hatten sie jedenfalls keine vor ihm. Er nahm den Aufzug in den dritten Stock. Die Dame vom Empfang schien ihn erwartet zu haben.

»Señor Schirner? *Buenos días.* Es dauert noch einen Moment. Wenn Sie Platz nehmen möchten? *Un café?*«

Xavierra würde ihn warten lassen, um ihn nervös zu machen. Uralte Taktik, funktionierte immer. Dolf versuchte sich nichts anmerken zu lassen. »Sehr gern. *Café solo, por favor.*«

Der Empfangsraum war schäbig. Ledermöbel mit Chrombeinen, die wahrscheinlich aus der Bauzeit des Hauses stammten: schwarze, abgewetzte Flächen und Tragskelette aus inzwischen matt angelaufenen Chromstahlrohren. Nichts wies auf den Einfluss hin, der sich, wie Dolf wusste, aus diesen Räumen über die gesamte Provinz erstreckte.

Aus Äußerlichkeiten machte sich der alte Xavierra nichts, für Prunk hatte er kein Talent. Er lebte spartanisch, fast ärmlich. Aber er wusste genau, was er tat. Er war ein Drahtzieher, eine graue Eminenz. Seit Dolf ihn vor vielen Jahren kennen und fürchten gelernt hatte bei der hässlichen Geschichte um die verseuchte Siedlung der Engländer, hatte er versucht, ihm aus dem Weg zu gehen. Bis heute.

Die Sekretärin lächelte Dolf zu, mehr gekünstelt als freundlich, und sie gab ihm mit einem Handzeichen zu verstehen, dass es noch ein wenig dauern würde. Es war ein kleines Winken, ein Fingerschütteln eher, und es war nichts Entschuldigendes daran. Xavierra hatte noch keine Zeit für Dolf, es gab Wichtigeres. Es war nur ein Trick, aber trotzdem ärgerte es Dolf. Schließlich ging es um Xavierras Sohn.

Endlich kam der Kotzbrocken persönlich aus seinem Büro, groß und wuchtig, der nicht sonderlich gut sitzende Anzug unterstrich seine Körperfülle nur noch. Xavierras joviales Lächeln täuschte Dolf keine Sekunde lang, er kannte auch andere Mienen an ihm. Der übliche beherzte Händedruck, vielleicht eine Spur zu hastig – der Boss war auf der Hut.

»Señor Schirner? So rasch sehen wir uns wieder?«

»*Con muchísimo gusto, Don Salva.*« Dabei war Dolfs Vergnügen wirklich nicht der Rede wert.

»Sie sehen nicht gut aus, Don Adolfo.« Er wies mit den Augenbrauen auf die Schiene an Dolfs Hand.

»Es geht mir gut genug, um zu verhandeln.«

»Ach was, Don Adolfo, es gibt nichts zu verhandeln. Aber kommen Sie doch herein.« Er lud Dolf mit einer Handbewegung in sein Büro ein. »Ich höre, Sie haben mir etwas mitgebracht?«

In Xavierras Büro wartete ein weiterer der schwarzgekleideten Anzugträger, nicht viel älter als der, mit dem Dolf schon schmerzhafte Bekanntschaft gemacht hatte. Dieser hier hatte kräftige Jochbeine. Das und seine eisblauen Augen ließen ihn slawisch wirken. Dolf legte sein ausgeschaltetes Handy, seine Geldbörse und seinen Schlüsselbund auf den Schreibtisch. Der Slawe tastete ihn von oben bis unten ab. Er kannte keine Scham und keine Tabus. Ein Profi. Dolf behielt den Boss im Blick, während der Bodyguard ihm zwischen die Beine fasste und seine Schuhe abklopfte. Am linken Knie zögerte er kurz, dann war es überstanden. Xavierra wartete geduldig.

»Lohnt es, sich zu setzen? Sie sehen angegriffen aus.«

»Danke.« Dolf zog sich einen Stuhl heran.

»Was haben Sie für mich, Don Adolfo?«

»Eine Geschichte.«

»Machen Sie es knapp. Sicher haben Sie nicht viel Zeit.«

»Es geht um Ihren Sohn, Don Salva.«

»Tja, Kinder.« Ein Seufzen. »Sie kennen das ja selbst: immer in Schwierigkeiten.« Es war eine kleine Grausamkeit zur Einstimmung, denn Xavierra wusste sehr genau über Eduardos Drogenkarriere und dessen Selbstmord Bescheid. Dolf hörte darüber hinweg.

»Ist Xao hier?«

»Nicht im Augenblick. Für unsere Geschäfte sind wir viel auf Reisen, wie Sie ja wissen.« Er lächelte mürrisch. Dolf erinnerte sich an den Anruf. Wie aus einem früheren Leben.

»Er ist im Ausland?«

»Nur für kurze Zeit.«

»Verstehe.«

»Tut das etwas zur Sache?«

»Mag sein. Soll ich anfangen? Unterbrechen Sie mich, wenn ich Sie mit Dingen langweile, die Sie schon wissen.«

»Setzen Sie nichts voraus, was ich bestreiten müsste, Don Adolfo. Ich höre mir Ihre Geschichte an. Das heißt nicht, dass ich Ihnen glaube.«

»Ich werde nichts erwähnen, was sich nicht eindeutig beweisen lässt.«

»Bitte.«

Also erzählte Dolf, dass Xao an jenem Septembertag mit Melisenda del Rey, die sich Sasha nannte, *nivel altísimo*, zu einem Bootsausflug aufgebrochen war. Dass sie geplant hatten, vier Tage an verschiedenen Orten zu verbringen, Sasha jedoch am Abend des zweiten Tages zu Tode gekommen war.

Dass Xao den Führer der Motoryacht beauftragt hatte, die Leiche zu beseitigen. Dass diese nachweislich an den Folgen einer Vergiftung gestorben sei.

»Sehen Sie eine in welcher Form auch immer strafbare Handlung, gar Tatbeteiligung meines Sohnes? Immer vorausgesetzt, ich glaubte Ihrer Darstellung.«

»Das ergibt sich aus den schriftlich niedergelegten Bekundungen des Bootsführers.«

»Ah ja?«

»Leider ist der Zeuge in der Folge verstorben. An einer Vergiftung mit exakt demselben Wirkstoff, der auch zu Sashas Tod geführt hat. Bei den Behörden wird sein Tod als Suizid gehandelt. Die Untersuchung ist abgeschlossen.«

»Aber weshalb sollte mich das interessieren?«

Dolf behauptete, er könne nachweisen, dass Xavierra oder sein Sohn von Tomás erpresst worden seien und der ihnen Teile seines Materials zugänglich gemacht habe. Dann stehe der Tod des Bootsführers in einem anderen Licht und die Behörden kämen nicht umhin, den Fall neu zu untersuchen und auch den Tod Melisenda del Reys damit in Zusammenhang zu bringen.

»Wie könnte solch ein Nachweis aussehen?«

Dolf fasste so kurz wie möglich zusammen, was ihm Galicia über die Möglichkeiten eingebläut hatte, Telefonate und verschickte Dateien nachzuverfolgen. Dass die Informationen über Sender, Empfänger und den Zeitpunkt der Kommunikation stets unverschlüsselt bei den Telefongesellschaften lagerten. »Die Behörden – und einige sehr einflussreiche Privatleute – können sich darauf Zugriff verschaffen.«

»Das wäre mir neu.«

»Das zu glauben fällt mir schwer, Don Salva, bei allem gebotenen Respekt.«

»Also gut, Schirner. Kommen wir zum Kern der Sache: Sie haben eine Handvoll kaum belegter Vermutungen. Aber Sie können weder mich noch meinen Sohn noch unsere Firma damit in Verbindung bringen. Worüber sollte ich mich mit Ihnen unterhalten wollen?«

»Ich habe ein Foto.«

Das entlockte dem Boss nur ein mattes Grinsen. Auf seinen Wink holte der junge Slawe Dolfs Fotovergrößerung hinter dem Schreibtisch hervor und breitete sie auf dem Tisch aus. »Dieses Foto?«

Sie hatten in der Zeit, in der er im Bus gesessen hatte, das Foto aus seiner Bude geholt. Falls es der Versuch war, ihn einzuschüchtern, war er gründlich misslungen.

»Dieses Foto existiert mehrfach.«

»Sie wissen, dass dem nicht so ist. Dies hier stammt vom Mobiltelefon des Toten. Das haben wir inzwischen gründlich untersucht.«

»Es ist verschickt worden.«

»Nur ein einziges Mal. An seine Frau.«

»Es könnte inzwischen überall sein.«

»Es beweist gar nichts.«

»Es beweist, dass Ihr Sohn und die Tote zusammen in der Cala Perdida waren und dass Xenia zu dem Zeitpunkt noch gelebt hat.«

»Die Datumsanzeige des Gerätes war verstellt. Elektronisch datiert das Foto mehrere Tage *vor* dem tatsächlichen Termin.«

»Es gibt Zeugen für den fraglichen Abend.«

»*Coño*, dass die Nutte an jenem Abend unter Mitwirkung meines Sohnes zu Tode gekommen ist, lässt sich nicht beweisen. Dafür gibt es auch keine Zeugen!«

»Außer den schriftlichen Aussagen des Tomás Martínez.«

»Der übrigens ebenfalls als Täter in Frage kommt.«

»Es gibt weiteres Material«.

»Über das Sie verfügen?«

Dolf nickte entschlossen. »Ich biete es Ihnen an.«

»Also bleibt diese Sache zwischen Ihnen und mir?«

Dolf schwieg nur.

»Wie lautet Ihr Angebot?«

»Sie sorgen dafür, dass der Tod der jungen Frau vor Gericht kommt. Sie werden weder Tomás noch seine Witwe mit hineinziehen. Sicher werden Sie Mittel und Wege finden, damit Ihr Sohn mit einer milden Strafe davonkommt. Sobald das geschehen ist, vernichte ich alle Unterlagen.«

»Das ist nicht genug. Es gefällt mir nicht.«

»Schade. Aber nicht zu ändern.«

»Ich habe mir erlaubt, ein wenig vorzusorgen. Eine niedliche Person, die Ihnen sehr nahe steht, befindet sich in der Hand meiner Leute. Die Kleine sollte Ihnen etwas wert sein, Schirner.«

Dolf wunderte sich. Hatten sie Santes entführt?

»Hier kommt das Gegenangebot: Sie geben mir alles, was Sie haben. Dafür geschieht Ihrer Freundin nichts.«

Santes als Geisel? Es musste ein Bluff sein. Andererseits war Xavierra alles Mögliche zuzutrauen. Dolf überlegte fieberhaft. Sein Gegenüber beobachtete ihn gelassen.

»*Vale*, Xavierra: Ich gebe Ihnen, was ich habe. Ob es noch irgendwo Kopien gibt, bleibt Ihr Risiko. Solange uns nichts passiert, habe ich keinen Grund, die Unterlagen weiterzugeben. Wenn doch, ist unsere Vereinbarung hinfällig.«

Xavierra musterte ihn ruhig und zugleich amüsiert. Dann nickte er. Auffordernd streckte er die Hand aus.

Dolf zog den billigen Werbekuli mit dem integrierten Flashplayer aus seiner Brusttasche. Xavierra betrachtete ihn kopfschüttelnd: Die kleinsten Dinger machten immer die größten Schwierigkeiten, sollte das wohl heißen. Er drehte den Stift in der Hand. »Bis meine Leute geklärt haben, ob es noch Kopien geben kann, halten wir die junge Frau fest. Eine kleine Sicherheit. Das wird ein paar Stunden dauern.«

»Sie meinen, ich soll hier warten?«

»Wenn ich herausfinde, dass es Kopien gibt, möchte ich von Ihnen wissen, wo ich die finden kann. Wenn nicht, sind Sie frei. Sie könnten mir den Weg ersparen, aber es ist Ihre Entscheidung.«

Dolf zögerte. »Kopien sind keine gemacht worden, aber ein Ausdruck.«

»Auf Papier?«

»Ja.«

»*Me da igual*. Das macht mir keine Sorgen.«

»Gut. Dann muss ich jetzt kurz telefonieren.« Ohne lange nachzufragen, nahm Dolf sein Handy vom Tisch und schaltete es ein. Xavierra und sein Bodyguard ließen ihn nicht aus den Augen.

Dolf wählte die Kurzwahl von Santes. Sie war sofort am Apparat. »*¡Diga!*«

»Santes? Alles klar bei dir?«

»Sicher, wieso?«

»Wo bist du?«

»Bei der Arbeit. Was ist los, um Himmels willen?«

»Nichts. Ich erklär es dir später. Bis dann.« Damit hatte er sie bereits wieder weggedrückt. Santes war also wohlauf, er hatte sich ins Bockshorn jagen lassen, Xavierra hatte nur geblufft.

Dolf nahm seinen Schlüssel und sein Portemonnaie an sich. Xavierra lächelte lau. »Sie verlassen uns, Señor Schirner?«

»Sie haben Wichtigeres zu erledigen, da bin ich überzeugt.

Und ich ebenfalls.« Es klang ärgerlicher, als er sich vorgenommen hatte. Xavierra sah ihn nur milde verwundert an.

Dolf wankte hinaus. Der Slawe begleitete ihn noch nicht einmal zur Tür. Die Sekretärin lächelte ihr nichtssagendes Lächeln.

Dolf war geschlagen, ein geprügelter Hund.

26

Er war noch in Sichtweite des Bürogebäudes, seine Hand hatte wieder angefangen zu pochen, und der Schmerz in seiner Schulter verkrampfte ihm Oberkörper und Rücken bis ins Bein. Da klingelte sein Handy, es war Santes. »Was ist passiert, Dolfo?« Sie klang alarmiert.

»Sag du es mir.«

»Concha ist weg.«

»Wie?«

»Ginés und ein junger Typ mit einer Kanone haben sie vor dem Haus ihrer Eltern abgefangen. Sie konnte nicht lange telefonieren, das Handy haben sie ihr nur für den einen Anruf gelassen, bei dir war abgeschaltet. Sie wird irgendwo hingebracht, wohin, konnte sie nicht sagen, sie standen auf irgendeinem Parkplatz. Was hat das zu bedeuten, Dolfo? Ich werde verrückt vor Sorge!«

»Ich kümmere mich drum. Ich rufe dich gleich zurück.«

Er machte auf dem Absatz kehrt, hastete zurück zum Bürogebäude, schob sich in den Aufzug, stieg im dritten Stock aus und stürmte an der Vorzimmerdame vorbei in Xavierras Büro. Der Bodyguard sprang auf, aber sein Chef winkte nur ab. Er war am Telefon, entschuldigte sich bei seinem Gesprächspartner, legte auf. Dolf ließ ihn nicht zu Wort kommen. »Wenn der Frau auch nur das kleinste Haar gekrümmt wird …«

Xavierra wartete neugierig ab. Amüsiert. Aber es kam nichts weiter. »Dann?«

Dolf suchte nach Worten.

»Sie haben mir nicht geglaubt, Don Adolfo, *verdad*? Sie haben gedacht, ich bluffe.« Xavierra schmunzelte säuerlich. »Aber ich bluffe nicht oft. Niemals werde ich dabei ertappt. *¡Jamás!* Das haben schon andere vor Ihnen versucht, Schirner. Und ihren Fehler bitter bereut.«

»Ich … ich reiß Ihnen die Ei… die Eingeweide heraus, Xavierra! Ich mache Sie fertig!« Dolf zeigte mit seiner Schiene mit den drei ausgestreckten Fingern auf ihn. Und auf den jungen Slawen neben ihm. »Sie … Sie alle!«

Es war lächerlich. Es war peinlich. Es war nichts als eine leere Drohung, und alle Beteiligten wussten es. Der Bodyguard lächelte herablassend. Xavierra lächelte nicht. Er nickte nur langsam. »Halten Sie sich einfach an unsere Abmachung, Schirner. Dann wird niemandem etwas geschehen.«

Dolf keuchte vor Wut. Aber ihm fiel nichts mehr ein. Eben war er sich noch vorgekommen wie ein geprügelter Hund. Das erschien ihm geradezu als Hochgefühl, als freudige Erwartung gegen das, was er jetzt empfand. Fischdärme fressen und wieder hochwürgen konnte nicht schlimmer sein. In seiner Kehle spürte Dolf es bitter aufsteigen. Er stürzte hinaus, bevor er die Beherrschung über seine Innereien verlor.

Irgendwie schaffte er es zurück zum Busbahnhof und in den Bus, ohne etwas kaputtzuhauen. Sein Ticket hatte er zum Glück schon in der Tasche, er hätte wahrscheinlich die arme Frau am Schalter zusammengeschrien, wenn sie ihm auch nur eine einzige Frage gestellt hätte.

Sobald er im Bus saß und sich ein wenig beruhigt hatte, rief er Santes zurück. Sie sollte sich genau erinnern, was Concha gesagt hatte, möglichst wortwörtlich. Santes tat sich schwer, sie war aufgeregt gewesen, das war sie noch immer.

»Zwei Typen, sagt sie, waren das. Der eine war Ginés.«

Dolf ließ sie reden, er wartete ab und sagte nichts.

»Der andere muss so ein junger Typ mit schickem Anzug sein, sagt jedenfalls Concha. Wohin sie gebracht wird, hab ich gefragt, aber das wusste sie nicht. Oder durfte es nicht sagen. Und dass die Kanonen hätten. Als ob das was Besonderes wär.«

»Und?«

»Das war alles, mehr war da nicht. Die haben ihr das Handy weggenommen, so hat sich das angehört. Die standen auf einem Parkplatz. Im Hintergrund war Verkehr zu hören.«

»Als du sie gefragt hast, wohin sie unterwegs ist, was hat sie geantwortet?«

»Dass sie es nicht weiß. Es ging auch alles rasend schnell.«

»Okay.« Schicker Anzug, das musste der Fahrer sein, der so geschickt Finger zerquetschte. Ginés war selbstverständlich auch mit von der Partie.

»Das mit den Kanonen, das war was Besonderes?«

»Nein, das hab *ich* gesagt. Sie hat nur die Kanonen betont, als ob das was Besonderes wär, dass die bewaffnet sind.«

»Hast du Ginés jemals mit einer Schusswaffe gesehen?«

»Nein.«

»Aber sie spricht von Kanon-*en*, im Plural?«

»Ich glaube, ja.«

»Kennt sie sich aus mit Handfeuerwaffen?«

»Nicht sonderlich.«

»Kennt sie den Unterschied zwischen einem Revolver und einer Pistole?«

»Keine Ahnung … wart mal, ja, ich glaube schon. Vielleicht aus *GTA*.«

»*Woher?*«

»Ein Computerspiel. Hat Tomás manchmal gespielt.«

»Aber sie sagt eben nicht: Die haben eine Knarre oder eine Pistole oder einen Revolver. Sie sagt: Die haben *Kanonen.* – Richtig?«

»Ja, richtig. Weshalb?«

»Weil ich dann vielleicht weiß, wo sie hingebracht wurde.«

Es gab nur einen Platz mit Kanonen, den Dolf kannte. Er lag ziemlich abgelegen. Plötzlich hatte er es eilig. Aber der Bus kroch geradezu über die Berge, die zwischen Murcia und Cartagena das Küstengebirge bildeten. Er hatte noch eine Dreiviertelstunde Fahrt vor sich.

»Wer sieht nach den Kindern?«

»Die Großeltern. Die Kleinen haben noch gar nichts mitbekommen.«

»Gut.«

»Soll ich die Polizei rufen?«

»Um ihr was zu sagen?«

»Von der Entführung.«

»Nach wo?«

»Weiß nicht.«

»Mach das nicht. Conchas Vater soll den Kindern sagen, sie macht einen Ausflug mit Ginés. Damit sie sich keine Sorgen machen. Ist ja nicht mal gelogen. Dass sie vielleicht über Nacht wegbleibt.«

»Und was machst du?«

»Ich muss nachdenken. Ich rufe wieder an.«

Von seiner Suche nach der Cala Perdida kannte Dolf die verlassene Garnison, in der, wie er vermutete, Concha festgehalten wurde. Die Märchenfestung war seit Jahren aufgegeben, es gab noch nicht einmal eine Bewachung. Es war ein verlassener Ort. Zugleich von morbider Magie, fast wie ein schlafender Drache. Tagsüber besuchten manchmal Touristen die Stelle, so wie Dolf einige Tage zuvor, wegen des uneingeschränkten Rundblicks über das Meer. Und wegen der Kanonen.

Auf das Meer gerichtet, rosteten drei schwere Drehkanonen vor sich hin, Ungetüme mit sechs, sieben Meter langen Rohren. Die Mündungen waren aus Sicherheitsgründen verschweißt, weil sie groß genug waren, um ein Kind oder einen Hund hineinkriechen zu lassen. Die Lafetten waren ursprünglich einmal auf riesigen Kreisbogen gelaufen, um fast dreihundertsechzig Grad schwenkbar. Jetzt aber saßen die Geschütztürme angerostet fest. Ihre Kanonenrohre ragten, kaum einen Meter über der Fläche, unbeweglich aufs Meer hinaus.

Sie waren das Einzige, was Dolf kannte, das in Cartagena und Umgebung die Bezeichnung »Kanonen« verdiente. Er konnte nur hoffen, dass er Conchas Hinweis richtig interpretiert hatte, dass er überhaupt als Hinweis gemeint war. Dolf wollte versuchen, unbemerkt dorthin zu gelangen. Wenn sie tatsächlich dort festgehalten wurde, wäre es immer noch früh genug, die Polizei einzuschalten.

Die einzige Zufahrt, eine einspurige gewundene Landstraße, führte durch ein weites Tal, das nach dem kleinen Ort an der Straße Campillo de Adentro genannt wurde. Jedes Fahrzeug, das dort entlangkam, war am Tag wie in der Nacht leicht auszumachen.

Oder es gab den Weg übers Meer.

Die Sonne ging bereits unter, als Dolf aus dem Bus stieg. Im roten Licht glänzten die wenigen modernen Gebäude der Stadt warm und einladend. Dolf fröstelte. Einen Moment überlegte er, ob er in seiner Wohnung vorbeischauen, sich Werkzeug holen sollte oder irgendetwas, das sich als Waffe eignete. Aber ihm fiel nichts ein. Seinen Dolch hatte er in Ginés' Wagen liegenlassen.

Was er zu tun hatte, war ohnehin so gut wie aussichtslos. Er tat es Concha zuliebe und für die Kinder. Weil ihn die schreiende Ungerechtigkeit bis zur Weißglut reizte, dass Xavierra damit durchkommen sollte, seinen perversen Sprössling aus der Sache herauszuhalten, ohne dass Dolf oder sonst irgendwer etwas unternahm. Entweder er würde Concha helfen können oder untergehen bei dem Versuch. Er hatte keine Zeit zu verlieren, er musste handeln, solange seine Wut noch brannte.

Die einbrechende Dämmerung kam ihm gerade recht. Dolf machte sich auf den Weg zum Fischerhafen. Die *Sera* lag an ihrem Platz. Auf dem Weg hinaus zum Kap würde es kühl werden, aber er hatte keine Zeit, sich eine Jacke zu holen. Irgendwo auf dem Kutter musste es eine Plane oder eine stinkende Decke geben. Oder eben nicht.

Dolf steuerte das Boot aus dem Hafen von Algameca Chica. Von Osten leuchteten die Industrieanlagen des Raffineriehafens herüber. Niemand beachtete einen kleinen Fischkutter, der am Abend auslief. Dolf setzte Kurs auf den Leuchtturm am *Cabo* und ließ sich ein wenig nach Westen abfallen. Er wollte diesseits des Kaps bleiben, wo die Küste flacher und zugleich unübersichtlicher war.

Über eine Stunde brauchte er quer durch die Bucht. Es war bereits dunkel, als er vor dem Leuchtturm nach rechts schwenkte, näher an die Küste heran, dicht unter Land ging und die Positionslichter löschte. Die alte Festung lag einige hundert Meter nach Südwesten und sicher zweihundert Höhenmeter über ihm. Er kannte den Weg nicht, aber jeder Weg bergauf führte früher oder später auf einen der alten Melderpfade, die allesamt an der Festung endeten. Dass er sich verlaufen könnte, war nicht die Gefahr.

Er steuerte den Kutter auf einen der Geröllstrände zu, über dem der Abhang passierbar wirkte. Sah er dort einen Fußweg, der sich den Hang hinaufwand, oder bildete er sich das nur ein?

Fast ohne Fahrt herauszunehmen, setzte Dolf die *Sera* auf den Kiesstrand, hoch genug, dass sie nicht unabsichtlich freikommen konnte. Der Kiel schrammte über das Geröll. Sicher tat das dem Boot nicht gut, aber es war fest gebaut und genügsam, harte Schläge gewohnt. Genau wie Dolf.

Der Aufstieg war beschwerlich, zumal im Dunkeln und in den glattbesohlten neuen Halbschuhen, die seinen Füßen nicht genügend Halt und am Hang keinen guten Griff boten. Schnell kam Dolf ins Schwitzen. Von der Meereskühle war er bald weit weg und keuchte unter der trockenen Luft mit dem herben Duft der Sträucher und Kräuter, die sich in das Geröll der Hänge krallten.

Tatsächlich gab es einen schmalen Pfad, der ihn nach einer halben Stunde auf einen der befestigten Melderwege und kurz danach auf einen planierten Feldweg führte. Dieser befahrbare Weg schlängelte sich sanft den Hang hoch, aber er war mit hellem Kies belegt. Jede Person würde sich scharf davor abzeichnen. Also kroch Dolf die Hänge neben dem Weg hinauf, eine dunkle Figur vor dunklem Grund, hoffte er.

Als er den Kamm erreichte, lag die verlassene Garnison vor ihm. Die Gebäude diesseits der Kanonenplattform duckten sich unbewegt ein paar hundert Meter entfernt an den Hügel. Wie verlassen. Dolf beobachtete die Fassade zur Straße. Kein Aufglimmen einer Zigarette war zu sehen, kein Geräusch zu hören außer den Zikaden. Sobald er sich im Graben neben dem Kiesweg auf den Weg machte, verstummten die Grillen. Hielt er inne, setzte ihr Zirpen nach wenigen Sekunden wieder ein. Dolf konnte nur hoffen, dass niemand darauf achtete.

Nach allem, was er erkennen konnte, war seine Vorsicht unbegründet, denn die Gebäude lagen menschenleer da.

Hatte er sich getäuscht und seine und Conchas Zeit vergeudet?

Dann sah er einen großen dunklen Wagen, abseits der Straße zwischen zwei Wachhäuschen geparkt. Dahinter den Seat von Ginés mit der eingeschlagenen Seitenscheibe. Dolf zog scharf die Luft ein. Es gab keinen Zweifel, sie waren da! Und sie mussten mindestens zu zweit sein.

Obwohl er sich außer Hörweite befand, schlich Dolf ein Stück zurück, duckte sich in eine flache Mulde abseits des Feldweges und holte sein Handy heraus.

Der Notruf war eine Automatenstimme, die ihm mitteilte, dass zurzeit alle Plätze belegt seien und er an das nächstgelegene Polizeirevier weiterverbunden würde. Es war das Polizeirevier in Puerto de Mazarrón.

Der Polizist, der sich ohne Hast meldete, wirkte freundlich, aber müde.

Dolf gab die Einzelheiten der Entführung durch, nannte Opfer und mögliche Täter und den Ort, wo das Opfer gefangen gehalten wurde. Der Polizist wurde immer einsilbiger. »Señor Tschirner, sind Sie das?«

Es war ausgerechnet der selbstgerechte Beamte, den Dolf bereits kannte und der auch Dolf zu kennen meinte.

»Dies ist ein Notruf. Würden Sie ihn aufnehmen oder mich an jemanden weiterleiten, der bereit ist, ihn aufzunehmen?«

»*Hombre*, Señor Tschirner, Sie immer mit Ihren Fällen! Sind Sie am Ende vielleicht doch ein Privatdetektiv? Oder halten Sie sich bloß dafür? Für solche Scherze haben wir wirklich keine Zeit!«

»Das ist kein Witz, *maldito*! Eine junge Frau ist entführt worden und in den Händen zweier skrupelloser Gangster!«

Wie hohl und unglaubwürdig das klang, hörte Dolf selbst. Ein alter Mann, schlecht zu Fuß und außer Atem, raunte in gebückter Haltung, in einen Graben gekauert, in sein Handy, eine Szene aus einer billigen Seifenoper. Dolf rang nach Luft.

»Sie sollten niemals scherzen mit den Behörden, Señor. Dafür sind wir nicht zuständig.«

»Soll das heißen, dass Sie diesen Notruf nicht weiterleiten?«

»Stets zu Diensten, Señor. Aber nur in Notfällen.«

Der Freiton zeigte an, dass aufgelegt worden war. Dolf starrte wütend auf sein Handy. Wie aufs Stichwort fing es an zu blinken, der Akku ging zur Neige. Dolf drückte die Kurzwahl für Santes. Sie war zum Glück sofort dran.

»Concha und die Kerle sind oben in der Festung bei den Kanonen, Campillo de Adentro.«

»Kenn ich nicht.«

»Die Festung über dem Außenhafen. Draußen über dem Cabo Tiñoso, wo die Kanonen stehen. Die Polizei glaubt mir nicht. Der bescheuerte faule Hund hält das für einen Scherz.« Er erklärte Santes die Situation, so gut er konnte, bis er merkte, dass er keine Antwort bekam. Dass der Akku leer war und sein Handy den Geist aufgegeben hatte.

Er hatte keine Ahnung, wie viel Santes von seinen Erklärungen mitbekommen hatte. Er starrte auf das tote Handy. Warf das unnütze Ding in hohem Bogen weg. Er musste das hier wohl oder übel allein hinbekommen.

27

Der Raum für die Verwaltungsgebäude der ehemaligen Kaserne war aus dem weichen Stein herausgehauen worden; ihre Außenmauern standen so dicht davor, dass zwischen den Flachbauten und dem Plateau nur eine schmale Lücke klaffte, kaum mehr als schulterbreit. Über den Spalt konnte Dolf auf eines der steinbelegten Dächer springen, er bezweifelte allerdings, ob ihm das geräuschlos möglich wäre. Mit ein wenig mehr Geduld hätte er auskundschaften können, wie viele Personen sich im Verlies aufhielten, aber diese Zeit hatte er nicht.

Er duckte sich und schlich über das Plateau heran. Er hoffte, dass der poröse Stein kein Geräusch übertrug und ihn nahe genug heranbrachte, ohne dass er bemerkt würde. Als Dolf sich auf Knie und Hände niederließ, schlug der Engländer in seiner Jackentasche gegen den Fels. Dolf unterdrückte einen Fluch.

Auf dem Kutter hatte er genügend Zeit gehabt, sich nach einer Waffe umzutun. Im Bauch des Bootes fand er nur verrostete Ersatzteile und als einzig geeignetes Gerät einen verstellbaren Maulschlüssel aus geschmiedetem Stahl, eine *llave inglesa* eben. Das nötige Gewicht hatte er, wenn er auch nicht gut in der Hand lag. Etwas Besseres gab es nicht.

Das Werkzeug erzeugte auf dem Stein einen hellen, nachhallenden Ton, wie ein Kiesel, der in ein Abflussrohr fiel. Dolf kauerte reglos im Schatten eines Mäuerchens und wartete ab.

Leider wusste er, dass der Fels nicht so massiv war, wie er wirkte. Die Geschütztürme der Kanonen waren mehrere Meter tief darin eingelassen. Unterirdisch durchlöcherten Flure und Schächte für die Versorgung mit Munition den Stein und waren sicher verteufelt gute Schallüberträger.

Als sich nach mehreren Minuten nichts gerührt hatte, wagte Dolf weiter voranzukriechen. Den Engländer hatte er in seine Gesäßtasche gesteckt. Er robbte an den Spalt zwischen Fels und Gebäude heran. In einem der Räume unter sich sah er Licht – in Bewegung, wie von einer Kerze oder einem Leuchtturm. Außerdem hörte er zwei verschiedene Männerstimmen. Einer, der eine Unterhaltung am Laufen halten wollte, und ein Einsilbiger. Der Redselige beschwerte sich, dass er draußen nicht rauchen konnte. Der Einsilbige ließ nicht mit sich handeln, er sprach mit einem osteuropäischen Akzent und führte anscheinend das Kommando. Der Redselige murrte, gab aber nach. »Die noch, dann geh ich wieder auf meinen Posten.«

Dolf sah sich um. Sie würden die Straße das Tal herauf beobachten. Der beste Platz dafür war auf einem der Türme der ehemaligen Festung. Hinauf ging es über Außentreppen, die sich spiralförmig an der Rundmauer emporwanden. Die nächstliegende begann nur ein paar Meter entfernt. Aber der Weg dorthin führte über das nackte Felsplateau aus hellen, fast fugenlos verlegten Steinplatten. Eine Strecke ohne jede Deckung. Dolf nahm sich vor, den Augenblick abzupassen, wenn der Redselige auf der Außentreppe auf der anderen Seite des Turmes wäre. Dann konnte er rasch unter die Stufen schlüpfen …

Da trat der Kerl bereits heraus. Er fluchte leise vor sich hin und zog ein Bein nach. Es war Ginés! Er humpelte ächzend die Außentreppe hoch, Dolf machte sich gerade bereit, zum

Turm hinüberzusetzen, als der zweite Mann um die Ecke bog. »Nicht so laut, verdammt! Reiß dich zusammen!«

Ginés gab nur ein mürrisches Grunzen zurück. Dolf drückte sich in den Schatten des Mäuerchens, so tief er konnte. Der Einsilbige schien auf seinem Handy herumzutippen, flüsterte. »Hab hier so gut wie keinen Empfang! Habt ihr getextet? – Ist nichts bei mir angekommen! – Wann entscheidet ihr? – Ist mir beides recht, will es nur wissen. – *Vale, vale*. Ich hab keine Panik! *Hasta luego.*«

Dolf erkannte die Stimme nicht. Sie klang müde, abgeklärt, gelangweilt. Wie von einem Mann in den besten Jahren. Wenn Xavierras Fahrer auch da war, dann waren sie zumindest zu dritt: Ginés, der junge Fahrer und der Osteuropäer, der das Kommando zu haben schien. Dolf konnte nur hoffen, dass er alle drei ausschalten konnte, bevor die Entscheidung feststand. Er fürchtete, dass die Leute am Telefon nicht nur darüber berieten, wie lange Concha festgehalten würde, sondern ob sie überhaupt freikäme. Und was mit ihr passieren sollte, wenn nicht …

Ginés war auf der Krone des Turmes angekommen. Dolfs Seite observierte er nur flüchtig und trat dann zurück, auf die andere Seite, hoffte Dolf. Mit wenigen Schritten war er am Turm und drückte sich unter die Treppe. Von der Turmspitze aus war er jetzt nicht mehr zu sehen. Und von unten auch kaum. Er brauchte nur abzuwarten.

Weniger als eine Viertelstunde später kam Ginés die Treppe herab. In seinem Versteck verharrte Dolf, bis der Segellehrer an ihm vorüberging, mit dem Feuerzeug schon in der Hand. Zwei rasche Schritte brachten Dolf hinter ihn. Der Schlag mit dem Engländer hätte Ginés am Hinterkopf treffen sollen, aber er zuckte zusammen, drehte sich um, wandte Dolf dabei die rechte Schläfe zu. Dort traf ihn das Eisen. Ginés sackte weg, ohne einen Ton abzugeben. Aber das Fallen des Körpers machte einen Riesenradau, fand Dolf. Er stand reglos über dem Bewusstlosen und lauschte. Doch alles blieb still.

Von der Buchtseite her schlich Dolf an die Dienstgebäude. Es waren vier große Hallenräume, ehemals Wartesäle, Läden oder Depots. Alle vier waren zur Straße hin ausgerichtet, mit einer gemeinsamen Rampe und seitlichen Durchgängen zwischen den Hallen. Dolf drückte sich in den ersten Saal. Er lauschte, schnüffelte, stierte in die Dunkelheit. Nach allem, was er wahrnehmen konnte, war der Raum leer. Die Tür zum nächsten Raum hing schief in ihren Angeln, sie stand halb offen. Dolf wagte nicht, sie zu bewegen, sondern drückte sich an ihr vorbei. Er nahm die Spur eines Parfüms wahr, es konnte auch ein auffällig duftendes Shampoo sein. Aber er hörte keine Atemgeräusche. An der Wand entlang tappte er in den Raum, setzte vorsichtig einen Fuß vor den anderen, achtete auf jedes Geraschel … und stolperte doch über einen Ellbogen. Concha! Sie schrie leise auf. Dolf verharrte mitten in der Bewegung. Lauschte. Nichts regte sich.

Vorsichtig ging er zu Boden und kroch auf allen vieren zu ihr. Sie war jetzt hellwach und wimmerte. Dolf legte ihr eine Hand auf Mund und Nase.

»Ich bin es, Adolfo. Sei leise.«

Sofort verstummte Concha.

»*Dónde están?*«

»Im großen Raum.«

»Wie viele?«

»Zwei. Ginés und ein schweigsamer Weißrusse.«

»Bewaffnet?«

Concha nickte. »Kannst du mich losbinden? Hände und Füße.«

Dolf tastete nach ihren Fesseln. Es waren Kabelbinder aus

Hartplastik, das beim Durchknipsen laut knallen würde. Aber er hatte ohnehin keine Zange dabei. Die Dinger machten üble Druckstellen im Fleisch, wenn man sie mit Gewalt aufbrach. Nichts zu machen, außer er konnte sie durchbeißen. Mit den Handgelenken fing er an. Doch seine Zähne waren noch nie besonders gut gewesen. Er kaute auf dem Kunststoff herum, bekam ihn aber nicht richtig zu fassen.

»Sie kommen!« Concha erkannte die Geräusche der Schritte. Das Licht einer Taschenlampe strich aus dem Durchgang zum Hauptraum. Dolf versuchte, so rasch wie möglich auf die Beine zu kommen, schaffte es aber nicht schnell genug. Er stand mitten im Raum, als der Lichtkegel der Taschenlampe über den Boden wischte, fast seine Füße traf … und abdrehte und sich in den Nebenraum zurückzog.

»… schon wieder weg, *maldito*. Moment, ich zieh zurück.« Der Russe sprach ins Handy. Jetzt, wo Dolf seine Silhouette gesehen hatte, erkannte er in ihm Xavierras jungen Fahrer. Er hielt die Taschenlampe in der linken Hand, das Handy in der rechten. War er Linkshänder? Dolf versuchte fieberhaft, sich zu erinnern, aber der Bursche, der ihm an seiner Werkbank den Finger zerquetscht hatte, war nach seiner Erinnerung Rechtshänder gewesen. Also baute Dolf sich links neben der Tür auf. Falls es eine Waffe gab, wollte er sie in erreichbarer Nähe haben …

Der junge Russe kam in den Raum und richtete den Strahl seiner Taschenlampe auf Conchas Gesicht. Sie stellte sich schlafend, doch ihre Augenlider zuckten. Dolf ließ dem Kerl keine Zeit, sich zu wundern. Er hieb ihm den Engländer über den Kopf – meinte er zumindest –, aber der Fahrer machte einen Sprung zur Seite. Hatte er etwas geahnt, oder hatte er nur unglaublich gute Reflexe? Dolf traf ihn an der Schulter. Der Fahrer taumelte, fiel aber nicht. Der Russe war durchtrainiert. Mit einer raschen Drehung sprang er aus Dolfs Reichweite, wich quer durch die Halle zur gegenüberliegenden Wand aus und hatte innerhalb von Sekunden die Taschenlampe im Mund und seine Pistole in der linken Faust. Sein rechter Arm hing seltsam verdreht an der Schulter. Der Schuss ging knapp an Dolfs Kopf vorbei.

Dolf hob sofort die Hände und ließ den Engländer fallen, der klirrend auf den Steinboden aufschlug.

Der junge Russe stand schwer atmend an die Wand gelehnt. Er wechselte seine Taschenlampe in die rechte Hand, die an einem reglosen Arm baumelte. Die Pistole hielt er nach wie vor mit der Linken. Es war eine stupsnasige, massive Waffe, wahrscheinlich eine Heckler & Koch.

Xavierras Fahrer rief nach draußen, ohne Dolf aus den Augen zu lassen. »Komm rein! Hilf mir! *¡Rápido, rápido!*« So still, wie es rings um die Festung war, musste man es über die gesamte Bergkuppe hören. Doch niemand kam.

Er hatte nach *einer* Person gerufen, nach Ginés. Sie waren tatsächlich nur zu zweit. Dolf fluchte innerlich. Er war so nah dran gewesen!

Der Russe zog sein Handy heraus, wählte, stellte es laut, legte es auf die Fensterbrüstung. Aber es kam nur ein Störungston. Er fluchte. Er brauchte Instruktionen, er war angeschlagen.

Dolf hoffte, aber worauf, das wusste er nicht. Wenn Xavierras Fahrer nur einen Funken Verstand übrig hatte, würde er Dolf abknallen. Concha hatte die Beine unter ihren Körper gezogen und kauerte lautlos in ihrer Ecke. Nur ihr Zähneklappern war zu hören. Die Sekunden tickten.

Der Russe hatte seinen Entschluss gefasst. Er stellte seine Taschenlampe in die Fensteröffnung, so dass sie gegen die Decke strahlte und die Halle notdürftig erleuchtete. Dann trat er auf Dolf zu. Winkte ihn zu sich in die Mitte des Raums. Bedeutete ihm mit der Waffe, auf die Knie zu gehen.

Concha flehte, schluchzte, fand keine Worte. »Bitte, um Gottes und der heiligen Jungfrau willen. Bitte. Bitte, bitte. Maria hilf. Herr Jesus, steh uns bei.« Ihr Lamentieren verlor sich im Nachhall des leeren Depots.

Dolf wusste, dass es von der Warte des jungen Russen aus das einzig Richtige war. Verletzt, wie er war, konnte er keine Hilfe holen, aber Dolf auch nicht allein lassen. Es war folgerichtig. Auch wenn es gegen Dolf lief.

Der Mann hielt ihm die HK vor den Mund. Dolf presste die Zähne zusammen und drehte den Kopf weg. Der andere holte aus, um ihm eine überzuziehen. Es sah ganz so aus, als ob er das auch mit links konnte.

»Verfluchte Schweinerei! Was ist denn hier los?« Ginés stand in der Tür. Sein Gesicht war blutüberlaufen, sein rechtes Auge schwamm in einer roten Schmiere wie ein Spiegelei auf einer Kirschsuppe.

»Keine Ahnung, wie er uns gefunden hat. Er scheint alleine zu sein, der Verrückte.« Der Russe trat einen Schritt zurück.

»Mich hat er oben am Turm erwischt.«

»Gerade wollte ich ihm den Rest geben.«

»Okay. *¡Este hijo de puta me está hasta los cojones!* Und die Kleine? Soll die zusehen?«

Schweigen.

»Sie kennt mich.«

»Kein Grund.«

»Draußen ist alles ruhig. Wir könnten die beiden unauffällig wegschaffen.«

Der Russe dachte nach, dann schüttelte er den Kopf. »Wissen zu viele Bescheid. Gefällt mir nicht.«

»*¿Estás acojonado o algo?*«

»*No, tío.* Geht nicht darum. Wir wären halbes Jahr aus dem Geschäft. Bis alles beruhigt hat. Passt mir gerade nicht. Und jetzt, wo du hier bist.« Es war eine lange Rede, sicher anstrengend. Der Russe betrachtete Ginés abschätzend. Interessiert, nicht mitfühlend. »Kannst du aufpassen auf die beiden? Muss telefonieren.«

»*Vale*. Aber wir wollen doch nicht, dass der Alte wegläuft, oder?« Ein hässliches Grinsen erschien auf Ginés' blutverschmiertem Gesicht. »Leihst du mir deine Spritze für einen Augenblick?«

Der Russe hielt ihm die HK-P7 hin. Ginés nahm sie in beide Hände, baute sich mit ausgestreckten Armen vor Dolf auf und hatte plötzlich einen schnarrenden Befehlston am Leib. »Aufstehen! An die Wand!«

Dolf gehorchte, kam aber nicht gleich hoch. Ginés brüllte bereits wieder: »Mach schon, *cabrón*!«

Dolf wich zurück, kam eine Armlänge vor der Wand zum Stehen. Ginés' Grinsen wurde immer breiter. »Ich denke, du kennst das Spiel, eh: welches Bein?« Damit fuchtelte er mit der Pistole vor Dolfs Füßen herum.

»Ins Knie?«

»Laber nicht. Sag welches.«

Der Russe sah sich die Szene kopfschüttelnd an. Concha hatte aufgehört zu jammern. Sie schien ohnmächtig geworden zu sein.

»Also?«

Dolf seufzte. Zeigte mit dem ausgestreckten Mittelfinger in der Gipsschiene auf sein rechtes Bein. Sah Ginés beschwörend in die Augen.

»Dacht ich's mir doch! *¡Pues nada!*« Damit riss Ginés die Waffe herum und schoss ins andere, in Dolfs linkes Knie. Der Schuss riss Dolf das Bein unter dem Leib weg und schleuderte ihn gegen die Wand. Sicher krachte er mit großem Getöse zu Boden, konnte davon aber nichts hören, weil er taub war vom Knall und geblendet vom Mündungsfeuer. Erst langsam kamen die Geräusche wieder. Rau und rasselnd ging sein eigener Atem. Concha wimmerte wie ein verletztes Tier.

Ginés schnappte sich die Taschenlampe. »*Perfecto*, lass uns telefonieren gehen.«

»Besser, du bleibst hier.

»Spinnst du? Der läuft uns nicht mehr weg.«

Vielleicht war der junge Russe doch nicht so erfahren, wie er wirkte, denn er ließ sich darauf ein. Sie wankten hinaus. Im Licht der Taschenlampe hatten die beiden nicht sehen können, dass Dolfs Bein nicht blutete.

Er wartete ab, bis sie nicht mehr zu hören waren. Dann rappelte er sich auf und kroch zu Concha hinüber. Packte ihre Hand. »Wir haben nicht viel Zeit. Hör auf zu heulen.«

Sie beruhigte sich. Er knackte ihre Handfessel mit zwei kräftigen Bissen. Ob er Concha dabei wehtat, spielte jetzt keine Rolle mehr. Dann schob er sich über ihre Fußgelenke und zerbiss auch dort den Kabelbinder, dass ihm die Zähne knirschten. Concha regte sich, verdrehte die Beine. Dolf wälzte sich keuchend von ihr herunter, drehte sich auf den Rücken und schnappte nach Luft. Sie hatte den Arm um sein zerschossenes Knie geschlungen und betastete mit der anderen Hand vorsichtig das Gelenk. Sie wirkte verwirrt.

»Es ist eine Prothese, *entiendes*? Ich bin nicht verletzt.« Er klopfte auf seinen Unterschenkel, es tockte matt. Concha stieß einen irren Gluckser aus. Drehte sie jetzt durch?

Er richtete sich auf. »Kannst du aufstehen?«

Sie nickte wohl. Genau konnte er ihr Gesicht im Dunkeln nicht erkennen.

»Dann geh. Raus und dann rechts. Den Weg hinab bis zum

Meer runter. Beeil dich, aber renn nicht. Versteck dich irgendwo. *¿De acuerdo?*«

»Und du? Was machst du?«

»Ich hoffe, das Gelenk funktioniert noch. Ich komme gleich nach. Geh jetzt los. Halt dich nah an den Gebäuden. Die Typen sind genau über uns.«

Concha machte sich zitternd auf den Weg. Sie schluchzte unwillkürlich, doch sie schluckte Rotz und Tränen entschlossen hinunter.

Sobald sie außer Hörweite war, kam Dolf auf die Beine. Er hoffte, dass seine Prothese ihn nicht im Stich ließ. Es war eine Maßanfertigung aus Titan und Carbon, federleicht und sicher schweineteuer, die er sich durch besondere Dienste für eine steinreiche Scheidungswitwe verdient hatte. Das Teil war jeden Centavo wert: Es knackte einmal trocken und funktionierte dann wieder. Dolf tastete am Boden nach dem Engländer, griff ihn sich und ging den beiden entgegen. Schließlich hatte er ein Überraschungsmoment auszunutzen.

Er stellte sich an das Eingangstor, kauerte sich hinter die zwei schweren Flügel, einer stand halb offen. Draußen telefonierte der Russe, Ginés machte nervöse Kommentare.

Als Dolf diesmal die Taschenlampe um das schwere Türblatt herumkommen sah, machte er keinen Fehler. Er traf den Russen genau zwischen die Augen. Dafür war der Engländer fast zu schwer. Der Fahrer taumelte, sein Oberkörper wirbelte herum, er fiel hin und blieb wie tot auf dem Rücken liegen. Hatte er seine Waffe wieder weggesteckt? Oder sie etwa Ginés gegeben?

Die Taschenlampe kullerte zwischen seine verdrehten Beine. Dolf griff nach ihr und leuchtete dem Russen ins eingeschlagene Gesicht. Kein schöner Anblick, aber die Pupillen reagierten noch. Und seine P7 steckte im Halfter.

In dem Moment kam Ginés um den Torflügel herumgewankt und blieb überrascht stehen. Er sah das zerschlagene Gesicht seines Kumpels im Schein der Taschenlampe. Dann Dolf mit dem blutigen Werkzeug in der erhobenen Faust.

Für Ginés konnte es keine schwierige Entscheidung sein. Er war verletzt, und Dolf musste ziemlich blutrünstig aussehen, keine Spur von einem zerschmetterten Bein. Das schien Ginés zu verwirren. Er machte auf dem Absatz kehrt und floh um die Ecke des Gebäudes in den schmalen Gang zwischen Außenmauer und Fels, wo es immer dunkler wurde. Als Ginés die scharfe Ecke nicht mit einem Satz nehmen konnte, stieß er gegen die Felswand, stolperte, fiel hin. Dolf war schnell über ihm. Traf ihn diesmal richtig am Hinterkopf. Mit einem langen tiefen Ächzen verlor Ginés das Bewusstsein.

Dolf hatte nicht mehr viel Zeit, er war am Ende. Wenn er nicht bald Hilfe holen konnte, würde er zusammenbrechen, und alles wäre verloren. Er ließ Ginés allein und ging den schmalen Gang zurück. Der Russe lag noch immer reglos hinter dem Tor. Dolf wankte ins Freie.

Er stand vor den ehemaligen Dienstgebäuden, der Verwaltung, dem Depot, was auch immer. Die Straße vor ihm war im selben hellen Felsgestein gepflastert, aus dem auch das Plateau und die Gebäude gemauert waren. Nach rechts ging sie nach ein paar Metern in den Feldweg über, der zum Kutter führte, eine halbe Stunde den Berg hinunter, dann eine Stunde quer über die Bucht. Dort war Concha hoffentlich hinabgegangen.

Links ging es auf dem Fahrweg, der mit Kies und Asphalt befestigten Straße, in Serpentinen ins Tal. Bis unten zum Dorf, wo es das nächste Telefon gab, falls Dolf es schaffte, jemanden herauszuklingeln, waren es sicher vier Stunden Fußmarsch. Bis zur Provinzstraße am Ende des Tales, wo man am frühen Morgen Verkehr erwarten konnte, wären es noch zwei weitere Stunden. In denen weder Ginés noch der Fahrer aufwachen durften. In denen ihnen keiner zu Hilfe kommen durfte. Sicher hatte der Anruf des Russen Xavierra und seine Leute alarmiert.

Ob Dolf eines der Autos kurzschließen konnte? Die beiden mussten ihre Autoschlüssel dabeihaben, aber es widerstrebte ihm, die Körper anzufassen, umzudrehen, zu durchsuchen. Er wollte nur noch weg. Doch wohin? Dolf konnte sich nicht entscheiden. Die Nacht war heiß und drückend. Die Zikaden blieben mucksmäuschenstill. Kein Lüftchen wehte. Da wurde ihm schummrig vor Augen. Jedenfalls sah er plötzlich blaue Blitze. Kippte er etwa um? Er klatschte sich mit beiden Händen ins Gesicht, versuchte durch den Schmerz seine letzten Reserven anzuzapfen. Der Schmerz kam wie bestellt, denn die Fingerschiene schlug ihm eine böse Schramme über der Nasenwurzel. Aber die blauen Blitze gingen einfach nicht weg. Dolf konnte nicht mehr klar sehen …

Es waren die Lichter von Einsatzfahrzeugen, die aus dem Tal heraufkamen, die bereits die letzte Kurve nahmen und gleich bei ihm sein würden.

Anscheinend war er umgekippt.

Denn als Nächstes bekam Dolf mit, wie Ginés und Xavierras Fahrer, mit Handschellen auf Tragen gefesselt, weggebracht wurden. Auch Concha war wieder da, gehüllt in eine Decke. Er selbst hatte ebenso eine Decke um, er kauerte auf dem Rücksitz eines Einsatzwagens, ebenfalls mit Fesseln um die Handgelenke. Seine Schulter schmerzte gotterbärmlich.

Die Tür des Wagens wurde aufgerissen. Ein Mann im Trenchcoat setzte sich auf den Beifahrersitz, drehte sich zu ihm um. »Señor Teskirner?«

»Ja?«

»Fuentes mein Name.«

»Sie sind das?« Dolf hatte sich kein Gesicht für den ermittelnden Kommissar vorgestellt, aber das von Fuentes war nicht zu verachten. Schmal und männlich, nach hinten gegeltes Haar, Bartschatten. Er wirkte erstaunlich jung.

»Ja. Ihre Schwiegertochter hat uns informiert. Ihr Notruf scheint, wie soll ich sagen, nicht in die richtigen Kanäle gelangt zu sein. Erst Sanchas Anruf hat uns wirklich sicher gemacht, dass tatsächlich ein Notfall vorliegt. Wieso haben Sie uns nicht früher informiert?«

»Ich war bis zuletzt im Unklaren, Inspektor. Ich bin auch jetzt noch nicht sicher. Stehe ich unter Verdacht?«

»Nein, nicht mehr.«

Dolf hob seine gefesselten Hände.

»Oh, selbstverständlich, entschuldigen Sie!« Fuentes rief einen Polizisten, der Dolf die Handschellen abnahm. Dolf rieb sich die eingeschlafenen Hände, vor allem unterhalb der Schiene um seinen linken Ringfinger. Fuentes drehte sich wieder zu ihm herum, wies mit den Augen auf seine Fingerschiene. »Sie sind verletzt?«

»Hätte schlimmer kommen können.«

»Sie haben das alles auf eigene Faust recherchiert? Bis zum Ort der Entführung?«

Dolf zuckte nur die Achseln. Was sich sofort rächte. Er zuckte vor Schmerzen zusammen.

»Gute Arbeit, wenn auch etwas waghalsig. Wir warnen ja immer vor solchen Alleingängen. Aber Sie sind glimpflich davongekommen, nicht wahr?«

Sollte er sich jetzt bedanken? »Danke, Inspektor.«

»Kennen Sie die Hintergründe der Entführung von Señora Sánchez? Hat sie mit dem Tod ihres Ehemannes zu tun? Sie haben, wie ich hörte, die Akten studiert?«

Dolf zögerte. »Ja, ich habe Nachforschungen angestellt. Selbstverständlich ohne Ihre Arbeit in Zweifel zu ziehen, Señor Fuentes. Dabei sind ein paar wesentliche Fragen offengeblieben. Aber sagen Sie: Können wir nicht in Ruhe sprechen? Ein andermal?«

»*Por supuesto*. Sie sind erschöpft. *Hablamos mañana*. Das heißt heute Nachmittag?«

Dolf nickte. »Dann kann ich gehen?«

»Ich lasse Sie fahren.«

»Concha Sánchez auch?«

»Ich lasse Señora Sánchez ebenfalls nach Hause bringen. Nur nicht mit Ihnen zusammen, wenn Sie verstehen.«

Dolf verstand. Der Inspektor fand ihn nicht hinreichend verdächtig, um ihn direkt zum Verhör mitzunehmen. Aber so unverdächtig, dass er ihn mit dem Opfer zusammen in einen Wagen setzen würde, war Dolf nun auch wieder nicht.

28

Santes klopfte an seine Tür. »Dolfo, bist du wach? Ich bin's, Sancha.«

Er wälzte sich aus den Laken, setzte sich auf. Rieb sich den Schädel. Stöhnte, als er die neue Schramme über seiner Nasenwurzel berührte. »Wie spät ist es?«

»Fast Mittag. Ich hab was für dich.«

»Moment!« Er stieß sich von der Matratze hoch, hopste der Wand entlang, entriegelte die Tür. Stand an den Rahmen gelehnt, als sie hereinkam und ihn auf den Mund küsste.

»Ich bin grade erst …«

»Ausgeschlafen, *mi viejo*? Ich hab schon alles gehört. Und bin riesig stolz auf dich.« Ihr zweiter Vorname war Tatendurst. Wie immer. Sie hatte einen großen Korb voller Esswaren dabei. »Von Concha soll ich dich auch grüßen. Sie kann nicht kommen, sie will mit ihren Kindern zusammensein.«

»Kann ich verstehen.«

»Aber dir soll ich ihren wärmsten Dank ausrichten.« Ein tiefer Blick. Eine Pause. »Sie ist dir wirklich sehr dankbar, Dolfo.« Santes besichtigte ihn von oben bis unten.

Auch Dolf sah an sich herab. Ein schrundiger alter Mann in einer lappigen Unterhose. Mit einer halblahmen Schulter, einer alten Schramme auf der Wange und einer neuen über der Nase in einem wahrscheinlich zerknitterten Gesicht. Mit drei Fingern in einem Handverband, der vor Schmutz starrte. Auf einem Bein im Türrahmen stehend.

Santes schmunzelte kopfschüttelnd, aber liebevoll. »*¡Vamos!* Ich hab Wein und was zu essen mitgebracht. Du gehst unter die Dusche, und ich koch uns was.«

Dolf hob ihr seinen Fingerverband entgegen und sah sie fragend an.

»Hast du keine Plastiktüte? Und ein Stück Klebeband?« Dolf nickte achselzuckend. Behutsam, wegen seiner Schulter.

»Also los! Ich mach schon mal die Flasche auf.«

»Ich trink nicht mehr.«

»Ich schon. Ein Glas, zum Essen. «

»Aber keinen Fisch!«

»Selbstverständlich nicht! Vegetarisch.«

»Noch schlimmer.«

Sie lachte nur, schob die Unordnung an seiner Küchentheke zur Seite und stellte ihren Korb ab. Nahm seine Küche in Besitz. Es war ein schönes Bild. Sie drehte sich zu ihm um, blitzte ihn lachend an. »Worauf wartest du? Soll ich dich rasieren, oder schaffst du das alleine?«

Er winkte kopfschüttelnd ab. Wenn er die Möbelstücke zu Hilfe nahm, konnte er ohne Krücken in seine Duschecke humpeln.

Sie war ihm sehr dankbar, und das zeigte sie auch. Sie war zwar seine Schwiegertochter, doch sein Sohn war tot. Sie waren beide erwachsen und nicht wirklich verwandt. Und sie waren nicht zum ersten Mal zusammen.

Vorsichtig und zart berührte sie jede einzelne seiner Schrammen wie seltene Edelsteine. Jeden einzelnen Quadratzentimeter seines Gesichts untersuchte sie mit ihrer Zungenspitze, fuhr ihm ins Ohr, in den Gehörgang. Fuhr ihm mit der Zunge unter die Lider und liebkoste seine Augäpfel, bis er winselte vor Kitzel und Verlangen.

Küsste ihn drängend und herausfordernd, bis er bebte vor

Lust. Küsste sogar die gezackte Narbe in seiner Leiste und den Oberschenkelstumpf.

Redete gurrend auf ihn ein. Wie viel er für sie und Concha getan habe. Wie erleichtert sie sei, dass ihm fast nichts passiert war. Wie stolz sie auf ihn sei. Dass sie ihm das von Anfang an zugetraut habe. Dass er sich nicht haben solle wie eine Betschwester.

Die ganze Zeit reckte er seine drei Finger, wasserdicht abgeklebt in einer Plastiktüte, in die Höhe. Weil die Wunde pochte. Von seiner Schulter ganz zu schweigen. Und seiner Hüfte. Und dem einen Knie.

Und doch bemühte er sich, jeden Augenblick in vollem Bewusstsein zu genießen. Weil er wusste, so etwas würde so bald nicht wiederkommen.

Am Nachmittag des folgenden Tages saß er an einem Tischchen vor der Bar des Alten, am trockenen Flusstal mit dem Blick hinaus auf die Bucht. Im diesigen Licht des Spätsommertages waren die Berge über dem Cabo Tiñoso mehr zu ahnen, als zu sehen. Vor ihm lag der kleine, beschauliche Hafen. Keine Luxusyachten, kaum Motorschiffe. Nur ein paar alte Fischerboote. Auch die *Sera* tuckerte gerade herein. Die Jungen mit dem Schlauchboot, die ihm den Kutter für ein Trinkgeld herübergeholt hatten, machten ihn fest. Dolf würde ihn wohl nicht so schnell wieder ausborgen können. Aber wann brauchte er schon einen abgeschrammten Fischkutter?

»Noch eine Limo?« Der Alte war freundlich, ohne sarkastischen Unterton. Er legte Dolf die Unterlagen hin. »Deine Sachen.«

Dolf sah auf. »Vielleicht brauch ich sie noch. Muss Fuentes abklopfen, ob er vertrauenswürdig ist. Inspektor Fuentes von der Mordkommission. Kennst du den?«

Der Alte grummelte zustimmend. »Klar ist der vertrauenswürdig, *cómo nó*?«

»Würde er seinen Job riskieren, um der Gerechtigkeit zum Sieg zu verhelfen? Würde er sich mit einem großen Tier anlegen, was denkst du?«

»Wie groß?«

»Groß genug.«

»Schwierig. Könnte ich nicht drauf schwören.«

»Andererseits: Wer würde das schon?«

»Wenn du so fragst, Adolfo, wirst du's wohl wissen.«

»Ja, mach mir noch eine. Ohne Eis.«

»Kommt sofort.« Der Alte schlurfte davon. Dolf schmunzelte in sich hinein. Heute war ihm alles egal. Es war ein wundervoller Tag. Gleich würde es einen herrlichen Sonnenuntergang geben, goldenes Orange, den halben Himmel hoch, über den Bergen zu seiner Rechten. Aber davor und danach wäre das Meer tiefblau und nachtschwarz, unergründlich und verheißungsvoll. Er warf die Unterlagen achtlos auf den Stuhl neben sich. Das hatte Zeit. Wenn Fuentes auf ihn den Eindruck machte, dass er der Sache nachgehen würde, konnte er das Material haben. Wenn nicht, würde Dolf es in einen der schwarzen Müllsäcke stopfen, die am Wegrand aufgestapelt lagen. Es war ihm herzlich gleichgültig.

Sollte er vielleicht später am Abend ein ordentliches Hemd heraussuchen, im Club social vorbeischauen und Galicia zum Abendessen ausführen?

Der Alte kam mit der zweiten Orangina. Stellte sie ab, rückte ein Schälchen mit gesalzenen Mandeln daneben, nahm die leere Flasche aufs Tablett. Dolf zupfte ihn am Ärmel. »Ist es nicht ein herrlicher Tag, Angel, was meinst du?«

Der Alte nickte achselzuckend, für ihn war es ein Tag wie jeder andere.

»Bringst du mir einen Schnaps?«

Der Alte zögerte. »Sicher?«

»Red nicht. Dies ist eine Bar oder etwa nicht?«

»Ganz wie du meinst, Adolfo. Es ist dein Leben.«

»Eben.«

Kapitel 1
¿Quién es? – Wer ist da?
¡Abre! – Mach auf!
¡Que me abras, hijo de perra! – Mach endlich auf, Hundesohn!
¡Espera! – Warte!
madre mía – etwa: meine Fresse (meine Mutter)
peineta – Kamm, Einsteckkamm mit breitem Schmuckrücken
mantilla – Haartuch, dünnes Umhängetuch
¡Venga, vámonos! – Los, gehen wir!
la casa de – die Wohnung, die Behausung von
rambla – Trockental
ferretería – Eisenwarenhandlung
mucho que ver – (es gibt) viel zu sehen
tapas, tinto – Häppchen, Rotwein

Kapitel 2
Encantada – Angenehm! (weibl.)
Alemán – Deutscher
Buenas. ¿Que les traigo? – Hallo. Was soll ich euch bringen?
gracias – danke
¡Disculpe! – Entschuldigen Sie!
jamás – niemals
vale – ist gut, geht in Ordnung
Policía judicial – Kriminalpolizei
farmacia – Apotheke
como muchas veces – wie meistens
corazón – Herz(chen)
Basicovital, Colchicin – (Medikament, Wirkstoff)
guapa – (du) Schöne
no sé qué – was weiß ich

Kapitel 3

Club social de los Marineros – Pensionärsverein der Seeleute
Modernismo – span. Ausprägung des Jugendstils
Enciclopedia Europea-Americana – (span. Enzyklopädie, Nachschlagewerk)
socio – Genosse, Mitglied
hombre – Mensch, Mann
ronda – (span. Kartenspiel)
amigo mío – mein Freund
pues nada – na gut
hasta luego – bis später
hasta la próxima – bis zum nächsten Mal
8 de mayo – 8. Mai
Buenas tardes – Guten Tag (nachmittags)
con su permiso – wenn Sie erlauben
Guardia civil – Nationalpolizei, u. a. zuständig für den (National-)Straßenverkehr
(no-)residente – (vorläufige bzw.) endgültige Aufenthaltserlaubis
copas – Gläser (auch: Drinks)
muy bien – sehr gut

Kapitel 4

¿Quién es el último? – Wer ist der Letzte? (Wer ist als Letzter gekommen?)
churros, churrería – span. Fettgebäck, Churros-Siederei
Una de … – eine Portion …
¡Que aproveche! – Guten Appetit! (Wohl bekomm's!)
Adiós, guapo … – Tschüss, mein Hübscher …
Nos vemos … – Wir sehen uns …
el Castillo – das Schloss (Stadtfestung Cartagenas)
papelería – Papierwarenladen

un momentito – einen (kleinen) Moment
salón – Wohnzimmer
¡Diga! – Sprich! (Schieß los!)
no sé – (ich) weiß nicht
despedida de soltero – Junggesell/inn/en-Abschied
¡Don …, qué honor! – Herr …, welche Ehre! (die Respektsbezeugungen Don/Doña werden mit dem Vornamen gebraucht)
¿Pero …, dónde está? – Aber …, wo liegt das?
la gota – die Gicht
¡Disculpe! – Entschuldigen Sie!

Kapitel 5
tranquila – ruhig (Nur die Ruhe!) (weibl.)
llave – Schlüssel
Como he dicho – wie (ich) gesagt (habe)
¡maldito! – verdammt!
muy buenas noches … – (sehr) guten Abend …
hijo – Sohn; etwa: junger Mann
¿verdad? – *hier*: nicht wahr?
¿Qué? – Was?
hija – Tochter; etwa: junge Frau

Kapitel 6
No me gusta … – … gefällt mir nicht
Color de Falange – die Farbe (das Symbol) der Falangisten (Faschisten im span. Bürgerkrieg)
Muchas gracias … – Vielen Dank …
igualmente – ebenfalls
mis amores – meine Lieblinge
claro que sí – klar, sicher
móvil – Handy

es todo lo que digo – das ist alles, was ich sagen will
¡Maldita sea! – Verdammt sollen Sie sein!
por favor – bitte (bei Wünschen)
croquetas – (Snack, Tapa; Fettgebackenes aus Mehlschwitze)
Señorita – Fräulein (höfl.)
con esta mierda – mit solcher Scheiße

Kapitel 7
Te suplico – Ich bitte dich / flehe dich an
No sé … – Ich weiß nicht …
Ya voy … – Ich komme schon …
está bien – ist gut
chuletas – Koteletts

Kapitel 8
motos acuáticas – Wassermotorräder, Jet-Skis

Kapitel 9
hasta luego – bis gleich
¡Hola! – (span. Sensations- und Society-Magazin)
Corte Inglés – (größte span. Kaufhauskette)
y pués … – … und dann so was!
no – nein
¿Seguro? – Bist du sicher?
no importa – (es ist) nicht wichtig
Previsión española – (span. Versicherungsunternehmen)
las gotas – die Tropfen
pijama – Schlafanzug, Nachthemd

Kapitel 10
mejor acero – besser (ist) Edelstahl

Kapitel 11
la morena – die Dunkle (Brünette)
chica – Mädchen

Kapitel 12
un poco – ein wenig
vale, claro – sicher, alles klar
Soy Maricarmen. – Ich bin Maricarmen.
atún – Thunfisch
Eugenio, qué suerte. – Eugenio, wie schön.
no sé quién – wer auch immer
¡Diga, jefe! – Sprechen Sie, Chef!

Kapitel 13
lejía – Bleiche
Déjale en paz … – Lass ihn in Frieden …
pavos – Kröten
puede ser – kann sein
line – (engl.) Linie (Kokain)
segurísimo – absolut sicher
¿Cómo, ›raro‹? – Wie, ›merkwürdig‹?
Creo que sí. – Glaube schon.
gitanos – Sinti, Roma

Kapitel 14
superbien – supergut
Quien quiera … – Wer auch immer …
la rubia – die Blonde
One of a kind – (engl.) Einzelanfertigung
arroces – Reis(gerichte)
Mar de … – etwa: die mondäne Mar
ñaña – hier: Kosename f. Kindermädchen

wombing material – (engl.) etwa: geeignet zur Fortpflanzung

Kapitel 15

la flaca – die Dürre

Kapitel 16

manzanilla – Kamillentee
baño turco – Dampfbad
un fenómeno – ein Phänomen

Kapitel 17

hombre – Mensch

Kapitel 18

¿Quién es? – Wer ist es?
¿Perdone? – Entschuldigen Sie? / Wie bitte?
por los cuatro costados – reinsten Wassers (wörtl.: von allen vier Seiten)
Policía naval – Wasserschutzpolizei
café solo – Espresso
¿Otro café? – Noch einen Kaffee?
pues sí – *etwa*: stimmt schon
por supuesto – jawohl, selbstverständlich

Kapitel 19

bocadillo – Sandwich, belegtes Stangenbrot
¡No me digas! – Was du nicht sagst!
gambas al ajillo – in Knoblauchöl gebratene Langusten
gente – Leute, Society
nada de nada – rein gar nichts

Kapitel 20

Hoy, Noticias Diarias, Gente de Hoy – (span. Sensations- und Society-Magazine)
la guapa desconocida – die unbekannte Schöne
de nada – bitte (gern geschehen)
¿cómo estás? – Wie geht's dir?
no lo sé – (das) weiß ich nicht
chanclas, bañadores – Badelatschen, -anzüge
puñal – Dolch
¡mucho éxito! – gutes Gelingen, viel Erfolg!
entendido – verstanden
¿qué dices? – was meinst du?
minusválido – Behinderter

Kapitel 21

cita – Verabredung, Rendezvous
Costa Cálida – (Bezeichnung der Küstenregion um Cartagena) »Warme Küste«
¿De acuerdo? – Einverstanden?

Kapitel 22

zumo de naranja – Orangensaft
un tío solvente – etwa: ein gutbetuchter Typ
cerrado – geschlossen
Sasha, inolvidable … – Sascha, unvergessen …
qué alegría – welche Freude
¿Es Usted alemán? – Sind Sie Deutscher?
¿Tomamos un café? – Sollen wir einen Kaffee trinken?
nivel altísimo – allerhöchstes Niveau
based in Madrid … – (engl.) fliegt ab Madrid …

Kapitel 23

escucha – hör mal
Igualmente … – Ganz meinerseits.
¿un fax? … – Ein Fax?
Eres un paranóico – Du bist (doch) ein Paranoiker
te lo juro – ich schwöre

Kapitel 25

¡Buenos días! – Guten Tag!
con muchísimo gusto – mit dem größten Vergnügen
coño – weibl. Geschlechtsteil, Vulva (vulg.)
me da igual – ist mir gleich(gültig)

Kapitel 26

cabo – Kap

Kapitel 27

llave inglesa – »Engländer« (verstellbarer Schraubenschlüssel)
¿Donde están? – Wo sind sie?
rápido – schnell
Este hijo de … – Dieser Hurensohn … (wörtl.: Dieser Sohn von …)
estás acojonado …? – Hast du keine Eier …?
tío – Onkel, Kumpel, Typ
cabrón – Wichser, Arsch (vulg.)
pues nada – also gut
¿entiendes? – Verstehst du?
Hablamos mañana … – Lassen Sie uns morgen sprechen …

Kapitel 28

¿Cómo nó? – Warum (auch) nicht?

Dank geht zuerst und vor allem an Armin Gontermann (1958–2013), der mich ans Schreiben brachte und dabeihielt. An Paula Peretti, stets erste und kritischste Leserin. An Peter Strotmann für viele wichtige Hinweise. An Peter und Regina Molden für konstruktive Kritik und sorgsame Betreuung. An Marie-Nieves Rodríguez Sastre, deren einfühlsame Korrekturen aus meinem holprigen Spanisch *castellano* gemacht haben. An Adolfo und Encarna, die Figuren im Roman sind. Sie (und hoffentlich nur sie) werden sich wiedererkennen. An die vielen hilfsbereiten und weltoffenen Bewohner von Cartagena und Umgebung, die meiner Familie und mir seit vielen Jahren ihre Gastfreundschaft schenken.

Ulrich Brandt

Mehr zum Autor: www.ulrichbrandt.de
Mehr zu den Schauplätzen: www.cartagena-krimi.de